L'Affaire Céline

ou

Cendres au Crique-à-la-Roche

Du même auteur

Les Marionnettistes

1. *Bois de justice*. Roman.
   Laval : Guy Saint-Jean (Adrénaline), 2010.
2. *Le Syndrome de Richelieu*. Roman.
   Laval : Guy Saint-Jean (Adrénaline), 2010.
3. *Table rase*. Roman.
   Laval : Guy Saint-Jean (Adrénaline), 2011.

Retraites à Bedford. Roman.
Laval : Guy Saint-Jean (Adrénaline), 2012.

L'Affaire Céline

ou

Cendres au Crique-à-la-Roche

Jean Louis Fleury

Illustration de couverture : BERNARD DUCHESNE

Photographie : JEAN LOUIS FLEURY

Distributeurs exclusifs :

Canada et États-Unis :
Messageries ADP
2315, rue de la Province
Longueuil (Québec) Canada
J4G 1G4
Téléphone : 450-640-1237
Télécopieur : 450-674-6237

France et autres pays :
Interforum Editis
Immeuble Paryseine
3, Allée de la Seine, 94854 Ivry Cedex
Tél. : 33 1 49 59 11 56/91
Télécopieur : 33 1 49 59 11 33
Service commande France Métropolitaine
Téléphone : 33 2 38 32 71 00
Télécopieur : 33 2 38 32 71 28
Service commandes Export-DOM-TOM
Télécopieur : 33 2 38 32 78 86
Internet : www.interforum.fr
Courriel : cdes-export@interforum.fr

Suisse :
Diffuseur : **Interforum Suisse S.A.**
Route André-Piller 33 A
Case postale 1701 Fribourg – Suisse
Téléphone : 41 26 460 80 60
Télécopieur : 41 26 460 80 68
Internet : www.interforumsuisse.ch
Courriel : office@interforumsuisse.ch
Distributeur : **OLF**
Z.I.3, Corminbœuf
P. O. Box 1152, CH-1701 Fribourg
Commandes :
Téléphone : 41 26 467 51 11
Télécopieur : 41 26 467 54 66
Courriel : information@olf.ch

Belgique et Luxembourg :
Interforum Editis S.A.
Fond Jean-Pâques, 6 1348 Louvain-la-Neuve
Téléphone : 32 10 42 03 20
Télécopieur : 32 10 41 20 24
Courriel : info@interforum.be

Pour toute information supplémentaire
LES ÉDITIONS ALIRE INC.
120, côte du Passage, Lévis (Qc) Canada G6V 5S9
Tél. : 418-835-4441 Télécopieur : 418-838-4443
Courriel : info@alire.com
Internet : www.alire.com

Les Éditions Alire inc. bénéficient des programmes d'aide à l'édition du Conseil des Arts du Canada (CAC), du Fonds du Livre du Canada (FLC) pour leurs activités d'édition, et du Programme national de traduction pour l'édition du livre.

Financé par le gouvernement du Canada | Canada

Les Éditions Alire inc. bénéficient aussi de l'aide de la Société de développement des entreprises culturelles du Québec (SODEC) et du Gouvernement du Québec – Programme de crédit d'impôt pour l'édition de livres – Gestion Sodec.

Dépôt légal : 3e trimestre 2015
Bibliothèque et Archives nationales du Québec
Bibliothèque et Archives Canada

Table des matières

Rien n'est gratuit en ce bas monde. Tout s'expie, le bien comme le mal se paient tôt ou tard. Le bien, c'est beaucoup plus cher forcément.

Louis-Ferdinand Céline
Semmelweis

Son tortionnaire a quitté la pièce en l'engageant à réfléchir et à parler. À quoi bon réfléchir, l'homme à terre sait qu'il ne parlera pas. Il a joué et perdu. Dans combien de temps reviendra l'autre ? Une chose est sûre, il reviendra.

Le plancher rugueux sous sa joue sent vaguement le chlore. Son pouce le lance. Il n'a jamais pu supporter la douleur physique. Comment ont-ils fait, tous ces humains torturés au long des siècles ? Les siens particulièrement, les déicides, ostracisés depuis le Moyen Âge, persécutés par les inquisiteurs de leurs majestés catholiques, expulsés des quatre coins de l'Europe, massacrés en Ukraine, pourchassés dans les pogroms russes, exterminés dans les camps de la Shoah ? Toujours la haine, la violence, les coups, les supplices… cet art millénaire de faire souffrir avant de tuer. Et lui maintenant, pris sans issue dans un piège mortel.

Il revoit de vieilles illustrations de Chinois suppliciés, livrés à des foules sanguinaires, hagards sous les coups, toute la chair du corps à vif. Féru d'histoire des civilisations, il sait : le pal, la roue, les fers rougis, les démembrements, les ongles ou les yeux arrachés, l'électricité dans les organes, toute cette infinie imagination des humains pour torturer leurs ennemis. Qui sont-ils, ces hommes capables d'en violenter d'autres ? Comment ont-ils pu tenir les millions de ceux qui se sont tus sous les sévices ? Folie sans nom, son tour est venu.

La pièce où on l'a amené est froide et sombre. Aucun bruit perceptible. À quoi bon crier ? Qui pour le sauver s'il appelle à l'aide ? Il est venu de son propre chef dans l'antre de ses bourreaux. Et voilà, on l'a surpris les mains dans le sac, comme le nul en l'art de tromper qu'il a toujours été. Du flagrant délit à l'état premier. Plus d'espoir.

Il roule péniblement sur lui-même et finit par s'asseoir. On lui a attaché les pieds et les poignets, ceux-ci, par chance, en avant. On l'a fouillé pour s'assurer qu'il ne portait pas d'arme, mais on lui a laissé ses papiers. Il lève ses mains vers sa poitrine et la poche intérieure de sa veste. Il tremble, conscient de se maculer la joue du sang de son pouce gauche martyrisé. Qu'importe, il saisit son portefeuille avec la fébrilité de l'alpiniste trouvant enfin la prise qui lui évitera la chute. Il se sent lâche et maladroit, s'en veut. Il va décevoir ceux qui ont eu confiance en lui. Dire que l'on a présumé qu'il avait l'étoffe d'un homme d'action ! Et lui, l'imbécile, qui y a cru.

Il ouvre le portefeuille sur la photographie d'une jeune femme. Dans une vaine tentative de fuite, il a perdu ses lunettes, ou est-ce quand son poursuivant l'a projeté au sol pour lui lier les jambes ? S'il voit à peu près de loin, de près sa presbytie est accablante. Et puis là, dans cette pièce aux rideaux tirés, privée de soleil… Tant pis, il connaît si bien le visage sur le cliché. Johanna. Il le sait, elle le regarde, le même sourire figé depuis ces longues années. Athènes, juillet 2006…

Il sort la photo. Sous elle, une minuscule pochette de plastique transparent dans le soufflet opaque du portefeuille. Occupant tout l'espace de la pochette, une capsule vert émeraude d'un bel ovale trompeur de pastille sucrée. *S'il advenait que vous deviez en arriver là, ne vous souciez pas d'enlever la drogue de son contenant. Mettez la pochette comme ça sous votre langue. Vous pourrez l'avoir en bouche au moins trois heures sans courir le moindre danger. Recrachez-la si la menace disparaît. Par contre, dès que vous fracasserez l'enrobage avec vos dents, la mort sera instantanée et parfaitement indolore !*

Il se laisse retomber sur le sol, amenant la photo tout contre son visage. Il n'a pas vraiment besoin de contempler sa fille, seulement de toucher à tout ce qu'il lui reste désormais d'elle, ce seul carré de papier glacé. Il ferme les yeux dans une vaine tentative pour retenir ses larmes.

Des pas se font entendre dans le couloir…

À : nathaliestieben@yahoo.fr
Sujet : ÇA NE VA PAS COMME JE VEUX…

JEUDI 8 JANVIER 2015 – 20 H

Bonjour Nath,

Je te confirme que je dois différer mon voyage… Pas le choix.

La Sûreté du Québec n'accepte pas ma démission. L'adjoint du directeur général est venu me voir la semaine passée. Il veut savoir ce qui m'a amenée, moi, *une officier en vue*, qu'il dit, à abandonner mon poste il y a trois mois. Je lui ai lâché, en gros, la vérité : une accumulation de lassitudes et de déceptions et cette conviction désormais assumée que je me trompe de voie professionnelle en étant policière. *Et puis je m'en vais passer quelques semaines chez une amie en France sur la Côte d'Azur !* que je lui ai lancé…

Ça n'a pas impressionné du tout l'inspecteur Gaston Plamondon, le haut fonctionnaire délégué par la SQ pour étudier mon cas. Cet homme semble tout connaître de moi, enfin de ce qu'a été ma vie de policière depuis quinze ans que je suis à la Sûreté. Il est revenu plusieurs fois à la charge et n'a cessé d'accentuer la pression. *On l'a mandaté pour mieux expliquer le fond de ma motivation*, qu'il dit encore. Il veut comprendre les *vrais* motifs de ma défection. Je serais devenue *le* cas problème de l'heure à la SQ, où le directeur récemment nommé par le nouveau gouvernement accepterait mal ma décision. Une femme du grade de capitaine dans la police québécoise, il n'y en a pas tant que cela. Mon départ a fait du bruit dans la presse, qui a laissé entendre que je pourrais avoir été poussée vers la porte pour des raisons politiques. Il y en a à Parthenais que cela dérange.

Cet inspecteur Plamondon n'a rien du policier ordinaire à gros sabots. Il a les allures d'un acteur britannique, le cheveu rare sur les tempes, des lunettes d'écaille, une fine moustache, habillé avec élégance. Il est très aimable, mais, comment te dire, il me provoque. Moi, la psy, je devine sous ses dehors affables de vieux sage un type retors, solide, structuré. Je ne le blufferai pas. Bluffe-t-il, lui, le fin renard quand il me cajole ? *Vous êtes belle et attachante*, qu'il me susurre le vieux snoro. *Les journalistes vous aiment bien. Vous donnez au public une image humanisée, dynamique et positive de votre métier de policière. Des femmes de votre classe, Aglaé, nous en avons bien peu dans nos rangs, encore moins dans notre hiérarchie. C'est très simple, et je suis là pour vous le dire, nous tenons à vous garder parmi nous.*

Il pense et dit encore avec une certaine perspicacité que c'est ma dernière enquête et rien d'autre qui a provoqué ma démission et veut tout savoir sur mes raisons d'en arriver là. Il m'a en quelque sorte coincée. Je t'explique: figure-toi que, depuis que j'ai quitté la SQ, je continue de recevoir ma paie. Je n'y prêtais pas attention et gardais cet argent sans y toucher, persuadée que je le rendrais à mon employeur quand le service de la comptabilité mettrait l'affaire au jour. Mais Plamondon m'affirme qu'il ne s'agit pas d'une erreur administrative, que je suis toujours, en fait, considérée comme employée cadre de la maison et payée comme telle, ma démission n'ayant pas été entérinée. Je serais en congé de maladie d'une durée indéterminée, si tu veux. Il y a donc apparence de droit quand la Sûreté du Québec me réclame des prestations de travail, ce qu'elle fait en exigeant que je m'explique devant elle.

Je pourrais bien sûr refuser, rembourser tout ce que j'ai reçu depuis mon départ d'octobre dernier et... bonjour la police! J'y ai pensé. Plamondon m'a efficacement convaincue de la vanité de tels gestes. Il m'a eue, que veux-tu... J'ai donc pris entente avec lui et vais lui décrire la façon dont j'ai piloté le dossier « Kahn-Favatta », dans cette succession de ratés, d'erreurs, de malentendus ayant mené au fiasco monumental qui fait que je ne suis plus capable de continuer dans ce métier d'hypocrites... Plamondon m'a laissé un tout petit enregistreur numérique, gros comme un téléphone de poche et capable de recueillir des heures et des heures de confidences. Je vais me mettre à l'ouvrage à compter de... bientôt, le temps de rassembler mes idées et de voir comment procéder à l'accouchement. C'est discret, souvent introverti, un enquêteur. Ça progresse tout seul, ça réfléchit, ça déduit, ça se crée ses idées au fil des événements de son enquête, ça avance dans le brouillard, une étape à chaque éclaircie que ça traverse. Retrouver *a posteriori* le fil de ses déductions, les aléas du chemin parcouru avant d'aboutir à des convictions n'est pas si simple. On pond des rapports ponctuels, d'accord, mais là, c'est toute l'histoire qu'il veut le Plamondon, *dans ses moindres méandres*, comme il me provoque le vieux crabe... Il a lu le dossier de l'affaire, mais ce qu'il exige ici, ce sont mes perceptions personnelles, la narration exhaustive de ce que j'ai vécu au jour le jour pendant la semaine et demie qu'a duré cette enquête.

C'est stressant, d'accord, mais c'est aussi stimulant. J'ai envie de me piquer au jeu. On veut que je raconte, eh bien, je vais raconter, crois-moi ! Je quitte la police, c'est sûr, enfin je la quitterai à la fin de ce dernier compte-rendu, alors je n'ai personne à ménager et je vais tout dire de l'affreux gâchis.

Et puis je partirai pour vrai, et j'arriverai chez toi. Il me faut sortir définitivement de la police pour pouvoir me sentir libre à nouveau et ce dernier travail pour elle m'y aidera. À bientôt, ma belle. Je t'embrasse comme je t'aime.

Aglaé

Rapport d'Aglaé Boisjoli à Gaston Plamondon

1

Lundi 12 janvier 2015

Je m'appelle Aglaé Boisjoli, docteure en psychologie. J'étais capitaine aux Projets spéciaux de la Sûreté du Québec. Je suis, pour l'heure, disons... en congé, à la suite de ma récente démission de la police dont je vais expliquer ici les circonstances.

Avant d'entamer mon récit, j'aimerais qu'il soit admis par ceux qui l'écouteront que je me livre à cet exercice de mémoire comme si j'étais un individu détaché de toute obligation professionnelle. C'est particulièrement à vous que je m'adresse ici, inspecteur Plamondon, et vous allez m'excuser, mais je vais vous lire maintenant un court texte dans lequel je résume mes états d'âme à l'heure de vous présenter, à ma propre sauce, le dossier *Kahn-Favatta*. J'ouvre ici les guillemets: *Je ne suis pas une employée subalterne se justifiant devant ses patrons, je ne suis pas un témoin s'expliquant devant une commission d'enquête et je ne suis surtout pas un officier de la Sûreté du Québec au rapport. La narration que je vais commencer aujourd'hui n'est en aucun cas un procès-verbal policier, ni dans le fond ni dans la forme. Depuis ma démission, je me sens libre dans tous les sens du mot : affranchie, indépendante, maîtresse de mes jugements et responsable de mes actes. Je tiens à cette liberté si récemment retrouvée ! Ainsi animée, je vais tenter d'être la plus fidèle possible aux faits, mais ne me priverai certainement pas de montrer ce faisant les couleurs de mon âme. C'est ma vision personnelle de ce que j'ai vécu pendant ces quelques jours d'octobre 2014 que je vais étaler : à ma manière, selon mes perceptions, mes intuitions, mes sentiments propres, mes humeurs à moi, et* basta *pour l'objectivité. Ce sont là les conditions que je fixe à notre entente, monsieur Plamondon. Je voulais oublier cette sale histoire. Vous m'obligez à y replonger, soit, mais je vais tenter de le faire en me ménageant une zone de confort. Vous voudrez bien, en conséquence, accueillir avec indulgence ma fantaisie, les digressions occasionnelles de ma narration, la non-conformité aux normes de notre milieu de certains de mes propos et leur manque souvent flagrant de rectitude policière. L'électron libre que je suis devenue a besoin de cette distance, un privilège que n'avait pas l'enquêtrice que j'étais hier. Il en va de ma sérénité et de ma santé mentale dans l'exercice que vous m'imposez.*

Fin de mon petit texte introductif. Soyez certain, monsieur Plamondon, que j'aurais encore bien d'autres choses à dire… Voyez-vous, et maintenant j'improvise, j'ai la conviction qu'une certaine complicité doit s'établir entre nous, j'entends au fil de ma narration, pour que vous puissiez me suivre dans cette histoire. Qu'en pensez-vous ? J'ai besoin de croire en votre empathie pour vous parler en toute confiance. N'oubliez pas en m'écoutant que l'initiative de ce long monologue vient entièrement de vous. Moi, je n'attends rien de cet exercice, ni même ses vertus purgatives. Aucune volonté de convaincre, aucun espoir de rédemption, aucune velléité de retour dans la police ne m'animent. Je vous conte mon histoire, et bonjour. Je ne solliciterai en aucun cas votre approbation ni quelque forme de bénédiction que ce soit de votre part à l'issue de mon soliloque.

Et j'attaque. Je n'avais pas vu l'émission de *Tout le monde en parle* du 28 septembre dernier où René Kahn avait parlé de Louis-Ferdinand Céline. Je n'avais jamais entendu parler de ce monsieur Kahn ni même, je l'avoue, de l'écrivain Céline avant le jeudi suivant, alors que je suis convoquée au milieu de la matinée au bureau du commandant Gérard Perreault. Je vous rapporte ici notre entretien au mieux de mes souvenirs.

Mon supérieur fait bien des ronds de jambe pour m'annoncer son histoire, comme s'il me gâtait particulièrement en me confiant une enquête qui allait me demander, selon ses propres mots : *un tact et une adresse exceptionnels*. On a trouvé, la veille au matin, au fin fond d'une campagne montueuse de l'Outaouais, une voiture calcinée. Dans le coffre de l'auto, un joli tas de cendres qu'un médecin légiste jugera être un individu mâle doté de deux superbes dents en or et d'un genou d'acier.

L'affaire, de poursuivre mon *boss*, s'est rapidement ébruitée. Un journaliste de Hull a dû pirater les ondes courtes du patrouilleur de Papineauville envoyé sur les lieux. La presse est depuis aux trousses de la Sûreté pour savoir qui est la victime. Or, il apparaît, quelques heures après la découverte des cendres, que ce défunt n'est pas n'importe qui. Tout laisse croire qu'il s'agit d'un Français de passage au Québec, un professeur de la Sorbonne du nom de René Kahn que des centaines de milliers de téléspectateurs viennent de voir le dimanche précédent à l'émission *Tout le monde en parle*. Ce Kahn est un éminent agrégé de lettres, titulaire d'une chaire de littérature à la Sorbonne, professeur émérite invité de l'Université de Tel-Aviv et docteur *honoris causa* d'une foultitude d'universités de par le monde. *Ce type*, m'explique Perreault, *a écrit au moins cinquante livres traduits dans toutes les langues imaginables : une véritable sommité dans son domaine. C'est un grand spécialiste, peut-être le plus grand, de l'écrivain Louis-Ferdinand Céline.*

Que je ne connais pas. Je l'ai déjà avoué ici et en informe Perreault, à l'évidence pas plus savant que moi sur le Céline en question mais qui résume : un célèbre auteur français affichant des convictions politiques d'extrême droite, mort depuis une cinquantaine d'années. Le professeur Kahn venait chez nous pour lancer un appel à toute personne qui aurait été témoin des deux visites du Céline en question au Québec dans les années d'avant-guerre. Et trois jours après la diffusion de sa demande d'aide, voilà que l'on retrouve l'homme de lettres au fond d'un bois, dans le coffre d'une voiture volée, aussi assassiné et incinéré qu'on peut l'être.

Je demande comment on a pu identifier le cadavre. *Beaucoup de chance*, de soupirer Perreault. Le professeur est l'hôte du consulat de Montréal qui lui a organisé un dîner mardi avec quelques-uns de ses expatriés en vue au Québec, repas auquel doit participer le consul. Kahn ne s'y présente pas et l'on est sans nouvelles de lui. Le lendemain, le chef de la sécurité des services français au Canada vient signaler à la Sûreté la disparition de son éminent compatriote. À Parthenais, ce mercredi-là, les enquêteurs se perdent en conjectures sur leur tas de cendres du Crique-à-la-Roche. On n'a rien pour identifier le macchabée, que ses prothèses. Quand on apprend que le consulat de France a perdu la trace de son illustre invité, un futé parmi les policiers présents se souvient que la bouche de ce Kahn montrait deux belles dents en or quand il riait le dimanche précédent à la télé. On établit le lien à tout hasard et les quelques données que l'on a sur les prothèses du brûlé sont communiquées au consulat français. Et ce matin – bingo ! –, tout est pratiquement validé.

La nouvelle, continue Perreault, ne sera pas communiquée à la presse tant que l'on ne disposera pas des éléments de preuve que doivent nous expédier les Français en début d'après-midi à l'arrivée des vols en provenance de Paris. Ce sera à moi, Aglaé Boisjoli, de rencontrer les journalistes. On s'attend à ce que l'affaire suscite un intérêt énorme dans le Québec entier vu la portée de l'émission vedette de Radio-Canada et l'étrangeté de l'événement. *Dans de telles circonstances,* de conclure Perreault, *il est hors de question qu'on laisse la job au service des Enquêtes régionales. Vous allez travailler dans un magasin de porcelaine, capitaine Boisjoli, avec des vitrines en verre et des caméras tout partout. Vous me rendrez compte quotidiennement de l'avancement de vos recherches. Considérant la dimension de cette histoire et son impact international et diplomatique, je vous demande de ne prendre aucune décision sans vous assurer de mon accord préalable. Attendez-vous à avoir les Français sur le dos. Ce responsable de la sécurité que j'avais tout à l'heure au bout du fil m'a avisé que le consul et l'ambassadeur à Ottawa étaient sur des charbons ardents. Québec aussi suit l'affaire de près, n'en doutez pas, tout comme le fédéral : les Affaires étrangères viennent de m'appeler. Et moi, je dis à tout ce beau monde que c'est vous qui allez piloter le dossier. J'espère que vous saisissez bien l'envergure de cette responsabilité…*

Je vous cite ses propos de mémoire, mais avec un souvenir très précis des termes qu'il employa pour conclure : *Une envergure, capitaine, qui doit vous dicter beaucoup de réserve, de circonspection, je dirais même d'abnégation dans la conduite de votre enquête !* Voilà. Je ne prétendrai pas aujourd'hui que je n'étais pas prévenue… *Des questions ?* De clore Perreault.

Je n'en avais pas. Je n'avais qu'une envie : me retrouver dans le calme de mon bureau pour ouvrir le dossier de l'affaire et me mettre au travail.

Pas mal de choses audit dossier : la télécopie du procès-verbal du patrouilleur de Papineauville, le premier rapport des techniciens en scènes de crime, des plans de la région, quelques feuilles de remarques du médecin légiste. J'y trouve aussi une copie DVD de l'émission de Radio-Canada et les petits papiers roses des messages téléphoniques de tout un tas de personnages voulant de l'information sur mon enquête pas encore commencée.

Je ne cesse, tout en vous racontant mes affaires, monsieur Plamondon, de me demander jusqu'à quel degré de détail il me faut aller dans ma narration. Si je vous raconte tout comme vous me le suggérez, mon histoire risque d'être pas mal longuette, non? Bon, je vais essayer de m'en tenir à l'essentiel.

Je reviens donc à ce premier matin d'enquête, le jeudi 2 octobre. De mémoire, je commence par prendre connaissance des rapports des collègues établis la veille. Une photo de la victime m'apparaît, tirée, je le constaterai plus tard, de son entrée sur le plateau de l'émission *Tout le monde en parle*. J'ai sous les yeux un homme rondouillard aux traits avenants, ressemblant assez à un Philippe Noiret modèle un peu réduit en hauteur mais un peu plus dodu de taille. Des lunettes à monture d'acier, une fine moustache, de bonnes joues rondes de bon vivant, un superbe nœud papillon fleuri sur une chemise blanche immaculée, une espèce de « monsieur tout le monde » un peu précieux, peut-être, mais sans grand caractère. Il a la bouche fermée sur la photo: pas d'or aux dents, j'en suis déçue...

J'apprends ensuite du rapport du patrouilleur que c'est une dénommée Francine Faillon qui a signalé la voiture incendiée, à sept heures trente le mercredi 1er octobre au matin, sur le territoire de la municipalité de Montpellier, en pleine forêt dans la région de l'Outaouais. La dame, une retraitée, promène son chien comme à tous les levers du jour aux abords de sa résidence sur le chemin du Crique-à-la-Roche quand elle aperçoit l'auto abandonnée et brûlée au bout d'un sentier forestier. Elle ne va pas jusqu'au véhicule mais, de retour chez elle, appelle la Sûreté. Elle affirme que l'auto n'aurait pu être là la veille sans qu'elle la voie à sa promenade du soir. Le témoin déclare encore qu'il est fréquent que des véhicules volés soient retrouvés, souvent démembrés, parfois incendiés, dans son coin de pays.

La voiture est une Ford Escort effectivement rapportée volée la veille, durant la nuit, au village de Ripon, distant d'une quinzaine de kilomètres. Selon les premiers constats joints au dossier par l'équipe de scènes de crime, la Ford est entièrement calcinée. Un réservoir vide de vingt litres d'essence est retrouvé sur place. Les techniciens sont d'opinion que le combustible a été versé sur le corps dans le coffre, qui a été refermé dès le début de l'incendie. Ils estiment que le feu a pu durer une bonne heure et le situent aux alentours de minuit. Le ou les assassins ont conduit la voiture sur environ cinq cents mètres entre le chemin du Crique-à-la-Roche et la clairière formant cul-de-sac. Ils ont dû revenir à pied de la clairière au chemin. De nombreuses traces de pas ont été relevées sur le sentier et font l'objet d'analyses. La plupart semblent être celles du propriétaire d'une cache de chasse installée à la périphérie de la clairière où l'Escort a brûlé.

Un plan joint au dossier montre la clairière, une ancienne aire de chargement de camions forestiers, mangée par la repousse de bois et dessinant une espèce de U évasé qui permet aux automobilistes s'aventurant jusque-là de faire demi-tour. Aucune empreinte détectable sur les restes du véhicule calciné, dont on a joint diverses photos. D'autres clichés montrent l'intérieur du coffre. On y distingue un amoncellement de suie ayant vaguement la forme d'un corps en position fœtale. La géographie du corps est incertaine. En cherchant, vers ce que je crois être la partie inférieure du cadavre, j'aperçois, gonflant les cendres, la forme arrondie de ce qui pourrait être une prothèse de genou. Nulle trace des dents en or...

Je passe ensuite au rapport du légiste, qui déplore son impuissance à pouvoir se prononcer avec plus de certitude sur le cas. Le corps est à ce point désagrégé qu'il est difficile d'en affirmer le genre à cette étape préliminaire de l'analyse. Seules des données connexes comme la grosseur des prothèses retrouvées dans les résidus permettent d'avancer que la victime est un homme. Le médecin valide les hypothèses des techniciens en scènes de crime quant à l'heure où le corps s'est consumé, soit autour de minuit dans la nuit de mardi à mercredi, mais ne peut rien affirmer quant à la cause directe de la mort. La victime a-t-elle ou non été brûlée vive ? Il s'interroge sans fournir de réponse. Il note l'absence de projectile de métal parmi les cendres, en mentionnant qu'une balle aurait pu traverser le corps et en ressortir sans que l'état des restes permette de le constater. Même chose pour toute agression physique qui aurait entraîné la mort avant la combustion du corps. La posture fœtale du cadavre engage le pathologiste à penser que la victime n'a pas bougé pendant la crémation. Mais rien là encore qui permette d'en déduire qu'elle était morte au début du feu. Cette inertie pourrait s'expliquer par une asphyxie immédiate, ou encore par le ligotage des membres, une hypothèse à étudier lors de l'analyse plus fine de la composition des cendres. Refermé par l'assassin, souligne le légiste, le coffre s'est transformé en véritable four.

L'expert s'étend ensuite assez longuement sur la combustion presque totale du corps, un phénomène à son dire extrêmement rare, que lui-même n'a jamais constaté jusqu'alors. Il signale, cela dit, des cas répertoriés dans la documentation scientifique qu'il a consultée. La graisse humaine, explique-t-il, est exothermique, c'est-à-dire qu'en brûlant elle dégage assez de chaleur pour entretenir sa propre combustion. Or, de souligner le médecin, la victime présumée était un individu plutôt gras et le fait est prouvé que – et là je vais citer le légiste de mémoire – *dans des conditions dont la réunion est très rare mais non impossible, la graisse humaine peut prendre feu et se consumer lentement à la manière d'une chandelle, entraînant la destruction totale du corps*. Fin de la citation. C'est ce que les pathologistes spécialisés appellent « l'effet de mèche », ajoute le médecin. Enfin, que l'or des dents n'ait pas fondu n'étonne pas l'expert. Ce constat donne une idée du degré de chaleur atteint par le foyer de l'incendie, la crémation du corps humain commençant à une température de 850 °C quand l'or fond à 1064 °C.

Je sors songeuse de ces lectures. Le ou les meurtriers de René Kahn doivent estimer que leurs chances sont bonnes que jamais on ne puisse identifier le brûlé du Crique-à-la-Roche. Ils ignoraient certainement ses dents en or et le genou d'acier. Cette rapidité avec laquelle nous découvrons l'identité du mort, alors que ses meurtriers croient avoir fait disparaître à jamais leur victime, me donne une longueur d'avance sur eux. Je suis loin alors de me douter qu'à peine une heure plus tard je découvrirais aussi l'image du tueur.

Je dois organiser mon début d'enquête. Je convoque trois sergents de mon équipe de proximité que j'envoie sur-le-champ en mission de débroussaillage. Le premier, Daniel Artaud, se rendra à Radio-Canada pendant que le second – ou plutôt la seconde –, Claire Roberge, ira au consulat de France. Finalement, Patrice Jacquet enquêtera du côté de l'hôtel où séjournait Kahn. Un technicien vient m'installer une télévision et un lecteur DVD et je m'apprête à prendre connaissance de l'enregistrement du professeur français à *Tout le monde en parle* quand le standard m'annonce qu'un dénommé Michel Faillon est à la réception et demande à me rencontrer. J'hésite un peu. Je meurs de curiosité de voir et d'entendre René Kahn. J'ai bien retenu, cela dit, qu'il s'agit d'un dénommé Faillon, même patronyme peu commun que cette Francine qui la première a vu la voiture brûlée mercredi matin. J'entends le visiteur insister devant le préposé à l'accueil. La voix est forte: *Dites-lui que je suis le mari de Francine qui a trouvé la voiture au Crique-à-la-Roche hier matin. Dites-lui aussi que je suis le chasseur qui*... J'ai coupé là: « OK, accompagnez-le jusqu'à mon bureau, s'il vous plaît. »

Et j'ai demandé au technicien qui m'installait le lecteur DVD de préparer aussi une enregistreuse...

Bon, eh bien là, monsieur Plamondon, il me vient une idée qui devrait me simplifier la tâche. J'arrête ma narration pour aujourd'hui et vous reviens demain.

2

Je suis retournée hier à mon ancien bureau de Parthenais. C'était, je ne vous l'apprends pas, la première fois depuis ma démission que j'y remettais les pieds. Je reste effectivement surprise de constater que rien ne semble avoir changé dans mon antre en trois mois. Je ne sais si je dois en être déçue ou flattée. En tout cas…

Bien, le but de cette visite éclair était intéressé. J'ai fait en sorte, monsieur l'inspecteur, de pouvoir m'épargner un peu de travail de narration. J'ai sorti le dossier des enquêtes Kahn et Favatta et j'ai copié plusieurs documents les concernant. Je les joindrai à ce rapport en les numérotant par ordre chronologique. Puis-je suggérer que, lorsque vous prendrez connaissance de mes propos, vous écoutiez, visionniez ou lisiez ces éléments d'enquête au fur et à mesure que je les mentionnerai ? Moi-même le ferai en même temps que vous, afin de me remettre dans l'esprit de ce qui m'animait au moment où je vivais ces événements. Nous progresserons ainsi de concert.

J'ai retrouvé la bande sonore de l'enregistrement de mon entretien du 2 octobre avec Michel Faillon et le DVD du passage de René Kahn à *Tout le monde en parle* le 28 septembre. Peut-être devrais-je vous présenter monsieur Faillon avant que vous écoutiez son témoignage. C'est un personnage assez haut en couleur, un ingénieur retraité, expert en télécommunications. Il approche les soixante-dix ans, est solidement bâti et musculeux. Il n'est pas sans ressembler à cet acteur français du nom de Jean Reno, voyez-vous, mais un Jean Reno qui serait chauve comme un œuf. J'ajoute, mais cela vous le constaterez vous-même, qu'il parle d'une voix de stentor et qu'il est assez sûr de lui merci.

Voilà. Bonne écoute, et bon visionnement ensuite de l'émission de Guy A. Lepage.

Document n° 1

Témoignage de monsieur Michel Faillon

Résidant au 1296 du chemin du Crique-à-la-Roche à Montpellier, Québec, tel qu'enregistré le jeudi 2 octobre 2014 à 11 heures par le capitaine Aglaé Boisjoli

— Je vous remercie de me recevoir, madame… ?
— Boisjoli. Aglaé Boisjoli. Bonjour, monsieur Faillon. Je vais vous demander d'être bref, s'il vous plaît. Vous souhaitiez me parler concernant cette voiture retrouvée brûlée près de chez vous par votre épouse mercredi matin ? Je vous écoute. Vous êtes conscient que j'enregistre notre conversation, n'est-ce pas ?
— Pas de trouble ! Écoutez, on jouera pas à la cachette. Même si les gazettes en ont pas encore parlé, on le sait dans la région qu'il ne s'agit pas juste d'un incendie d'auto, OK ! J'étais là quand vos techniciens ont sorti la mosus de voiture du Crique-à-la-Roche. J'ai vu les précautions prises pour ne pas bouger le coffre… et son contenu. Depuis deux jours, les gens de la SQ sont sur place et bloquent les accès du sentier et de la clairière. Bon, on se comprend-tu que c'est pas juste pour de la tôle brûlée qu'ils occupent la place et qu'il y a eu mort d'homme ?
— D'accord, il y avait un corps dans la voiture.
— Et c'est vous qui êtes chargée de l'enquête ?
— Exact.

— Bon, eh bien je n'aurai pas fait le voyage pour rien.
— Je vous écoute.
— Savez-vous qu'il y avait une cache à l'endroit où le char a brûlé ?
— Oui.
— Avec un tas de pommes pour attirer les chevreuils ?
— Pardon ?
— Un tas de pommes, à cent pieds de la cache.
— Je l'ignorais.
— Et ce que vous ignorez aussi, chère, c'est qu'il y avait ma caméra qui photographiait le tas de pommes. Pis, là, je vous surprends-tu, oui ou non ?
— Répétez-moi ça, voulez-vous...
— Ah ! Je vous intéresse, tout d'un coup, hein ! Eh bien oui, madame, c'est moi qui chasse dans le coin. Les terres appartiennent à la Couronne mais j'ai, en tant que voisin le plus proche, une espèce de droit acquis et je chasse là depuis une bonne vingtaine d'années. Un mautadit de bon coin à part de ça.
— Donc vous aviez un appareil photo sur place, me dites-vous.
— C'est ça. Orienté vers le tas de pommes et se déclenchant au moindre mouvement devant l'objectif.
— De nuit, ça produit un *flash* ?
— Absolument pas. Ça fonctionne à l'infrarouge, c'est pratiquement pas détectable à la noirceur. Les animaux y voient rien et les humains pas grand-chose non plus, à moins d'avoir l'œil collé dessus.
— Eh bien, ne me faites pas languir. Votre appareil fonctionnait-il la nuit de l'incendie ?
— Certainement.

— Merveilleux. Alors?

— Alors quoi?

— Eh bien, qu'avez-vous photographié? Avez-vous capté la scène?

— Attendez que je vous explique d'abord comment je m'y suis pris pour récupérer mon bien. Je ne veux pas de problèmes, moi. Avant que votre patrouilleur ne vienne sur les lieux, mercredi matin, quand Francine m'a dit que la police s'en venait, je suis allé chercher mon appareil photo. Rien ne me l'interdisait, n'est-ce pas? J'ai pensé que le premier policier qui viendrait sur place verrait mon Kodak et risquait de le saisir pour son enquête. Et que j'attendrais longtemps ensuite pour remettre la main dessus. Qu'auriez-vous fait à ma place? Avoir su qu'il y avait un macchabée dans l'auto, j'aurais sans doute hésité. Mais je ne pouvais pas deviner, moi.

— Tout ça est sans grande importance pour moi, monsieur Faillon. Ce qui l'est, important, c'est de savoir si vous avez des photos de ce qui s'est passé cette nuit-là.

— Mais certainement que j'en ai, et même horodatées, figurez-vous. Tenez, elles sont sur cette carte platinum. Votre ordinateur est ouvert?

— Oui. Glissez la carte.

— Là, double-cliquez sur l'icône marquée SD/MMC.

— Ça ne fait rien.

— Recommencez. Cliquez sur « ouvrir »... et là sur le fichier DCIM... Encore sur « ouvrir »... Vous y voilà.

— Ben là... je vois des chevreuils.

— Certain. Une bonne place, je vous l'ai dit, avant que le p'tit vieux vienne faire son hostique de feu de camp. Bon, passez les chevreuils, descendez là… Voilà. Allez aux huit dernières photos.

— Là, c'est l'Escort qui arrive, c'est ça ?

— Oui, vous aurez comme ça deux clichés de l'auto en train de s'approcher. Faut que je vous explique que mon appareil est programmé pour tirer deux photos aux cinq minutes. Mettons qu'un *buck* vient sur les pommes, l'appareil va le photographier, attendre cinq secondes et le reprendre. Puis il va s'arrêter et laisser passer cinq minutes avant de se déclencher à nouveau. Vous y êtes : après l'auto, son chauffeur…

— Attendez, l'heure : 23:19:10. On ne voit qu'un seul homme au volant. Il paraît grand, mais on le distingue mal.

— Ben là, c'est pas filmé par Hollywood. On le voit mieux, je crois, sur la prochaine photo. Tenez.

— Ouain. Ce n'est pas beaucoup plus clair.

— Mais regardez la troisième photo. Cette fois, vous avez votre bonhomme s'éloignant de la voiture en feu. Voyez, mon appareil marche super bien. Cinq minutes ont passé : 23:24:10. Bel incendie, non ? Ça brûle en pas pour rire !

— Malheureusement, le type est de dos.

— Sur la quatrième photo, on le voit de profil. Avancez. Ça donne quand même une bonne idée, non ? C'est pas un perdreau de l'année, votre suspect. Pour ce qu'on en voit, cet homme-là semble assez vieux. Il est grand, maigre, un peu voûté, mais il marche drôlement vite. Regardez comme en cinq secondes il a fait un bon bout de chemin. C'est vrai qu'il devait avoir envie de décrisser en vitesse de d'là. Ça chauffe à tous les points de vue. On peut comprendre.

— Dommage qu'on ne voie pas mieux son visage. Avec son capuchon sur la tête et son foulard, on distingue mal ses traits.

— Ben là... demandez-en pas trop, quand même. On le voit suffisamment en tout cas pour que moi je puisse vous garantir que c'est pas quelqu'un du coin. Je vous déclare que je n'ai jamais vu votre pyromane assassin et veuillez considérer : et de un, que je suis physionomiste et, de deux, que je connais pas mal tout le monde dans la région. Je suis le secrétaire de l'Association de chasse et pêche de Montpellier et aussi le directeur de la Fédération québécoise des chasseurs et pêcheurs de l'Outaouais. Je fais du « nonovolat » voyez-vous.

— Pardon ?

— Bénévole, quoi ! Je travaille gratis pour les autres et mon prochain. Ce que je veux que vous compreniez, c'est que je suis bien connu dans la grande région et que de mon côté j'y connais beaucoup, beaucoup de monde et, je vous le répète, ce chrétien-là, votre incendiaire, n'est pas de chez nous.

— Pas de chance quand même. Imaginez que la photo ait été prise quand l'incendiaire était face à l'appareil. On aurait une pièce à conviction de premier ordre.

— Madame, je fais ce que je peux.

— Les photos suivantes sur la carte ?

— Deux fois le premier constable venu le matin et moi, deux fois aussi, quand je viens chercher l'appareil.

— Vous me laissez cette carte ?

— Gardez-la le temps qu'il faudra.

— Votre aide nous est très précieuse, monsieur Faillon. J'aimerais que nous vous dédommagions pour les frais que vous avez...

FIN DE L'ENREGISTREMENT

Document n° 2

Émission *Tout le monde en parle*

Radio-Canada
28 septembre 2014
Enregistrement de monsieur René Kahn

Guy A. LEPAGE : Je vous demande d'accueillir chaleureusement monsieur René Kahn, professeur de littérature moderne et contemporaine à la Sorbonne et grand spécialiste mondial de l'œuvre de Louis-Ferdinand Céline.
APPLAUDISSEMENTS
Bonjour, monsieur Kahn, et bienvenue à *Tout le monde en parle*.
MUSIQUE
René KAHN : C'est un honneur et un plaisir d'être reçu ici.
GAL – Un plaisir partagé, n'en doutez pas. Si vous nous disiez le but de votre visite au Québec ?
RK – Eh bien, je suis un spécialiste de Céline et…
Dany TURCOTTE – Un amateur de chanteuses québécoises…
RK – Celle-là, je m'y attendais un peu. Je connais votre Céline et je l'aime beaucoup. Mais le mien, c'est Louis-Ferdinand…
GAL – Nous vous écoutons, monsieur Kahn. Parlez-nous un peu de votre bonhomme Céline.
RK – Je ne suis pas sûr que le terme de « bonhomme » s'applique bien à cet homme, vous

savez. Enfin… Louis-Ferdinand Céline est considéré comme l'un des deux plus grands écrivains de langue française du XXe siècle, l'autre étant Marcel Proust, n'est-ce pas. Les deux hommes ne se connaissaient pas et étaient aussi dissemblables l'un de l'autre que l'on puisse l'imaginer. Céline est issu de la petite-bourgeoisie parisienne avec de courtes racines bretonnes du côté de sa mère. Pour vous expliquer les choses brièvement, disons que c'est une espèce de héros de la Première Guerre mondiale, dont il revient sévèrement blessé, désabusé et surtout fondamentalement pacifiste, contre la guerre de tout son être. Son violent dégoût des conflits armés va colorer toute son œuvre et, dans une certaine mesure, sa vie publique. Je vois que vous montrez à l'écran des photos de lui. Vous noterez qu'il était, durant sa jeunesse et disons jusqu'à la cinquantaine, un fort bel homme : un mètre quatre-vingt, athlétique, les yeux bleus, en fait un authentique séducteur. Ce sera du reste un homme à femmes, grand amateur du corps féminin, tout particulièrement friand de danseuses de ballet, dont il fera un assez large usage, n'est-ce pas. On a gardé des images de ses conquêtes. Ce sont dans tous les cas de fort jolies femmes, indubitablement attirantes et *sexy*, comme on dit aujourd'hui. Céline est aussi, et je devrais dire avant tout, un médecin, un hygiéniste qui poursuivra la pratique de son métier tout en écrivant. Il viendra du reste relativement tard à la littérature, son premier roman, *Voyage au bout de la nuit*, ne sera publié qu'en 1932, alors qu'il a trente-huit ans. Ce que raconte Céline dans ses livres, c'est la chronique de sa vie, et sa vie n'est, ne sera jamais ordinaire. Voilà, tout ce que je vous raconte là est bien réducteur. Céline est un immense écrivain doublé d'un personnage d'une complexité absolue, n'est-ce pas. Ce n'est pas un homme que l'on peut présenter en quelques minutes.

GAL – Votre médecin *playboy* est aussi un type très marqué à la droite de l'échiquier politique français, un raciste fier de l'être et un collaborateur notoire des forces d'occupation allemande pendant la guerre...

RK – Attention... Il faut se garder de toute catégorisation avec cet homme. Ce n'est pas si simple que cela. Rien n'est simple en fait avec Céline. Tenez, on l'a longtemps cru communiste. Louis Aragon, un autre médecin incidemment, tentera même à plusieurs occasions de le faire entrer au Parti français dans la première moitié des années trente. Céline écrira certains de ses textes les plus durs pendant la guerre contre le président de droite Philippe Pétain, une véritable tête de Turc pour ce pamphlétaire. Il ne collaborera jamais au sens bassement politique du mot avec les Allemands. Au contraire, il est probablement l'homme public français qui se permettra les critiques les plus acerbes et irrespectueuses envers les officiers nazis qu'il aura l'occasion de croiser pendant l'Occupation. Pas de langue de bois avec lui, mais constamment de l'humour caustique, voire du vitriol, pour ses ennemis comme pour ses amis, d'ailleurs. Il se démarquera notoirement du gouvernement de Vichy par son particularisme féroce, son quant-à-soi d'écrivain provocateur, son insolence totale vis-à-vis toute forme d'autorité, n'est-ce pas. Et c'est là pour moi qu'il est remarquable comme individu. Il traverse cette époque de guerre, alors que tout le monde en France ou crève de trouille ou se courbe devant l'occupant, avec une superbe, une arrogance, un mépris du danger absolument souverains. Cet homme est un solitaire, un marginal, en fait un inclassable.

GAL – Mais c'est tout de même un des plus grands antisémites de son temps? Ce qu'il écrit contre les Juifs est épouvantable, non?

RK – Il publie effectivement, juste avant et pendant la Seconde Guerre mondiale, trois pamphlets d'une violence inouïe contre les Juifs. Mais c'est le caractère extrême de cette violence qui, à la limite, peut sauver l'homme de plume aux yeux de certains, dont je suis, n'est-ce pas. Céline en met trop, comprenez-vous, trop pour être vraiment suivi, trop pour rêver de l'être quand il publie les pamphlets. Cet écrivain, par ailleurs d'une lucidité parfaitement désespérée, adhérait-il vraiment aux horreurs sans nom qu'il se complaisait à proférer? On peut en douter. Un auteur ami de Céline, atterré par les pamphlets, parlera en les évoquant « d'apocalyptique canular ». C'est du reste une des parades que Céline lui-même utilisera après la guerre face à ceux qui l'accuseront de haine raciale: *Mon antisémitisme*, dira-t-il et je le cite, *par sa forme outrée, énormément comique, strictement littéraire, n'a jamais persécuté personne.*

GAL – Un peu facile de se laver ainsi les mains des années après l'holocauste, non?

RK – Vous avez raison. Mais je crois quant à moi que cet argument défensif est assez crédible. Ce qu'écrit Céline relève avant tout de la fiction romanesque. Il a beau jeu de faire valoir que tout le monde sait bien que son créneau narratif à lui, c'est la déformation de la réalité, l'affabulation totale du quotidien. Cet écrivain se livre en permanence à des exercices de style dans l'horreur, la trivialité, le dégoût de toute humanité. Il va le plus loin qu'il puisse aller à cet égard. Son antisémitisme virulent est un voyage au bout de la haine aussi susceptible de falsification que peut l'être la description que l'auteur fait de sa propre vie dans ses romans. Céline prend le réel et lui tord le cou, comme Verlaine dit qu'il faut le faire à l'éloquence, n'est-ce pas. Lisez comment il décrit les bas-fonds de Londres pendant la Première Guerre mondiale. C'est fou, génial, dantesque, mais enfin très très loin de la réalité anglaise de l'époque. L'écrivain prend un événement réel et vous le sert à sa sauce imaginaire. Voilà... Que dire encore ? Paradoxalement, cet homme qui ne cesse de nous raconter sa vie est un être profondément secret. Il est très difficile de savoir ce qu'il pensait vraiment. Je reviens à votre question sur les Juifs. Vous savez qu'à la fin de sa vie, au début des années soixante, Céline se déclarera philosémite, admirateur de Ben Gourion et attentif au progrès du nouvel État d'Israël.

GAL – Vous-même, vous êtes juif, monsieur Kahn. N'est-il pas difficile d'être à la fois juif et admirateur de Céline ?

RK – Oui, ça l'est. Mais je suis loin d'être le seul Juif admirateur de Céline, vous savez. Certains des écrits de cet homme me font mal, très mal, encore aujourd'hui. Un de mes amis, juif et biographe de Céline comme moi, Émile Brami pour ne pas le nommer, écrit que l'antisémitisme de Céline est pour lui *comme un caillou dans sa chaussure*. L'image est jolie. Disons que je l'assume aussi. Non, il ne faut surtout pas excuser Céline, mais le replacer dans son temps et savoir admettre qu'il est Céline, un génie de la langue française absolument unique, provocateur, visionnaire, halluciné parfois ; simple, crédible, jamais. Vous savez, il écrit dans *Mort à crédit* des choses absolument horribles sur son propre père et sur sa mère. Et ces choses-là, à l'analyse, sont parfaitement déconnectées de tout semblant de réalité. Et pourtant, les preuves abondent qu'il est un bon fils aimant dans la vie courante. Il faut concéder le droit à la fabulation chez des créateurs de cette envergure. Moi, je garde de Céline ce qui est bon. Et ce qui est bon est en fait fulgurant. Cet homme est un narrateur absolument unique, et sa façon de tricoter la langue française me fascine depuis la première ligne que j'ai lue de lui jusqu'aux dernières lettres qu'il a signées et qui à l'occasion sont rendues publiques çà et là.

GAL – Vous êtes au Québec, monsieur Kahn, dans un but assez précis, je crois, concernant votre Louis-Ferdinand.

RK – Oui. Il est exact que je suis chez vous en quelque sorte en mission. Vous savez, la vie de Céline est connue et analysée pratiquement au jour près, n'est-ce pas. On sait beaucoup de choses sur cet homme, du fait que lui-même, le premier, a constamment parlé de lui, de ses faits et gestes, pas seulement dans ses romans mais par une correspondance absolument inouïe avec ses amis, ses maîtresses, ses éditeurs, ses avocats, ses admirateurs, tous ceux en réalité qui échangeaient avec lui ou sollicitaient son opinion. Dès lors, ce que l'on ne sait pas d'un tel personnage devient un sujet d'intérêt immense pour les historiens de la littérature, qu'ils se rangent du côté des thuriféraires de l'écrivain ou de ses détracteurs, du reste.

GAL – Des tu-ri-fait quoi? Excusez-la, monsieur le professeur, mais là, vous m'avez perdu… S'il te plaît, Dany, fais pas celui qui a compris, ou je te demande la traduction immédiate.

DT – Non, non, tu ri fait pas grand-chose à moi non plus…

(RIRES DU PUBLIC)

RK – Ses encenseurs, ses biographes les plus élogieux, si vous voulez…

GAL – Ça va mieux de même effectivement…

DT – Tu ri fra pu répéter, d'abord…

(RIRES DU PUBLIC)

RK – On dit parfois aussi hagiographe, vous savez…

DT – À giographie variable… non?

(RIRES DU PUBLIC)

GAL – Dany!!! Un peu de sérieux, quand même… Fais pas rire de nous autres un grand maître de la Sorbonne! Monsieur Kahn, revenons à notre sujet! Oui, mais là, je ne sais plus où on en était… (RIRES)

RK – Je vous expliquais qu'il nous manquait certains éléments de la vie de Céline et, entre autres, énormément de choses – en fait l'essentiel – sur ce qu'a été sa relation avec le Québec et les Québécois.

GAL – Ah, nous y voilà. Car Céline est venu au Québec…

DT – Tu sais ça, toi?

GAL – C'est écrit sur mon carton.

(RIRES)

RK – Oui, il est venu deux fois, en 1925 et en 1938. Il faut que vous sachiez que Céline est un nordique, un homme du froid. Il déteste de façon viscérale les pays chauds. C'est aussi un homme que séduisent les grands espaces. Il a l'âme marine. Il se sent celte, assume la « bretonnerie » de ses aïeux. Bref, beaucoup de choses le séduisent chez vous et, avant tout, le fait français en lui-même. Cet homme n'aurait pu longtemps exister dans un pays où il n'aurait pu parler sa langue. C'est pour lui une question de survie. Il s'exprime assez couramment, croyons-nous, en anglais et en allemand, mais c'est véritablement en français que ce fou de la langue vit et peut donner corps à sa folie créatrice, n'est-ce pas. Or, sa liberté et même sa vie étaient clairement menacées dans la France de la Libération dont il doit s'exiler six ans, jusqu'en 1951. Et l'individu souffre loin des parlants de sa langue. Son bannissement, il le voyait venir de longue date. Il savait qu'il se marginalisait en adoptant des positions à ce point extrémistes et l'on constate toujours chez lui cette recherche d'une terre qui saurait l'adopter en cas de besoin. À cet égard, c'est très clairement le golfe du Saint-Laurent francophone qui l'attire, les îles Saint-Pierre et Miquelon et le Québec, bien sûr. Pendant ses années d'exil et d'emprisonnement au Danemark, à la fin des années quarante, il s'était souvenu de l'accueil reçu chez vous avec une certaine nostalgie et il évoqua plusieurs fois la possibilité de venir s'installer ici. Tenez, vous lirai-je ce qu'il écrivait de vous sans blesser la susceptibilité de vos auditeurs…

GAL – Allez-y don. Si ce Français-là bavait sur tout le monde, coudon', il pouvait bien baver sur nous autres aussi.

RK – Bien. Je le cite au texte, n'est-ce pas… *Un seul pays au monde résistera encore un siècle, celui où les curés sont rois, le Canada, le plus emmerdant de tous les pays. Mais j'irai, je servirai la messe. J'enseignerai le catéchisme.* Fin de citation…

GAL – Ouain…

DT – Pauvre lui. Ça ne marcherait pas bien son affaire aujourd'hui. On ne se bouscule plus à la porte des cours de catéchisme.

RK – D'accord avec vous, mais c'était le cas à l'époque. Plusieurs anciens collaborateurs français, du reste, s'établiront après la guerre au Québec et bénéficieront effectivement de l'appui des autorités de votre clergé en plus de la sympathie ouverte d'hommes politiques, dont au premier chef votre Premier Ministre Maurice Duplessis. Céline sait parfaitement tout cela. En 1925, il a passé huit jours chez vous à se promener de ville en ville et a beaucoup aimé tout ce qu'il a vu. Il l'a écrit à ses amis. Il n'est pas encore connu comme écrivain et pour cause, n'est-ce pas, puisqu'il n'a pas encore publié. Mais sa visite à la tête d'une délégation médicale de la Société des Nations est assez abondamment relatée dans votre presse de l'époque. Céline, le médecin, parle beaucoup et séduit les gens qu'il rencontre. Pour ce voyage, on a son emploi du temps de tous les jours et on le suit parfaitement, à l'exception d'une journée entière qu'il passe à Montréal sans que l'on ait la moindre idée de ce qu'il a bien pu y faire. C'est un de mes sujets d'interrogation. On sait par ailleurs qu'au cours de ce premier séjour il a rencontré une femme. On écrit généralement qu'il l'a « honorée » dans l'hôtel qui sera les deux fois le sien à Montréal, le Windsor. Je dis « honorée », mais Céline emploie un autre terme beaucoup plus descriptif que je vous épargne.

GAL – Il y a effectivement des enfants à l'écoute…

RK – Cette femme aussi m'intéresse. Est-elle une professionnelle du sexe ou une personne que Céline a d'autres raisons de connaître? Nous ne le savons pas. Quand Céline revient au Québec, en 1938, le portrait a changé. Il est devenu l'écrivain dont toute la France parle. Son *Voyage au bout de la nuit* a raté de justesse le prix Goncourt, un non-événement qui a fait scandale dans le Paris de l'époque. Il vient coup sur coup de publier son deuxième grand roman, *Mort à crédit*, et deux premiers pamphlets qui font beaucoup parler: *Mea Culpa* et *Bagatelle pour un massacre*. C'est alors un auteur confirmé et célèbre. Et là, il semble hors de tout doute que l'unique but de ce voyage soit de tester la possibilité pour lui de venir un jour s'établir au Québec. Comme durant sa première visite ici, on perd sa trace pendant quelques jours, au début du mois de mai, alors qu'il réside à Montréal. Tout cela nous amène à penser que Céline connaissait fort bien quelqu'un dans votre métropole, quelqu'un dont il a des raisons de ne pas parler dans sa correspondance, quelqu'un qui nous intrigue, quelqu'un dont j'aimerais retrouver la trace.

GAL – Et voilà donc le but de votre visite: retrouver ce « quelqu'un »?

RK – Ou peut-être cette *quelqu'une*, n'est-ce pas? Eh bien, disons que oui.

GAL – Que cherchez-vous au juste, professeur Kahn?

RK – Écoutez, si j'ai encore un peu de temps, j'aimerais vous raconter comment le Québec vient d'étonner assez fort le petit monde célinien. Je serai bref. Un de vos hommes de lettres a mis la main il y a quatre ans, donc tout récemment, sur une photo de Céline participant à une réunion fasciste canadienne. Ce monsieur, qui s'appelle Jean-François Nadeau et que je vais avoir du reste le plaisir de rencontrer durant ce voyage, a publié ce cliché dans un livre qu'il a consacré à l'un de vos leaders d'extrême droite sévissant au milieu du siècle dernier, un dénommé Adrien Arcand. On y voit Céline entouré de plusieurs femmes, certaines très jolies, d'ailleurs...

GAL – Je crois que nous avons la photo, Manon...

RK – Voilà. Cette photo a été prise le 5 mai 1938[1]. Le lendemain, Céline est reçu comme la coqueluche du tout-Paris qu'il est par un écrivain de chez vous du nom de Victor Barbeau. C'est ce Barbeau qui narre qu'au moment de leurs adieux, tard dans la nuit, Céline lui demande : *Qui est donc cette magnifique rouquine qui n'a pas ouvert la bouche de la soirée?* Eh bien voilà une question dont la réponse me comblerait moi aussi. Barbeau ne précise pas ce qu'il a bien pu répondre à son collègue français, alors la question reste posée, n'est-ce pas. Qui était cette mystérieuse rousse ? Comment Céline s'y est-il pris ensuite pour la rencontrer ? L'a-t-il séduite ? A-t-il poursuivi plus loin l'aventure ? Était-ce l'une des femmes apparaissant sur la photo de Nadeau ? Rien de moins sûr, mais j'invite cela dit vos téléspectateurs à bien regarder le grossissement de ce cliché et à voir s'ils ne reconnaîtraient pas, dans ces jeunes fascistes assises à côté de Céline, leur grand-mère ou, disons, une grand-mère de leur connaissance. J'ajoute que d'autres notes, dans

1 Voir en page 129.

une correspondance inédite de Céline, nous amènent à penser que cette femme, la *magnifique rouquine* évoquée par Barbeau, pourrait être grande et d'origine russe, russe blanche, de souche noble, donc. Il est concevable qu'elle n'ait pas parlé français, ce qui expliquerait ce mutisme remarqué par Céline. Voilà...

GAL – Donc, si nous résumons, professeur, vous souhaitez que l'on vous informe de ce que l'on pourrait savoir sur les visites de Louis-Ferdinand Céline au Québec ? Et vous nous indiquez des pistes...

RK – Oui. Disons que nous avons *grosso modo* trois centres d'intérêt : la personnalité de ces deux femmes, celle de 1925 et celle de 1938. Savoir qui elles étaient, pouvoir peut-être parler à leurs descendants. Avoir seulement l'occasion de consulter les archives personnelles de ces personnes serait pour nous, historiens, une véritable aubaine. Maintenant, il y a aussi la piste des liens entretenus par Céline avec Adrien Arcand, et plus largement avec certaines personnes du mouvement d'extrême droite dirigé par ce monsieur. Jusqu'à quel point ces deux fascistes militants étaient-ils des familiers ? Ont-ils échangé une correspondance que nous ne connaîtrions pas ? De telles lettres seraient-elles retrouvées au fond de quelque tiroir qu'elles susciteraient un énorme intérêt car elles pourraient nous permettre de mieux connaître un aspect peu connu de Céline : la nature véritable de son intérêt pour le Québec. Notre dernier centre d'intérêt, enfin, est peut-être celui qui me tient le plus à cœur personnellement. Je suis, parmi les biographes de Céline, celui qui s'est le plus intéressé à ses séjours londoniens. Céline, jeune blessé de guerre, réside en Angleterre et travaille au consulat de France une année en 1915-16. Il fera très souvent le voyage à Londres pendant les deux décennies suivantes. Il est très introduit là-bas dans le milieu de la prostitution et ne s'en cache pas. Son premier séjour reste empli de mystère. Il vit alors très près de la pègre française à l'époque fort présente dans les quartiers chauds de Londres. Céline affirme lui-même y avoir été souteneur et l'on sait qu'il s'y mariera avec une prostituée. Une haute figure du monde des voyous français du temps est alors à Londres et tout laisse à penser que Céline a rencontré ce personnage et, qui sait, a pu en devenir un proche. Cet homme, un tueur, le prototype du grand bandit absolu, s'appelle René Lambert, noms de guerre « Le Grand », ou « René de Londres ». Il est le chef d'une terrible bande restée dans l'histoire sous le nom « d'Équipe de fer ». Où les choses deviennent particulièrement intéressantes pour mes recherches, c'est que l'un des lieutenants les plus fameux du Grand s'appelait Jean Lecluer, plus connu sous son sobriquet de truand « Jean le Tatoué ». Et ce Lecluer, en rupture de ban à Londres, va devenir Québécois…

GAL – Manon, la photo s'il te plaît…

RK – Voilà. Alors vous voyez ici Jean Lecluer en 1925[2]. L'année, je vous le rappelle, de la première visite de Céline chez vous, n'est-ce pas. Le truand, dit la légende de ce cliché, pose au cours d'une partie de chasse au chevreuil au Québec, où il s'est installé durant la décennie précédente, après son époque londonienne.

---

2 Voir *Les Pégriots*, d'Auguste Le Breton, Robert Laffont / Plon, 1973.

DT – Ben oui, regarde don' ça, toi : il a même tué deux femelles.

RK – Constatez la largeur d'épaules de cet homme. C'est un dangereux colosse. Céline le connaissait-il ? Impossible de l'affirmer. Mais nous savons donc que ce Lecluer devenu Canadien a terminé sa vie au Québec, où il est mort dans son lit en 1937 d'un cancer. Bien sûr il a changé d'identité dans sa cavale et c'est sous un autre nom qu'il a pu laisser des souvenirs ici.

GAL – Et vous aimeriez en savoir plus sur lui ?

RK – C'est cela. Et voir s'il n'aurait pas été un des contacts – sinon « le » mystérieux contact – de Céline au Québec, n'est-ce pas. Et la chose ne semble pas impossible, loin de là. J'entends que plusieurs de vos téléspectateurs pourraient se souvenir de ce Jean le Tatoué, car tatoué il l'était en effet et pas qu'un peu, si je puis m'exprimer ainsi. Son front s'ornait d'un cafard, signe de reconnaissance entre anciens détenus des compagnies de discipline des Bat' d'Af de l'armée française.

GAL – Les… ?

RK – Les Bat' d'Af, pour Bataillons d'Afrique. C'est là que l'on envoyait les fortes têtes et les auteurs de délits envers l'armée française. Les disciplinaires y vivaient dans des conditions absolument infernales et la grande majorité d'entre eux se faisaient tatouer, une façon si vous voulez de défier l'autorité, d'affirmer leur marginalité, de résister à l'écrasante machine répressive. Je reviens à ce Lecluer. Il portait le plus souvent une casquette ou un chapeau pour dissimuler le tatouage du cafard sur son front, ce qui est du reste le cas sur la photo que vous venez de projeter. Sur sa main droite était tatoué tout le bien qu'il pensait des officiers de ladite armée française. Total, cet homme portait toujours un gant de chevreau noir pour éviter d'attirer l'attention.

GAL – Pas sur notre photo…

RK – Ce qui me laisse penser qu'il chassait cette fois-là avec des amis qu'il jugeait très fidèles.

GAL – Bien ! Mesdames, Messieurs, vous avez entendu le professeur Kahn. Là je parle aux plus âgés de nos téléspectateurs. Vous souviendriez-vous d'un Français de votre jeunesse avec une bibitte tatouée sur le front et portant un gant noir ? Ça doit vous marquer son habitant, quand même.

RK – Nous savons également qu'il a été actif dans le domaine de la fourrure…

GAL – Ma parole, nous sommes en pleine enquête. Manon, le téléphone, s'il te plaît… Voilà, merci. Ce numéro qui apparaît en bas de votre écran est celui où vous pourrez joindre notre invité dans les jours à venir. Il s'agit du numéro de l'attachée culturelle du consulat de France, qui prendra vos messages et les transmettra au professeur. Monsieur Kahn, nous avez-vous dit tout ce que vous souhaitiez ?

RK – Ma foi oui, et je vous remercie de cette opportunité que vous m'avez donnée d'amorcer mes recherches au Québec avec vous.

GAL – Allez-vous rester des nôtres jusqu'à la fin de notre émission ?

RK – C'eût été avec le plus grand des plaisirs, mais je suis un peu victime du décalage horaire et je dois préparer une conférence à donner demain matin à l'Université de Montréal…

GAL – Et vous devez nous quitter, pas de problème…

DT – Monsieur Kahn, monsieur Kahn, attendez, j'ai ceci pour vous. C'est une coutume de l'émission d'ainsi faire un petit clin d'œil à certains de nos invités avant qu'ils s'en aillent. Tenez…

RK – Eh bien, merci.

GAL – Ah non, vous ne vous en tirerez pas aussi facilement, monsieur Kahn. Il faut nous lire ce qu'il y a d'écrit sur la carte.

RK – Ah bon. Attendez… Euh… *Cher monsieur Kahn, nous vous souhaitons autant de réussite chez nous avec votre Céline à vous qu'en a eu chez vous notre René à nous avec sa Céline à lui.*

GAL – Un peu prévisible, mais bonne quand même…

APPLAUDISSEMENTS – FIN DE L'ENREGISTREMENT

Parfait, monsieur Plamondon. Vous en savez maintenant autant que moi le premier jour de mon enquête. Tout imprégnée par ce que je viens de voir et d'entendre, je suis perplexe. Le professeur français serait-il mort de trop de curiosité ? L'hypothèse semble quand même bien romanesque. Cet homme est-il plutôt la victime d'une tout autre histoire crapuleuse ? Je suivrais volontiers cette voie, quoique j'imagine mal cet aristocrate à nœud papillon aller, à des milles de chez lui, se mettre dans un guêpier tel que quelqu'un d'ici ait eu à se débarrasser de lui. Alors ?

Je me trouve en réalité dans une situation assez étonnante pour un enquêteur, non ? Le jour même où l'on me confie une enquête pour meurtre, je vois et j'entends la victime et j'ai sous les yeux la photo de celui qui est sans doute son assassin. Qui est cet incendiaire photographié à la cache de chasse, ce *p'tit vieux*, comme dit Michel Faillon, qui n'est pas petit s'il est vraiment vieux… ce qui reste à confirmer.

Je me souviens d'être retournée à mon ordinateur enregistrer les quatre photos du chasseur avant d'envoyer la carte mémoire à la Division de l'Identité judiciaire. Je passe du temps devant l'écran à regarder l'homme de l'incendie. Un grand type efflanqué et plutôt voûté, ce qui effectivement vieillit sa silhouette. De là à lui attribuer un âge entre soixante et quatre-vingts ans, difficile. Sous la capuche tombant bas sur le front, l'unique œil visible sur son profil apparaît comme une tache blanche lumineuse sur le gris de la photo nocturne, ce qui lui donne une allure assez surréelle, vaguement fantomatique, inquiétante, sans aucun doute. Il est vêtu comme un chasseur, bottes serrées aux mollets, veste à carreaux. Aussi maigre soit-il, il dégage une impression de force, peut-être parce qu'il semble très mobile, ce qu'avait remarqué le témoin Faillon.

On me passe l'appel d'un sergent de la SQ de Papineauville : un citoyen de Ripon, résidant sur la route 315, pense avoir vu le voleur de la Ford Escort incendiée à Montpellier. Il le décrit comme un grand type maigre en habit de chasseur. Il n'a pu voir son visage, l'autre ayant une capuche sur la tête. Je confirme au collègue au bout du fil que la description corrobore ce que je sais déjà d'un suspect potentiel. Le témoin dort mal cette nuit-là et se surprend de voir passer un homme courant devant chez lui en provenance de Montpellier. Deux minutes après le passage du coureur, des phares s'allument dans la nuit et un véhicule s'éloigne vers le sud. L'insomniaque estime que son joggeur a rejoint une fourgonnette quelques centaines de mètres plus loin. Un véhicule de ce genre était garé là depuis la veille. Précieux, le témoin, garagiste de son état, évoque un Dodge 2500 Ram, de type van, de couleur bleu foncé. Quant à l'heure où il a vu courir le suspect, l'homme est catégorique. Il venait de la lire en gros chiffres lumineux à son réveil numérique – 12:34 –, une heure dont on se souvient.

Je raccroche et calcule : notre homme a couru plus de douze kilomètres en un peu plus d'une heure. Il performe comme un marathonien, un vrai, en bottes en plus de ça. Je suis joggeuse. Je sais ce que cela signifie. Cette allure de vieux est un leurre. L'assassin est un athlète.

Patrice Jacquet, le premier sergent à me faire son rapport, revient de l'hôtel du complexe Desjardins où Kahn résidait pour son séjour. La réception confirme que le professeur a quitté l'endroit en fin de matinée le mardi, sans laisser la carte magnétique servant de clef à sa chambre du quinzième étage. Il a loué une voiture qu'un préposé lui a conduite à la sortie du stationnement couvert de la rue Jeanne-Mance. Il n'a pas indiqué où il s'en allait. Jacquet, un consciencieux, a vérifié que l'auto utilisée par Kahn a été louée au concessionnaire Budget du complexe où, lui dit-on, elle n'a toujours pas été retournée.

La réservation d'hôtel de Kahn a été faite par le consulat de France, à qui la facture sera envoyée pour paiement au terme du séjour du professeur. Jacquet a demandé à voir la chambre. La porte est fermée à clef avec, sur la poignée, l'affichette *ne pas déranger, svp*. Le collègue donne l'ordre qu'on lui ouvre et constate que la pièce a été fouillée. Une valise est ouverte sur le lit, avec une partie de son contenu à terre. Les placards sont béants, les tiroirs des commodes et des tables de nuit renversés sur le sol.

Pas plus que moi, mon adjoint n'a vu l'émission *Tout le monde en parle* du dimanche. Je lui donne ma copie DVD et l'envoie regarder la télé en lui demandant d'être particulièrement attentif à ce que

René Kahn dit du dénommé Jean le Tatoué. Nous les premiers, j'entends la police, avons peut-être dans nos vieux fichiers quelque chose sur cet individu. Si le truand français s'est adonné au Québec, pendant plus de vingt ans, au même genre d'exactions qui le faisaient vivre en Europe au début du siècle, nos ancêtres policiers ont bien dû lui dresser quelques rapports d'infraction et compiler un dossier criminel sur lui. Qui sait, on l'a peut-être poursuivi en justice et tout cela doit laisser des traces. Patrice les cherchera.

Le sergent Daniel Artaud, que j'ai envoyé à Radio-Canada, est le second à me revenir. Il n'a pas pris grand-chose dans ses filets. Le professeur s'est rendu à l'enregistrement de *Tout le monde en parle* le jeudi ayant précédé le passage de l'émission à l'écran. Un gentleman poli, charmant au dire de tous. L'animateur Guy A. Lepage ne tarit pas d'éloges: *À part ses « n'est-ce pas » de professeur Nimbus, un excellent invité comme on les aime chez nous, bavard, discipliné, intéressant.* Daniel s'est informé sur les raisons de la sélection du professeur. Ce point me préoccupait. Comment Kahn en était-il arrivé à passer au confessionnal de Guy A. ? Artaud se fait dire que la recommandation est venue d'en haut à l'équipe de production qui n'a vu aucune raison de refuser cette proposition de la direction de Radio-Canada. *Louis-Ferdinand Céline ? Le sujet ne paraissait pas d'un immense intérêt pour notre public*, de préciser Guy A., *mais nous avions un créneau libre dans notre liste d'invités et après tout, pourquoi ne pas recevoir un professeur de la Sorbonne ?* En fait, en fouillant un peu plus, le sergent Artaud allait finir par apprendre que la suggestion initiale émanait de Manon Brégier, une femme se présentant comme l'attachée culturelle du consulat de France.

C'est avec la même Manon Brégier que le sergent Claire Roberge vient de terminer son après-midi de travail au consulat de France. La boucle se ferme. Claire me confirme que c'est bien par les autorités françaises du Canada qu'a transité la demande du professeur depuis Paris. René Kahn souhaitait participer à une émission en vue où son message saurait joindre un maximum de Québécois de tous âges. L'ambassade d'Ottawa a transmis le dossier à madame Brégier, du consulat de Montréal. Celle-ci, de son propre aveu assez rébarbative à la personnalité de Louis-Ferdinand Céline, ne s'est pas attelée à la tâche de très bon cœur, mais enfin s'y est mise, et avec succès. Estimant que la meilleure tribune pour l'homme de lettres était l'émission grand public du dimanche soir de Radio-Canada, elle a appelé une de ses relations à la direction de la société de la Couronne où l'on a accueilli favorablement sa demande.

Ladite Manon Brégier, une jeune femme dont la classe a impressionné Claire, avance avoir eu beaucoup d'intérêt et de plaisir à prendre en charge le professeur Kahn depuis son arrivée à Montréal la veille de l'enregistrement de l'émission. C'est elle-même qui l'a accompagné au studio 42 de Radio-Canada.

Claire, une policière d'une efficacité remarquable, me promet l'agenda détaillé des rencontres du professeur et le résultat de son appel à tous à la télévision. Une vingtaine de personnes ont téléphoné au consulat. Parmi celles-ci, une demi-douzaine avaient des informations sérieuses que l'attachée culturelle a transmises au professeur. *Et tiens-toi bien, ma fille*, de se rengorger Claire, incapable de garder plus longtemps son scoop : *Tu as là-dedans l'épouse de Duilio Calliero ! Eh oui, cette dame affirme que sa grand-mère serait nulle autre que l'héritière de Jean le Tatoué…*

Calliero ! Ce nom-là, je lui demande de le répéter et plutôt deux fois qu'une, croyez-moi, monsieur Plamondon. Une bombe ! Il sort dans mon enquête alors même qu'il est au cœur de l'actualité avec le tsunami d'accusations de collusion et de corruption qui déferle quotidiennement sur le sulfureux entrepreneur de Laval…

Nous en sommes là quand on m'annonce que mon supérieur Perreault veut me voir. Je dois écourter ma rencontre avec Claire. Je lui demande une synthèse écrite de ses échanges avec Manon Brégier, que je lirai quand j'en aurai le loisir, plus tard en soirée.

Rencontre décevante avec mon *boss*. Je souhaite lui rendre compte de mes premières observations dans l'enquête, mais lui n'a manifestement qu'un souci en tête : « sa » conférence de presse. Enfin, celle qu'il entend que « je » donne immédiatement. *Les journalistes vous attendent, capitaine. Lâchez-leur tout ce que vous savez, vous avez mon feu vert.* Il insiste pour que je réponde à toutes les demandes d'entrevues télévisées, voire que je les suscite. *Il est très important que l'on vous voie afin que les gens qui souhaitaient joindre le professeur Kahn sachent qui vous êtes et qu'ils peuvent vous parler !*

Qu'il ait envie ou non de m'entendre, je lui fais rapidement rapport de ce que j'ai appris dans mon début d'enquête, dont le nom de la petite-fille de l'héritière du truand français Jean le Tatoué. L'évocation du Duilio Calliero le laisse de marbre. Rien de ce que je raconte ne semble susciter son intérêt, ce qui me surprend quand même un peu. Je constate une autre fois que nous ne sommes pas sur la même longueur d'onde, lui et moi, alors qu'il m'enjoint à nouveau, avec une insistance parfaitement désagréable, de ne rien engager comme recherches avant de l'en aviser et de solliciter son accord. Deuxième avertissement de la journée sur le même thème. Cet homme est la confiance même. Quant à moi, un patron a tout à fait le droit d'être dur, exigeant, directif avec son monde, mettez-en ! Mais il y a la manière. On n'impose pas de façon aussi primaire son autorité. Je suis responsable de mon enquête et j'entends que l'on respecte mon champ de compétences. J'ai envie de le lui envoyer au nez, mais j'hésite à ouvrir les hostilités.

Si la rencontre avec Perreault est brève, ce n'est pas le cas de celle que j'ai ensuite avec la solide vingtaine de journalistes qui m'attendent à la salle de presse du Service des Communications. Je les informe de l'identité du cadavre retrouvé dans la voiture incendiée du Crique-à-la-Roche et leur dis ce que nous savons du meurtre du professeur René Kahn. Je leur mentionne que nous avons une assez bonne idée de l'allure de l'homme ayant mis le feu à la voiture. Je tais l'existence de l'appareil photo du chasseur, mais mentionne l'existence d'un témoin visuel à Ripon. J'évoque aussi la piste de Laval et mentionne le nom de l'épouse de Duilio Calliero, ce qui suscite un intérêt haletant. Les questions sont immédiates et nombreuses et j'y réponds tant et si bien que la rencontre se prolonge assez tard, d'autant que l'on me demande des entrevues télévisées que, selon les ordres de mon *boss*, je donne avec toute l'amabilité dont je suis capable.

Au retour à mon bureau, je trouve le rapport de Claire Roberge, que je vais lire et méditer jusqu'à tard cette soirée-là. Je vous en joins une copie (document n° 3).

Document n° 3

Rapport du sergent Claire Roberge

Ce jour, jeudi 2 octobre 2014, j'ai interrogé madame Manon Brégier, attachée culturelle du consulat de France, relativement au meurtre de René Kahn. Madame Brégier était le chaperon de monsieur Kahn à Montréal et son assistante dans ses recherches au Québec.

Jolie jeune femme dans la trentaine, très grande, mince, longs cheveux auburn, habillée avec style. Elle a piloté le professeur au Québec depuis son arrivée, le mercredi 25 septembre. Organise deux rencontres avec des universitaires, jeudi après-midi et vendredi matin. Règle tous les détails de son passage à l'émission *Tout le monde en parle* le jeudi en début de soirée. Lui obtient des entrevues avec le magazine L'actualité, la revue *Lettres québécoises* et *Le Devoir* en plus d'organiser pour lui un souper d'initiés le vendredi 27 septembre à l'hôtel Hyatt. Manon Brégier a mis sa propre voiture à la disposition du visiteur et l'a conduit le samedi chez de vagues cousins à lui à Abercorn, dans les Cantons de l'Est. Le dimanche, l'universitaire avait choisi de se reposer et de travailler seul dans sa chambre d'hôtel en attendant le visionnement de l'émission de Radio-Canada.

On trouvera en annexe à ce rapport la liste exhaustive de toutes les personnes rencontrées par René Kahn. Parmi celles-ci, j'attire votre attention sur les quatre invités à ce souper du vendredi auquel madame Brégier participe également. Le repas, servi dans un salon privé de l'hôtel du complexe Desjardins, serait un des moments importants du séjour du professeur. La rencontre s'est poursuivie jusque très tard dans la nuit. Les convives avaient été choisis de longue date et depuis Paris par René Kahn. Il s'agit de personnalités du monde culturel québécois ayant toutes un lien avec l'écrivain Céline. Madame Brégier est disposée à conter tous les détails de ce souper si l'enquête le requiert.

L'appel à tous de Kahn à la télé n'a pas suscité beaucoup d'intérêt. Manon Brégier a reçu une vingtaine de communications. Rien qui tienne la route quant à la grande rouquine. La demi-douzaine de messages sélectionnés sont tous relatifs au truand recherché par le professeur. Deux avis concordants signalent à Québec un homme correspondant à la description. Il y aurait tenu deux « speak-easy » au temps de la prohibition. La fille d'un centenaire mentionne que son père, un ancien vitrier de profession, est persuadé d'avoir vu plusieurs fois cet homme au début des années trente dans un bar de l'ouest de Montréal. Trois autres témoignages évoquent un vendeur de fourrures établi dans l'île Jésus, sur la montée de L'Abord-à-Plouffe. Le plus susceptible d'intérêt est celui d'Elena Calliero, qui prétend que sa grand-mère a été l'héritière de cet homme. Elle affirme même avoir confié des documents au professeur Kahn à cet égard. Il faudrait rencontrer au plus tôt cette dame pour savoir ce qu'il en est. Je joins en annexe les coordonnées des correspondants retenus par madame Brégier.

J'ai également rencontré le capitaine Jean-Claude Joby, l'officier responsable de la Sûreté dans les sept missions diplomatiques françaises au Canada, l'ambassade et les six consulats. Il est de mauvaise humeur, veut des nouvelles de l'enquête et te rencontrer, Aglaé, au plus sacrant. Tu trouveras ses coordonnées et celles de madame Brégier en annexe.

Sergent Claire Roberge

Je repars ce soir-là chez moi sans trop nourrir d'humeurs quant à cette première journée d'enquête. Seul bémol peut-être, cette irritante sensation de ne pas être libre de mes actes comme il convient qu'un enquêteur le soit. Mon patron, déplaisant, outrageusement directif, trop sur mon dos, cet officier français me demandant avec une insistance agaçante des comptes avant même que j'aie commencé la moindre démarche hors de mon bureau. Une furieuse envie me vient alors, je le confesse, d'envoyer tout ce beau monde chez le diable et de n'en faire qu'à ma tête. Il est rare que l'on cède à de telles impulsions, n'est-ce pas, monsieur l'inspecteur ? Alors je me raisonne, me décide à rabattre un peu mon orgueil et prends de sages décisions : le lendemain, j'appellerai mon supérieur pour l'informer de ce que j'envisagerai de faire et, bonne fille, je tâcherai aussi de donner des nouvelles au chargé de sécurité des missions françaises au Canada. Je me souviens d'avoir pensé à ce moment qu'après tout je pourrais tomber avec un peu de chance sur un type aussi plaisant que mon vieil ami Mollon, un confrère des vieux pays dont j'évoque la personnalité ici car j'aurai l'occasion de vous parler de lui plus tard dans ma narration, monsieur Plamondon. Il jouera en effet son rôle dans cette histoire, vous le constaterez. Lui aussi, le gros Pierre, avait été plate à mort au tout début de notre relation, quelques années plus tôt, avant de devenir le meilleur partenaire d'enquête que j'aie jamais connu. Qui sait, ce Joby serait peut-être du même tonneau ? Allons, soyons zen ! Oui, je m'y résous ce soir-là, j'essaierai de composer avec les autres.

Voyez si mes pensées étaient alors soumises et positives…

3

J'entre très tôt à Parthenais le vendredi matin et me découvre avec un brin de curiosité à la première page des journaux francophones.

— Beau brin de fille, non ?

Je plaisante. Je vous en préviens à nouveau, cher monsieur l'inspecteur, je vous raconte et vous raconterai mes trucs à ma façon, comme si je parlais à ma cousine ou à un *chum*, en aucun cas à un officier supérieur de police. On s'entend toujours, n'est-ce pas ?

Alors c'est ça. Je trouve donc que ma photo dans *La Presse* entourée de micros et de caméras est plutôt bonne. Elle accompagne au sommet à droite de la une un gros titre sur quatre colonnes :

ENQUÊTE RENÉ KAHN
LA SÛRETÉ CHERCHE À LAVAL

Pas de photo de moi dans *Le Devoir* qui annonce, à peine plus sobrement, sur trois colonnes :

LE PROFESSEUR FRANÇAIS RENÉ KAHN
EST RETROUVÉ MORT À MONTPELLIER

Un sous-titre dans l'article : « Une première piste à Laval ».

Le Journal de Montréal est celui qui en met le plus. L'affaire Kahn a droit à toute la une avec la photo pleine page de la Ford brûlée au Crique-à-la-Roche et moi en médaillon. Le titre :

MEURTRE DU PROFESSEUR KAHN
LES ENQUÊTEURS ENTENDRONT L'ÉPOUSE DE DUILIO CALLIERO

Pas de doute, de tout ce que je leur ai raconté la veille, les journalistes ont surtout retenu le lien avec l'acteur majeur des scandales de l'heure au Québec. Leur choix me semble hasardeux, prématuré. Mais si c'est ainsi que l'affaire sort et provoque l'intérêt du public, qu'y puis-je ?

Je rédige mes directives à l'intention de mes adjoints pas encore arrivés au bureau. J'ai décidé de leur confier les recherches sur les pistes identifiées par Claire à la suite des coups de fil reçus au consulat. Elles concernent toutes Le Tatoué, ce truand français du siècle passé. Le sergent Jacquet ira à Québec fouiller cette histoire de « speak-easy », Daniel Artaud recueillera le témoignage détaillé de l'ancêtre vitrier de Montréal et Claire, qui, je l'ai senti, en meurt d'envie, recueillera le témoignage de madame Calliero. Un petit nouveau que je viens d'embaucher, un rapide que j'aime bien, Nicol Ammerlaan, passe à ce moment devant mon bureau et je l'arrête. Lui me fera une recherche auprès des collègues chargés de la surveillance des mouvements extrémistes au Québec. Existe-t-il chez nous une extrême droite xénophobe et antisémite, potentiellement dangereuse, qui pourrait avoir entravé le travail de recherche du professeur français ?

La veille, chez moi, j'ai « googlé » les noms de Kahn et Céline. La fréquence des mentions du professeur de la Sorbonne sur la toile m'a surprise. Des pages et des pages de fichiers sur Internet lui sont consacrées. J'en ai feuilleté la première vingtaine affichée par le moteur de recherche et j'ai tout particulièrement lu l'exhaustive biographie que lui consacre Wikipédia. Impressionnante ! Et puis je suis tombée « dans » Louis-Ferdinand Céline… et là je me suis un peu perdue sous l'avalanche d'informations disponibles. Quel drôle de phénomène que cet écrivain français-là, quel ahurissant provocateur ! Je sens que je dois aller plus loin dans ma connaissance de la vie de ce personnage insolite, pas comme il faut, pas comme les autres qui, cinquante ans après sa mort, fascine toujours tant de têtes bien faites. Magie de l'ordinateur, je l'ai même vu et entendu en entrevue télévisée noir et blanc répondre aux questions parachutées d'un interviewer guindé et verbeux des années cinquante. J'avoue m'être sentie attirée par le charme du vieil homme au visage émacié justifiant à l'écran *sa finesse de chienne de traîneau voyant la crevasse dans la glace avant la meute…* Tout cela sur fond de racisme exacerbé, d'antisémitisme virulent faisant comme un halo de fumées ébouriffantes autour du personnage. La politique a-t-elle joué un rôle direct dans le meurtre de René Kahn ?

Le téléphone me ramène au présent et, un peu surprise compte tenu de l'heure, pas encore sept heures du matin, le standard de la SQ me transfère un appel d'un chauffeur de taxi. L'homme termine sa nuit de travail. Il me signale avoir été appelé à l'hôtel Hyatt du complexe Desjardins vers vingt et une heures trente, dimanche soir, donc une heure trente après le début de la diffusion de l'émission *Tout le monde en parle*. Il a la surprise alors de constater que son client est nul autre que ce professeur qu'il vient de voir à la télé du restaurant où il a pris un sandwich. Il conduit le Français au centre commercial du carrefour Laval. Une chose frappe le chauffeur, un immigrant haïtien : son passager semble inquiet, ne cesse de se retourner comme pour vérifier qu'il n'est pas suivi. L'Haïtien et le professeur n'échangent pas de tout le voyage : *J'ai pas l'habitude de parler avec mes clients,* de laisser tomber mon témoin. *Je réponds quand on m'interroge, c'est tout, pis cet homme-là m'a rien demandé.* Je remercie, prends les coordonnées du chauffeur et les reporte au dossier. Comment ne pas établir de lien entre ce déplacement de Kahn à Laval et l'héritière présumée du dénommé Jean le Tatoué, une Lavalloise ? Une piste ? Je rédige une note à l'intention de Claire.

J'ai quant à moi l'idée de rencontrer au plus tôt les participants au souper du vendredi précédent, madame Brégier comprise. Je retrouve les noms des invités en annexe au rapport de Claire.

JEAN-FRANÇOIS NADEAU, *historien-journaliste-auteur.*

OLLIVIER MERCIER GOUIN, *auteur, essayiste, ancien réalisateur d'émissions culturelles à Radio-Canada.*

PIERRE LALANNE, *le spécialiste de Céline au Québec, correspondant canadien du Bulletin célinien, un périodique mensuel qui, depuis plus de trente ans, consacre entièrement ses pages à l'œuvre de Louis-Ferdinand Céline.*

PAVEL KHALIL, *professeur de littérature française à McGill.*

Je me demande par lequel je vais commencer, j'hésite entre Jean-François Nadeau et Pierre Lalanne, qui me semblent les plus susceptibles de me faire entrer dans les univers de René Kahn et de Louis-Ferdinand Céline. J'hésite, il est bien tôt pour déranger ces gens, mais j'ai alors la surprise de recevoir le coup de fil d'un autre des quatre invités québécois du souper littéraire. Salutations, présentations, nous nous parlons deux minutes, et ce que me dit Pavel Khalil me semble à ce point intéressant que j'accepte sur-le-champ son invitation à prendre le déjeuner avec lui. *Où ?* me demande-t-il. Je lui propose le café Green, à mi-chemin entre son bureau de McGill et le mien de Parthenais, au coin de Viger et Saint-Alexandre, la rue où j'habite.

Je vous reconnaîtrai, m'avait-il dit au téléphone. *Je vous ai vue hier soir au téléjournal et ce matin à la une des journaux*. Effectivement, à peine j'entre au café Green qu'un homme se lève prestement de sa chaise et me tend la main. C'est un bel animal, la jeune quarantaine, sans doute, assez grand, blond, la tignasse abondante, bien fait. Il me rappelle un peu Robert Redford il y a quelques décennies.

J'ai tellement hâte de l'entendre me confirmer ce qu'il a évoqué plus tôt au téléphone que les présentations sont rapides et je l'amène vite au professeur français. *J'ai vécu avec lui une soirée de haute tenue intellectuelle, du pur plaisir !* de lâcher le beau blond. *Je ne le connaissais pas avant ce souper. Drôle, curieux, charmeur, il avait fort bien fait ses devoirs en amont de la rencontre. Nous étions tous là pour une raison précise. Dans mon cas, mon collègue souhaitait qu'une équipe de recherche conjointe entre nos deux universités se mette sur la piste d'une maîtresse américaine de Céline, Elizabeth*

Craig. C'est un de mes anciens professeurs de l'Université de Lille qui lui avait parlé de moi…

Devant son café qui refroidit, mon interlocuteur répond à mes questions avec l'enthousiasme d'un passionné. Il va accepter sur-le-champ, me dit-il, l'offre au nom de son département de McGill, Kahn lui ayant précisé qu'il avait obtenu de substantielles bourses de recherche et que la Sorbonne prendrait en charge l'essentiel du budget conjoint. Les deux professeurs s'entendent ce soir-là pour entamer immédiatement leurs travaux et préparer une première visite de débroussaillage en Californie, que Pavel Khalil pilotera. Et le passage de René Kahn à *Tout le monde en parle*? Khalil se souvient que Kahn le leur mentionne en fin de soirée en incitant ses invités, sur un ton d'autodérision, à admirer sa performance, ce que l'homme de McGill ne pouvait manquer de faire…

Et maintenant, écoutez-moi bien, monsieur Plamondon, car c'est là que toute cette histoire s'enclenche et devient presque incroyable. À sa totale surprise, Pavel Khalil va réaliser, en entendant Kahn parler le dimanche soir à Radio-Canada de cette *magnifique rouquine* rencontrée par Céline à Montréal en mai 1938, que cette femme pourrait bien être nulle autre que… sa propre grand-mère. Là, je me souviens l'avoir coupé :

— L'avez-vous dit au professeur ?

— Bien sûr, répond Pavel. *Je l'ai appelé à son hôtel pour lui raconter mon histoire à la première heure raisonnable le lendemain.*

— Lundi matin, donc. Et comment a réagi Kahn ?

— Il était fou de joie, il n'y croyait pas. Il me cooptait deux jours plus tôt comme collègue de

recherche en Californie et voilà que je devenais un acteur majeur de son théâtre célinien montréalais. Il m'a demandé comment il pourrait en savoir plus sur ma grand-mère et, bien sûr, je lui ai offert mon aide immédiate. Hélas, pris par mes obligations professionnelles, je ne pouvais l'emmener moi-même ce lundi-là voir mes parents. J'ai donc appelé ma mère, la fille unique de ma grand-mère Yevgeniya et la gardienne de toute sa collection de souvenirs, et j'ai obtenu qu'elle reçoive le jour même le professeur. J'ai donné à Kahn l'adresse de mes parents en Outaouais et lui ai expliqué comment s'identifier auprès des gardes de leur domaine. Le professeur m'a dit qu'il se mettrait rapidement en route.

Voilà, monsieur Plamondon, comment mon enquête sur le terrain va véritablement démarrer et, si je vous demande ici une attention toute particulière, c'est que ce moment est une charnière importante dans l'histoire que je vous raconte. Pavel Khalil, qui n'a pu accompagner le professeur Kahn le lundi précédent, dispose cette fois de sa journée et propose de me conduire sur-le-champ chez ses parents en Outaouais. *Cela fait un certain temps,* me dit-il, *que je n'ai pas vu les miens et cela m'arrange d'aller les saluer aujourd'hui. Vous devriez m'accompagner. Vous savez, ce sont des gens qui n'ouvrent pas facilement leur porte, pas même à la police. Je crois que ma présence peut vous faciliter les choses. J'ai appelé ma mère et elle m'a confirmé que le professeur Kahn les a bien rencontrés lundi dernier. Elle nous attend.*

J'avoue ne pas réfléchir longtemps avant d'accepter l'offre de ce charmant professeur. Pourquoi pas ? On parle d'une simple conversation privée avec ses parents. Je n'ai pas besoin de mandat particulier pour intervenir comme policière. J'appelle à Parthenais pour laisser mes consignes à celui de mes adjoints qui répondra sur ma ligne. C'est le jeune Ammerlaan qui décroche. Il avisera ses collègues de mon absence pour le reste de la journée, s'assurera que mes directives écrites leur soient acheminées et gardera le fort jusqu'à mon retour. À ma demande, il me transfère le bureau du patron. Abondamment prévenue que je ne dois rien faire dans cette enquête sans l'en avertir, je veux l'aviser que je suis sur une première piste qui me conduit en Outaouais. Mais Gérard Perreault n'est pas là, pas plus que sa secrétaire. Je laisse sur sa boîte vocale un message l'informant que je pars avec un témoin dans la propriété où le professeur Kahn se rendait lorsque l'on a perdu sa piste. Je n'en dis pas davantage. À ma décharge, je n'en sais pas beaucoup plus.

J'en apprendrai bien davantage dans l'auto du professeur Khalil. Très agréable voyage que l'aller et retour dans l'ouest québécois avec cet authentique gentleman, cultivé, prévenant, toujours intéressant et souvent – dois-je aussi vous le mentionner, monsieur Plamondon ? – séduisant.

Il m'installe avec prestance dans son cabriolet sport, tombe la veste et décolle sur les chapeaux de roues, manifestement de fort bonne humeur. Son cellulaire mains libres sonne à quelques blocs d'immeubles de là, sur René-Levesque. Il hoche la tête avec un grand sourire, ne répond pas, y va en anglais d'une injure comique à l'appareil et lui enlève toute possibilité de récidive. Ma foi, j'approuve la manœuvre et, glissant la main dans mon sac à mes côtés, je coupe toutes velléités d'intervention intempestive à mon propre téléphone.

Les trois heures du trajet vont très vite passer sans que nous cessions d'échanger, un peu sur tout au début, puis sur l'histoire de sa famille et, plus particulièrement, sur celle de sa grand-mère Yevgeniya. Et, croyez-moi monsieur l'inspecteur, voilà toute une aïeule !

C'est la descendante directe d'un prince de Vladivostok, lointainement lié par le sang au tsar lui-même. Elle est née en 1908. Son père meurt en 1917 sur le front révolutionnaire, et sa mère fuit avec sa fille unique Yevgeniya la capitale de l'Extrême-Orient russe avant que les bolcheviks n'en prennent le contrôle. Elles emportent avec elles une fortune colossale. Les fugitives rejoignent la ville de Shanghai, où une importante colonie d'exilés russes blancs s'établit à l'époque. La fillette y grandit en véritable princesse adulée par ses compatriotes. Son éducation n'est guère soignée, si ce n'est dans l'art de la danse où elle manifeste d'évidentes dispositions naturelles. Avec une gêne tout à fait charmante et savoureuse, le professeur Khalil m'avouera qu'en fait son aïeule, devenue orpheline (et millionnaire) au début de son adolescence, se révèle être une nymphomane à l'appétit sexuel tenant du phénomène. Belle, racée et… précoce, la danseuse se montre étonnamment avide des plaisirs de la chair auxquels l'aurait initiée en bas âge un confident de sa mère vaguement guérisseur, vaguement fakir, vaguement maître de ballet, un individu auprès duquel Raspoutine aurait été un pilier de paradis. À dix-sept ans à peine, l'adolescente cumule une liste phénoménale d'amants et de maîtresses en plus de faire sa marque dans les soirées les plus orgiaques du grand centre financier chinois. Elle émigre aux États-Unis après les premiers bombardements de Shanghai par l'armée japonaise en 1932 et s'établit à Los Angeles, puis à San Francisco, où il semble qu'elle s'ennuie à mourir. On sait de cette période qu'elle fraie dans des milieux d'extrême droite qu'elle finance en partie et où elle recrute ses relations d'alcôve.

Elle est toujours belle et très riche quand, en 1937, à l'occasion d'un voyage à Washington, elle rencontre un avocat canadien-français bien en vue. Cet homme séduisant est un opulent brasseur d'affaires actif dans l'industrie hydroélectrique de sa province et associé au secteur des transports ferroviaires transcanadiens. Aussi à l'aise en anglais qu'en français, le résident de Westmount baragouine en plus un peu de russe. Il établit sa flamboyante maîtresse dans sa villa du mont Royal et en fait son épouse légitime en avril 1938. Yevgeniya va quelque peu calmer ses ardeurs dans le catholique et vertueux Québec de l'époque. S'y ennuie-t-elle ? Difficile à dire. On sait qu'à l'occasion elle fugue et disparaît de longues semaines. On signalera de temps à autre durant la Seconde Guerre mondiale sa présence à Paris, Londres, Chicago, New York ou Boston, dans des soirées de premières de grands ballets internationaux, mais aussi dans des endroits chics, certes, mais notoirement fréquentés par la pègre de haut vol de l'époque. Partout où elle passe, sa classe, sa distinction et sa beauté alimentent tout un lot de rumeurs. Pourtant, toujours, elle revient à Westmount retrouver Léon, son avocat d'époux que Pavel estime être son grand-père maternel. En 1945, à trente-sept ans, l'ex-princesse met au monde sa fille unique, Vera, la mère de Pavel. Et, fait remarquable, du jour au lendemain, l'extravagante aristocrate disparaît des rubriques mondaines des gazettes. Yevgeniya change de vie et devient quelque chose comme une mère exemplaire.

Toute son existence, selon son petit-fils, cette femme parlera russe, ne condescendant qu'en de rares occasions à lâcher quelques mots d'anglais. Son époux est un ardent admirateur des poètes maudits français et d'Émile Nelligan. Il se targue d'écrire lui-même de la poésie et, comme il est très riche, ses alexandrins sont publiés. Il deviendra même à l'époque l'un des membres du groupe d'écrivains en vue animé par l'homme de lettres montréalais Victor Barbeau, qui fondent « l'Académie canadienne-française ». *Ainsi, quand dimanche soir à l'écran j'entends Kahn mentionner à la fois le nom de Barbeau et la présence d'une magnifique rousse silencieuse à une soirée de l'époque, je fais immédiatement le lien*, de se souvenir Pavel en frappant du plat de la main sur le volant de sa voiture. *Quand Kahn précise que l'inconnue qu'il recherche est grande, russe et noble, là, je n'ai plus aucun doute. C'est bien ma grand-mère que Céline a remarquée.*

— Quelle coïncidence !

— Je n'en revenais pas. Plus j'entendais à la télé le professeur parler de cette rouquine et plus l'hypothèse devenait crédible. Nous avons des photos à la maison sur lesquelles on voit ce Barbeau et Léon, mon grand-père, assis à la même table. Ils étaient de fait assez proches et je conçois fort bien que si Barbeau organise un repas où il reçoit des amis de plume pour célébrer la visite d'un écrivain célèbre

de passage à Montréal, il invite mon grand-père. Léon, aux écrits à la vérité assez ampoulés et médiocres, doit se pâmer à l'idée de partager la table d'un grand auteur que l'on dit de génie à Paris. Dans cet état d'esprit, bien sûr qu'il se fait accompagner par ma grand-mère, cette « magnifique rouquine » qu'il est si fier d'avoir épousée quelques semaines plus tôt. Et bien sûr que Yevgeniya épate la visite. Dans une telle assemblée de plumes françaises, ma grand-mère va se singulariser par son mutisme... et assez probablement par ses œillades. J'écoutais donc Kahn à la télé et toutes les pièces du casse-tête tombaient en place. Le professeur évoquait l'année 1938, une époque où Yevgeniya est loin alors d'avoir changé sa vie pour celle d'un prix de vertu. Elle a juste trente ans cette année-là et a dû apparaître à Céline au paroxysme de sa beauté et de son dynamisme sexuel... C'est ainsi que, bien vite, il me parut évident que la belle inconnue qui intriguait tant l'écrivain ne pouvait être que la descendante des princes de Mandchourie, autrement dit ma grand-mère. Le célèbre écrivain aimait les belles femmes et particulièrement les danseuses. Yevgeniya, croyez-moi, avait tout pour lui plaire et n'aurait certes pas détonnée dans sa collection de conquêtes à longues jambes. Nous vous montrerons des photos, ma mère et moi...

— Mais il ne s'est rien passé entre eux ?

— Ma foi, je ne le crois pas, ou du moins ne l'ai jamais entendu dire par mes parents. Mais que celui que l'on dit être mon grand-père ait été fréquemment cocufié par sa fringante épouse à l'époque n'est pas un secret dans ma famille. Alors, on peut toujours imaginer que Céline ait obtenu ce soir-là réponse

à sa question de la part de Barbeau – qui n'en aurait rien dit publiquement pour ne pas désigner à la postérité le cocufiage de son ami Léon. À partir de là, mon Dieu; toutes les suppositions sont possibles. Qui sait, Louis-Ferdinand et Yevgeniya? Après tout... Le professeur Kahn nous contait que cet homme à femmes avait même forniqué avec Mata Hari, alors pourquoi pas avec ma grand-mère!

Nous venons de passer Lachute sur la 50 – enfin terminée par le ministère des Transports! – quand mon hôte du jour fait cette supposition et nous nous esclaffons tous les deux tant tout cela semble lointain, tiré par les cheveux, farfelu. Je m'arrête bientôt de rire. Un homme est mort. Pavel lui aussi semble soudain un peu gêné. Son regard s'assombrit et, voyez-vous, monsieur l'inspecteur, je ne peux m'empêcher de le trouver tout à fait attirant.

Yevgeniya, ajoute-t-il, *est morte en 1976 dans un très grave accident de voiture. Ma mère, avec elle sur la banquette arrière, s'en est tirée, mais, vous le constaterez, elle est devenue paraplégique. On a longtemps craint pour sa vie. Elle ne se déplace plus qu'en fauteuil roulant. Le chauffeur, un homme de confiance de la famille, s'en est sorti pratiquement scalpé par le pare-brise, éborgné, mais enfin vivant, un miracle. Son voisin sur la banquette avant, une espèce de garde du corps des deux femmes, un autre homme de mon père, n'a pas eu cette chance. Il est mort comme Yevgeniya. J'avais trois ans à l'époque. En fait, je ne me souviens ni de l'accident ni même de ma grand-mère. Et je ne peux imaginer ma mère autrement que dans son fauteuil roulant.*

Il s'établit alors un long silence entre nous. Moi, je pense d'abord que si Pavel avait trois ans en

1976, nous avons lui et moi le même âge, quarante-deux ans dans l'année. Et puis je commence à me questionner sur ce père, le gendre de Yevgeniya, dont nous n'avons pas encore parlé. Qui est cet homme disposant ainsi d'hommes de confiance, voire de gardes du corps pour accompagner son épouse et sa belle-mère ? Je n'oublie pas non plus les remarques de Pavel au déjeuner concernant les gardes aux grilles du domaine familial, la réticence de ses parents à recevoir de la visite. Les pensées de Pavel cheminent parallèlement aux miennes, car c'est lui qui aborde le sujet avec un peu d'hésitation dans la voix.

— J'espère que vous rencontrerez aussi mon père… Je ne suis pas le fils le plus proche de son paternel, vous savez. Comment vous dire… ? Nous différons d'opinion sur beaucoup trop de choses, lui et moi, pour qu'il y ait confiance et complicité entre nous. Il respecte mes choix de carrière, et moi, je ne juge pas la vie qu'il mène. Antoine Khalil ? Son nom ne vous dit rien ? Vous seriez surprise par les résultats si vous le « googliez ». Mon père est d'origine égyptienne. Élève brillant, il a terminé, sous le régime de Nasser, des études de mécanique quantique de pointe à Moscou. Il en est sorti docteur et spécialiste de son domaine : la description du comportement des particules élémentaires. On lui a fait des offres d'emploi un peu partout dans le monde. Il a accepté une chaire de mathématiques à McGill qui lui permettait de poursuivre ses recherches fondamentales. C'est là, dans les années soixante, qu'il a rencontré ma mère. Elle était son étudiante. Marié avec elle vers la fin de la décennie, il a su de façon magistrale faire fructifier la fortune de ma

grand-mère. Il a vite laissé l'enseignement et la recherche. Il était loin d'être pauvre lui-même et le cumul des avoirs des deux familles lui a permis d'établir une société de capital privé qu'il a eu le génie de spécialiser dans le financement de l'industrie de l'aluminium. Ce secteur a explosé au Québec et un peu partout dans le monde. Mon père est aujourd'hui l'un des trois hommes les plus riches du Canada et gère l'une des cent plus grosses fortunes mondiales... C'est aussi un grand philanthrope qui soutient je ne sais combien de bonnes œuvres un peu partout sur la planète... Je dois, cela dit, vous avouer que c'est un entrepreneur plutôt secret, absent du devant de la scène publique, dont certains mettent les pratiques d'affaires en doute. J'ai distendu les ponts entre nous pour ne pas avoir à me soucier de cette réalité. Vous savez, mon père peut aussi bien petit-déjeuner aujourd'hui avec Tony Blair aux Bermudes, recevoir demain Bill Clinton chez nous en visite privée ou chasser le sanglier avec Vladimir Poutine dans le Tadjikistan durant la prochaine fin de semaine. Ce qui ne l'empêche pas d'être convoqué ici ou là par des magistrats le soupçonnant d'avoir corrompu des fonctionnaires ou pire à l'occasion. Je n'ai pas trop idée de tout ce que l'on peut lui reprocher, mais je sais que ses avocats sont fort occupés.

— Vous ne vous entendez pas, lui et vous ?

— Disons qu'il regrette mes choix professionnels. Il aurait aimé que je le suive dans le monde des affaires et surtout dans celui de la philanthropie internationale, un domaine où il croyait en mon potentiel. Il trouve sans doute que j'ai choisi avec le professorat universitaire une voie facile, pépère.

Que voulez-vous, c'est ainsi. Je partage le plus souvent les positions qu'il revendique et les idées qu'il défend sur les grands sujets sociaux, politiques et économiques de l'heure et j'admire cette volonté qu'il a de changer le monde pour le mieux. Mais nous différons souvent d'opinion sur ses méthodes d'intervention dans différents contextes internationaux litigieux. Je ne suis pas toujours à l'aise avec ses choix d'alliés conjoncturels dans des situations conflictuelles délicates. Il arrive que certaines de ses intrusions dans des différends qui déchirent l'opinion internationale me heurtent. Bref, nous sommes loin d'être toujours en phase…

Pavel me décrit ensuite la propriété où nous nous rendons et je comprends avec une certaine surprise que c'est d'un véritable château qu'il me parle. Une énorme résidence de pierre de taille au milieu d'un territoire immense, doté de lacs et de forêts giboyeuses, d'un héliport, de jardins à la française. Bref, quelque chose d'assez comparable au château des Desmarais. *Mais quand même en un peu plus petit*, me précise Pavel. *Eux, c'est Sagard, nous, le lac Zohra.*

À midi, nous sommes lui et moi installés dans une salle à manger du domaine où l'on nous sert un brunch délicieux avec thé glacé, caviar russe authentique et saumon fumé sauvage de la mer Baltique sur blinis de crème sure. Les grilles du parc se sont ouvertes par magie lorsque Pavel a sorti la tête par la fenêtre du conducteur. Une grosse dame assez âgée en tablier de cuisinière nous a accueillis aux portes vitrées ouvertes sur la terrasse.

Pavel lui est tombé dans les bras le plus gentiment du monde. Elle le tutoie. J'ai bien vu l'œil intéressé qu'elle a jeté sur moi à notre arrivée, mais mon blond compagnon du jour l'a refroidie en me présentant précipitamment : *madame Aglaé Boisjoli est un officier de police de la Sûreté du Québec qui m'accompagne dans le cadre de son travail, Mamizou.* J'apprends ainsi le surnom de l'avenante personne, une Québécoise prénommée Maryse, selon Pavel qui me la décrit comme la dame de compagnie de Vera, sa mère, une grande figure de son enfance, sa presque nounou, son autre grand-mère à lui.

Je comprends que nous sommes à quelques kilomètres au nord du lac Meech : une région montueuse, densément boisée, superbe. Devant nous, d'immenses baies vitrées donnent sur un vaste étang bordé d'épinettes bleues du Colorado. Le site est magnifique. *C'est lui le lac Zohra*, m'explique Pavel. *Ne cherchez pas son nom sur une carte. C'est nous qui l'appelons ainsi, du prénom de ma grand-mère égyptienne que je n'ai jamais connue. Mes parents ont fait creuser l'étang avant de construire les bâtiments, il y aura bientôt trente-cinq ans. Tout ici a été pensé, planté, construit sur les ordres de ma mère, juste après son accident. Je crois que c'est ce qui lui a permis de tourner la page à la mort de ma grand-mère. Les cendres de Yevgeniya, du reste, ont été transférées tout près d'ici au bord de l'étang. Nous irons voir sa tombe si vous le souhaitez.*

Nous en sommes au café quand les propriétaires des lieux nous rejoignent, lui poussant la chaise roulante de Vera. Salamalecs d'usage, Pavel embrasse sa mère, étreint rapidement son père. Nous sommes vite tous assis. Dans le parc, par la fenêtre, j'aperçois la longue et lointaine silhouette d'un jardinier ratissant des feuilles. On entend passer un vol d'outardes braillardes. Tout est paisible, respire l'aisance, l'harmonie, le calme. Les parents et le fils échangent des nouvelles. Je me sens d'abord assez déplacée dans leur intimité, mais j'avoue vite trouver ma place avec eux, surtout grâce à la prévenance du maître des lieux. C'est lui, le père de Pavel, qui s'inquiète bientôt avec bonhomie et civilité de ma présence et cherche avec efficacité à me mettre à l'aise. *Le voyage avec mon garçon n'a-t-il pas été trop pénible ?* s'amuse-t-il. Son français est chantant, agréable à écouter, marqué d'une forte propension au roulement des « r ». Cet homme est – comment dirais-je ? – comme un autre, guère différent du quidam faisant la queue derrière vous au supermarché. Il est plutôt grand, comme son fils. Les deux ne se ressemblent pas physiquement. Le père affiche soixante-dix ans bien comptés qui commencent à le voûter. Il semble un peu las. Ses traits sont marqués, mais je me prends à penser que je n'aurais jamais deviné son origine égyptienne. Il est brun, les tempes clairsemées, assez bronzé certes, mais pas plus méditerranéen que cela. Sa femme, elle, ne pourrait renier ses racines slaves. C'est une véritable beauté blonde aux yeux très clairs, le visage resté jeune et avenant. On ne devine pas les lignes de son corps sous la houppelande légère de cachemire bleu ciel qui la couvre.

Pavel, le premier, prononce le nom de René Kahn. Sa mère marque le coup en se reculant dans sa chaise, comme mal à l'aise. Elle a peu parlé jusque-là et ne dira presque plus rien par la suite. C'est Antoine, son mari, qui nous explique. Kahn est arrivé le lundi précédent en début d'après-midi et s'est assis devant le même caviar-saumon que nous. Le couple l'a reçu avec plaisir et a passé d'excellents moments avec lui à parler de Yevgeniya. *Hélas,* semble déplorer l'homme d'affaires, *je crains bien que nous ayons déçu le professeur. Ma belle-mère, de regrettée mémoire, a certes connu « bibliquement », comme on dit, une véritable armada de ses contemporains et nombre de personnages célèbres parmi ceux-ci, mais rien ne nous laisse supposer, à Vera ni à moi, qu'elle ait pu ajouter Louis-Ferdinand Céline à son tableau de chasse. Je l'aurais su, n'en doutez pas, car je suis moi-même un grand admirateur de cet écrivain et Yevgeniya, qui souvent a vu ses livres sur mon bureau, ne l'ignorait pas. Aurait-elle vécu une aventure avec cet homme, ne serait-ce que d'une nuit, qu'elle me l'aurait contée, soyez-en assurée.*

Je me sens un peu godiche, mais ne peux faire autrement qu'afficher une certaine déception devant mes hôtes. L'histoire se présentait si bien. *Ainsi, Yevgeniya n'est pas la femme remarquée par Céline ? Le professeur a dû être bien déçu...*

— *Attention!* de préciser mon hôte l'index en l'air. *Je ne vous dis pas qu'elle ne l'était pas. L'opinion commune à laquelle nous sommes parvenus ce jour-là, le professeur Kahn, Vera et moi, est que c'est très certainement ma belle-mère que Céline a croisée à ce repas. C'est bien elle – qui d'autre ? – qui lui en a mis plein la vue. Mais rien n'a dû s'ensuivre. Soit que Barbeau ait souhaité épargner tout risque de cocufiage à Léon en taisant le nom de l'épouse de son ami, soit que l'écrivain français n'ait pu remonter la piste de Yevgeniya avant son départ de Montréal. Eût-il été jusqu'à lui faire des avances que cette femme n'aurait probablement pas refusé l'aventure.*

— Mais ne peut-on imaginer que, pour des raisons personnelles, votre belle-mère vous ait caché ses fredaines avec un homme aussi spécial que Céline ?

— Vous pouvez le croire. C'est aussi ce que voulait croire monsieur Kahn. Mais j'ai la conviction que la réponse à votre question est non. Je connaissais tellement bien l'oiseau. Yevgeniya n'avait à cette époque de sa vie, en 1938, aucune gêne, crainte, barrière ni pudeur. Plus tard, notoirement assagie, elle ne gardera pas l'ombre d'une trace de honte ou de remords quant à sa vie passée, tout au contraire. Son manque total de pudeur s'est transformé en absence de repentir. Cette pure aristocrate n'a jamais renoncé à son farouche dédain des convenances. Elle avait l'art de traiter de son passé le plus licencieux avec une espèce de crânerie amusée parfaitement décapante. Elle racontait tout, assumait tout. Tenez, nous avons d'elle un très joli nu – assez audacieux, cela dit – esquissé par Picasso. Eh bien, vous rougiriez si je vous en racontais l'histoire. Sachez que j'en connais beaucoup, madame Boisjoli, sur le potentiel sexuel du grand maître espagnol et ses petites manies d'alcôve. Allons, questionnez-moi, mettez-moi au défi ! J'ai fait la même offre au professeur Kahn, qui est entré dans le jeu, et nous en avons bien ri. C'était lui-même un amateur avisé du grand Pablo.

— Il a demandé à voir le tableau ?

— Mais oui, et il l'a vu, comme vous le verrez, dans mon bureau. Yevgeniya, et j'y reviens, était

totalement extravertie et, puisque je parle russe couramment, j'étais son confident favori. Elle prenait un malin plaisir à agrémenter nos conversations des souvenirs les plus détaillés et scabreux de sa longue vie de débauche en compagnie du Gotha des années trente. Je vous jure que j'en ai entendu, madame Boisjoli, mille fois plus que vous ne pouvez l'imaginer, et que ce n'était là des histoires ni pour la presse ni pour les enfants sages. Ma belle-mère m'en a dit bien plus à moi qu'elle n'en a jamais confessé à sa fille, n'est-ce pas Vera ?

Voilà le ton de la conversation et j'avoue que nous passons un excellent moment à parler de l'atypique princesse qui aimait tant l'amour. L'homme d'affaires, le brasseur de millions, se révèle être un excellent conteur et occupe toute la place avec des anecdotes croustillantes et savoureuses sur les aventures hardies de la mère de son épouse aux quatre coins du monde. Laquelle épouse ne semble pas apprécier plus que cela leur évocation par son mari, devant une étrangère de surcroît. Mais toutes ces frasques sont évoquées avec humour, la complicité affectueuse du gendre, et nous rions tous à de nombreuses occasions.

Quand je pense que mon hôte en a à peu près terminé, je redeviens un moment policière et lui demande comment Kahn a pris congé. J'entends encore la réponse de Khalil. *Mais nous l'aurions gardé avec nous à souper, s'il l'avait voulu, ce monsieur ! Il aurait pu coucher ici et ne s'en aller que le lendemain. Nous avions eu avec lui, en gros, la même conversation divertissante que celle que nous venons de tenir ensemble et l'ambiance entre nous était amicale, presque complice. Cet homme était remarquablement cultivé et spirituel… Il me rappelait cet acteur français…*

— *Philippe Noiret,* avance du bout des lèvres la silencieuse Vera.

— *Oui c'est bien cela…*

— *En un peu plus petit et un peu plus gras quand même, non ?* s'amuse Pavel.

— *Exact,* admet le père qui précise: *à la fin de la discussion, il nous a demandé s'il pouvait consulter des photos ou des papiers concernant ma belle-mère. Ma foi, rien ne s'y opposait. Ma femme a gardé ce qu'elle appelle le « trésor » de sa mère, un coffre plein de souvenirs, de photos, de portraits peints de Yevgeniya. De mon côté, j'ai dans mon bureau un dossier assez complet de papiers, officiels et moins officiels, accumulés au cours de sa vie par ma belle-mère. Je me suis assuré que Kahn se débrouillait un peu en russe et en anglais, ce qui était le cas, et nous l'avons invité à prendre connaissance de toute cette documentation. C'était, je me souviens, vers seize heures. Nous lui avons sorti ce que nous avions et Vera l'a installé dans son bureau en lui indiquant la porte du mien, qui est voisin. Mon épouse l'a laissé pour aller à sa séance de massothérapie. Moi, j'ai repris ma journée de travail à discuter avec mes gens d'un dossier fort ennuyeux dans un autre bureau que j'ai sur un petit lac de la propriété. Quand nous sommes revenus, moi vers dix-huit heures et Vera peu après, nous avons retrouvé l'endroit intact, les dossiers à leur place, bien refermés, mais le professeur n'était plus là. Une véritable déception pour nous doublée d'une réelle incompréhension de ce qui avait bien pu justifier un départ aussi hâtif et secret. Et depuis nous n'avons plus entendu parler de lui, jusqu'aux bulletins d'information télévisés d'hier où vous nous avez informés de son meurtre, madame Boisjoli.*

Vera approuve par de petits signes de la tête. Elle n'ajoute rien mais affiche un air soucieux, comme si le sort du professeur la chagrinait vraiment au plus profond d'elle-même. Par politesse, me semble-t-il, Antoine Khalil me demande si mon enquête sur la piste de Laval avance. Je pose encore de mon côté quelques brèves questions sur ce même ton de discussion de salon qui est le nôtre depuis le début de notre rencontre. Le professeur français aurait-il émis quelque remarque sur l'emploi qu'il comptait faire de son temps après sa visite dans l'Outaouais ? Montrait-il de la nervosité ? Semblait-il inquiet ? Rien ne sort de tout cela. Je demande à voir les bureaux où Kahn est allé consulter la documentation familiale et Pavel m'en ouvre les deux portes. Ses parents, présupposant mon intérêt, ont disposé bien en vue les documents consultés par le professeur Kahn. Pavel propose de me laisser un moment devant eux et me plante là, en prétextant avec tact son désir de poursuivre la conversation avec les siens.

À mon retour au salon quinze minutes plus tard, Vera n'est plus là, partie à sa massothérapie, explique son mari. Lui-même doit aller travailler à son bureau, puisqu'il s'avère que je le lui ai libéré, et nous nous quittons après quelques civilités dans la plus parfaite convivialité. Il est près de dix-sept heures quand, après une brève promenade dans le parc à la découverte de la tombe de Yevgeniya, nous repartons Pavel et moi vers Montréal. Je suis alors ébranlée bien plus que mon hôte et chauffeur ne saurait s'en douter. Si la visite des deux bureaux et mon bref passage au travers des dossiers et souvenirs de Yevgeniya ne m'ont rien donné qui me permette d'établir un lien entre la princesse et Louis-Ferdinand Céline, ils viennent peut-être d'ouvrir une piste brûlante pour mon enquête et j'en suis bouleversée. Je vous explique, monsieur Plamondon.

Oui, la princesse russe était une femme extravagante: tantôt blonde, tantôt rousse, parfois brune, cheveux longs sur les épaules ou coupés court à la garçonne. Aussi rapide que soit mon survol de ses photos, je la vois sous tous les angles et dans toutes les positions, un caméléon: égyptienne à la Cléopâtre, tragédienne d'opéra, indienne à plumes, trapéziste, cavalière, en tutu de ballet, en danseuse exotique avec un collier de bananes sur les seins; nue, souvent nue, splendidement nue – pas de censure chez les Khalil – ou en maillot de bain, en manteau de zibeline, en vêtement de ski, en robe du soir, travestie en hussard d'opérette: le véritable catalogue d'une vie de grand luxe et de plaisir. Une fort jolie grande femme au demeurant, je l'ai dit, du chien à revendre. Le dessin au feutre noir que Picasso a fait d'elle, jambes largement écartées, est d'un érotisme brutal, agressif, transformant qui le regarde en véritable voyeur. Il me trouble, comme certaines des photos de cette femme, je ne le cache pas. Le tournant drastique que prend la vie de cette mondaine quand elle devient mère est tout à fait perceptible dans ses albums. Du jour au lendemain, ce n'est plus elle avec ses multiples cavaliers et cavalières, mais elle avec Vera, Vera, toujours Vera que l'on voit grandir en taille et en beauté au fil des pages des albums de photos. La fillette devient adolescente, jeune fille puis femme, et toujours Yevgeniya est là, attentive, prévenante, complice de son enfant, à l'évidence heureuse avec elle et ne semblant pas se soucier d'accuser de plus en plus son âge. La silhouette reste altière, mais les traits se creusent, la physionomie se durcit.

J'arrive ainsi à la dernière photo de l'album que je feuillette. Elle est prise le jour même du drame qui sera fatal à l'ex-princesse de Vladivostok. Quatre personnages sont là autour d'une immense voiture décapotable vert anglais. L'image est captée de telle façon que l'on voit surtout les deux femmes au premier plan, Yevgeniya et Vera, aussi grande que sa mère, resplendissante à ses trente ans. Un article de journal est joint. Un terrible accident de la circulation est survenu sur le boulevard Gouin, à Saraguay. Un chauffard a percuté la Cadillac Fleetwood Eldorado convertible de l'homme d'affaires Antoine Khalil, tuant sa belle-mère et un autre des passagers, en plus de blesser gravement son épouse et le chauffeur du véhicule. Le chauffard, mentionne l'article, s'en est tiré. Il a rapidement quitté les lieux. La voiture qu'il conduisait était un véhicule volé. Les quatre passagers de la Cadillac s'en allaient assister à la cérémonie d'ouverture des Jeux olympiques de Montréal. C'est monsieur Khalil lui-même, précise encore le journal, qui a pris la photo à leur départ de sa luxueuse demeure de Senneville. Il aurait dû être du voyage, mais retenu au dernier moment par ses affaires, il s'est fait remplacer par un collaborateur et ami, l'homme qui allait trouver la mort dans l'accident.

Je tique un peu sur le « collaborateur et ami ». Pavel a plutôt parlé d'un garde du corps et je regarde mieux la photo en y cherchant l'individu en question. Mais c'est le chauffeur du véhicule qui capte immédiatement mon attention. Un choc frontal pour moi : j'ai sous les yeux, debout de profil devant la portière avant gauche de la monstrueuse Cadillac, l'homme photographié près de la voiture en feu du Crique-à-la-Roche. J'ai comme un mouvement de recul et puis je plonge sur la photo et regarde mieux le personnage. Et là, la première émotion passée, de forts doutes me viennent. Oui, mon pyromane a la même stature que le chauffeur de la Cadillac et, oui, il y a quelque chose de ressemblant dans la façon dont les deux individus apparaissent, mais tout cela est tout de même assez vague. Je reste perturbée par ma première impression. Il faut toujours mettre en doute ses premières impressions, n'est-ce pas monsieur Plamondon ? Je prends note de la date de l'article, que je n'oublierai pas : 18 juillet 1976.

Puis-je me tromper ? La question me taraude dans l'auto de Pavel qui nous ramène à Montréal. La réponse est clairement oui. La photo du mouchard de Michel Faillon est prise de nuit, floue, mal définie, elle ne permet aucune certitude. Les deux silhouettes se ressemblent, c'est sûr, mais est-ce bien suffisant pour avancer que le chauffeur de la Cadillac et celui de la Ford Escort incendiée trente-huit ans plus tard seraient un seul et même homme ? On change drôlement en près de quatre décennies. Difficile de donner un âge entre trente et cinquante ans au chauffeur de la photo prise en 1976. Il a le visage taillé au couteau, arbore une forte moustache, sourit vaguement comme quelqu'un qui répugne à poser. L'œil noir visible est perçant. L'œil d'halluciné de la photo de nuit ne s'y compare en rien. Cette furtive impression de déjà-vu que je viens de ressentir me met mal à l'aise. J'ai appris comme policière à me méfier de mon instinct. J'ai déjà fait fausse route dans ma carrière. Ne suis-je pas une autre fois en train d'errer ?

Mon chauffeur s'inquiète de mon soudain mutisme. Je prétends somnoler et me secoue comme pour me réveiller. Il me faut reprendre notre conversation, nous sommes encore loin de Montréal. Pour une raison à lui, Pavel a choisi de revenir par la 417 et je réalise en lisant les pancartes que nous passons alors près de Casselman, en Ontario, bien au sud de Montpellier et de ce chemin où ce qu'il restait du corps du professeur Kahn a été retrouvé. Il faudra que je fasse vérifier les distances kilométriques entre la propriété des Khalil et la clairière de Michel Faillon. Et je me trouve prématurément suspicieuse. Je m'en veux. Ce métier de policière, je vous le dis monsieur Plamondon, me semble parfois tellement décroché de la vraie vie, artificiel, négatif... Toujours suspecter les autres, ne jamais prendre pour vrai ce que l'on vous raconte, renifler le mal là où il n'est pas, enfin pas toujours...

Comment relancer la conversation avec mon chauffeur ? Je le questionne sur Vera et mon compagnon de route s'épanche sans manières : à l'évidence, le fils vénère la mère. Curieusement, Yevgeniya la pécheresse aurait fait une sainte de sa fille. Vera est le calme même quand sa mère était la foudre. Elle termine une formation brillante de mathématicienne quand sa mère, à l'heure d'étudier, se damnait à danser et à forniquer. Elle et Antoine forment un couple modèle d'affection partagée et de fidélité. Le professeur de McGill, une fois lancé, n'est pas avare de ses souvenirs. J'en profite et le laisse un peu lâchement faire les frais de l'essentiel de nos échanges. Il me raconte sa jeunesse d'enfant de riches. Il évoque cette promesse de Vera à son père mourant, Léon, l'avocat-poète, d'élever son petit-fils Pavel en français et de tenter de lui donner le goût des belles-lettres. C'était un an avant l'accident. Vera réussira la tâche. Elle-même trilingue, elle impose à la famille que la langue d'apprentissage de son fils unique soit le français, le russe et l'anglais qu'il parlait à la maison lui étant déjà acquis. Lui-même aime tant la langue de Voltaire et de Rousseau qu'il obtiendra un doctorat de littérature de l'Université de Lille, en France.

J'écoute mon chauffeur d'une oreille je dois le confesser assez distraite quand il me prend au dépourvu en me demandant de lui parler à mon tour de moi. Et je me surprends à lui répondre et, comment dire, à vite y procéder de bon cœur. Et nous voilà partis à nous raconter nos souvenirs de gens que nous avons tous les deux croisés, d'événements qui nous ont marqués, d'adresses que nous avons l'un et l'autre fréquentées et le voyage de retour à Montréal se déroule sans que le temps, comme à l'aller, me pèse une seule seconde. Il est près de vingt heures quand nous rejoignons le centre-ville. Trop tard pour envisager de retourner au bureau. Pavel me raccompagne à mon immeuble de la rue Saint-Alexandre. Il me semble qu'il ne se presse pas trop, qu'il étire le temps. J'hésite…

À trois coins de rue de chez moi, je n'y tiens plus et le questionne sur le chauffeur de la voiture, le jour de l'accident, en 1976. Pavel a l'air surpris par mes questions, un peu déçu peut-être, comme s'il avait souhaité que notre conversation prenne un tour plus personnel avant que nous nous quittions, c'est du moins l'idée qui me passe par la tête. Il prend visiblement sur lui pour me répondre.

— *Vous voulez sans doute parler de Niko, enfin Nikola... Nikola Goubovski. C'est une autre des grandes figures de mon enfance. J'ai grandi entre Mamizou et cet homme, Niko. C'est le chaperon de ma mère, l'homme qui a toujours veillé sur elle comme sur la prunelle de ses yeux. Le terme, notez bien, est mal adapté dans le cas de Niko puisqu'il est borgne. Il a perdu l'œil droit le jour de cet accident qui l'a quasiment scalpé. Vous le verriez une fois que vous le reconnaîtriez pour toujours. Il porte un bandeau noir sur l'œil, comme ce général israélien, euh...*

— *Moshe Dayan...*

— *C'est ça.*

Je suis moitié soulagée, moitié déçue. Le type du cliché du Crique-à-la-Roche ne portait pas de bandeau. Ou alors?... Pavel, à l'approche immédiate de notre destination, se tait un moment et moi, de mon côté, je réfléchis intensément. Quel était le profil que l'on voyait sur la photo nocturne? Le gauche, Pavel a parlé de l'œil droit, ça peut encore coller. Mais on ne voit pas sur le visage d'attache trahissant la présence d'un cache-œil. Il est vrai que l'homme porte une capuche tombant sur le front. Quand même. Le doute ne me quitte pas.

Mon chauffeur se stationne juste au coin de Saint-Alexandre et de La Gauchetière, au pied de mon immeuble. Il coupe le moteur. Il n'a pas trop l'air de savoir que dire et finalement reprend sur ce Nikola, comme pour faire durer encore un peu le temps qu'il nous reste à passer ensemble ce soir-là. C'est, m'informe-t-il, un ancien soldat de la légion étrangère française actif en Indochine au début des années cinquante. À sa démobilisation au lendemain de la bataille de Diên Biên Phu, il erre à Paris. Un beau soir, il y croise devant un restaurant un piéton que deux petites frappes serrent d'un peu près et finissent par molester. L'ex-légionnaire, aguerri au combat de proximité, intervient à sa façon. Résultat : un bras cassé et un œil au beurre noir à chacun des voyous, qui optent immédiatement pour la fuite. Et voilà : l'agressé, c'est Léon, le riche avocat-poète québécois en visite à Paris qui remercie avec effusion l'inconnu qui l'a tiré d'affaire et l'invite à partager son souper dans ce restaurant où il a bien craint de ne pouvoir entrer. Il constate que son sauveur vit désœuvré, sans réelle obligation familiale et qu'il parle le russe. Vite, Léon imagine de le faire venir au Canada pour servir de chauffeur, homme à tout faire et garde du corps à sa magnifique princesse et protéger aussi leur fille, si jolie à la veille de son adolescence. Devenu Canadien et dépendant de son bienfaiteur, Nikola, amoureux transi de Yevgeniya virée frigide, ne quittera jamais plus les deux femmes. *Il sortira fou de remords de l'accident de 76, avec un sentiment aigu de culpabilité. Jamais il ne se pardonnera de n'avoir su éviter le drame. Dès lors, il dédiera sa vie à la protection de ma mère et à la mienne*, de conclure Pavel.

Et le silence, un peu gênant, revient à nouveau entre nous. *Vous reverrai-je ?* me demande bientôt, simplement, gentiment, mon compagnon de la journée… et notre conversation subséquente ne vous regarde pas, cher monsieur Plamondon. Sachez, cela dit, qu'il est hors de mes habitudes de policière de tomber amoureuse de témoins d'enquêtes dont on me confie la charge… L'erreur à éviter, il m'est arrivé de la commettre, une seule fois dans ma carrière, et je ne m'y laisserai plus prendre.

N'en doutez pas : j'ai terminé la soirée seule.

◆

Le lendemain, samedi, j'entre tôt au bureau. L'essentiel du personnel du service et mon patron en congé de fin de semaine, j'espère une journée tranquille propice à la réflexion.

Je trouve plusieurs documents sur ma table de travail à mon arrivée avec, au sommet de la pile, écrit à treize heures trente la veille, un mot rageur de mon *boss*, mécontent de ne pas m'avoir vue avant mon départ pour l'Outaouais et de n'avoir pu me joindre sur mon cellulaire. Il m'indique son numéro de téléphone personnel où il m'enjoint de l'appeler au plus tôt. Je juge que sept heures du matin est une heure un peu hâtive pour que je m'exécute et passe au reste des messages. Ils sont nombreux, avec entre autres celui du capitaine Jean-Claude Joby, du consulat de France et, sur trois petits formulaires roses remplis à trois différents moments de la journée, ceux d'un dénommé Jack Daragon, du Service canadien de renseignement de sécurité d'Ottawa. Du coin de l'œil, je repère un autre message, venu du ministère de la Sécurité publique de Québec, celui-là… Diable, pensé-je, voilà bien de la maréchaussée d'ailleurs qui s'intéresse à mon travail. On est en fin de semaine. J'évalue que tout ce beau monde est en famille, à la chasse ou au chalet. Je fais une belle petite pile bien régulière des messages et passe outre. Suivent les brefs rapports d'enquête de mes adjoints rédigés hier à la fin de leur journée de travail, des notes du laboratoire de la Division de l'Identité judiciaire et deux enveloppes qui me sont personnellement adressées. Les enveloppes, de deux formats différents, ne sont pas timbrées. Sur la première, mon nom est écrit à la main en lettres majuscules. Sur l'autre, on a collé une étiquette imprimée.

Je me gante. Des papillons jaunes apposés sur les enveloppes m'informent que la première a été trouvée au milieu de la nuit sous les essuie-glaces d'une voiture de police stationnée à Laval et que l'autre a été déposée dans la boîte de courrier du journal *La Presse* entre vingt heures et minuit le vendredi soir. Je vous en joins copie, monsieur Plamondon. (Documents n° 4 et 5 du dossier.)

DOCUMENT N° 4

MADAME BOISJOLI,

VOUS SOUHAITEZ EN SAVOIR PLUS SUR LA FIN DE RENÉ KAHN. NOUS VOUS SUGGÉRONS DE FOUILLER AU PLUS TÔT LE COFFRE DE LA VOITURE PERSONNELLE DU CHAUFFEUR DE M. DUILIO CALLIERO. C'EST UN GRAND CHEROKEE NOIR 2013, NOM DU PROPRIÉTAIRE : ROCCO FAVATTA.

ON REMERCIE.

Document n° 5

Madame Aglaé Boisjoli,

Les journaux nous apprennent ce matin que vous êtes chargée de faire la lumière sur la mort du professeur juif René Kahn. Nous revendiquons l'élimination de ce pseudo-expert de Maître Ferdine, lequel n'a jamais pu blairer les youtres et nous non plus. Madame, on ne touche pas impunément à la mémoire de Louis-Ferdinand Céline. C'est valable partout dans le monde et tout autant au Québec qu'ailleurs. Interrogez-vous : Qu'est-ce que Kahn voulait voir remonter à la surface en fouillant les ordures comme il s'apprêtait à le faire ? Il faut laisser aux morts ce qu'ils ont mérité : la paix.

Madame Boisjoli, acceptez que nous vous suggérions d'oublier cette histoire. Le youpin n'a eu au Québec que ce que méritait sa malsaine curiosité. À vouloir brasser des cendres mal éteintes, il a allumé ce feu qui l'a consumé. Nous souhaitons par cette lettre vous voir admettre votre impuissance à découvrir qui nous sommes et l'inutilité de vos efforts à tenter de comprendre nos actes.

Et que l'on se garde de vouloir imiter l'exemple du prof ! Qui s'y essaiera connaîtra le même sort que le Français.

L'avertissement vaut pour vous, madame Boisjoli, qui de façon bien hardie envisagez de poursuivre la méprisable chasse aux ragots entamée par Kahn. Attention…

Québec Bardamu's band

P. S. *Pour vous prouver le sérieux de nos affirmations, nous vous joignons « ceci » et « cela » que nous avons trouvé dans les poches du professeur. Sur la photo de la fille Kahn, vous noterez des traces de sang. Pouvons-nous suggérer une analyse d'ADN? Là, vous ne douterez plus de notre détermination.*

« Ceci », comme écrit dans le post-scriptum, c'est la carte reçue à *Tout le monde en parle* par le professeur Kahn. « Cela », c'est la photo d'une jeune femme prise en gros plan de la taille à la tête devant une bibliothèque. Dans ses mains croisées sur sa poitrine, un papier blanc genre parchemin tenu roulé par un beau ruban bleu que l'on devine être un diplôme collégial ou universitaire. L'étudiante sourit gentiment. Ce n'est pas une beauté, elle semble assez grassette. Elle a, c'est évident, dans les traits et la stature, quelque chose de René Kahn. J'avise effectivement sur le bas du cliché des traces rougeâtres…

Je réalise sans grand effroi que cette lettre qui revendique l'assassinat de Kahn semble aussi destinée à m'intimider. Ma parole ! Des menaces. Je n'y crois pas. À quel jeu s'amusent ces gens du *Québec Bardamu's band* ? Qui est le « Bardamu » de la signature ? Ça me dit quelque chose. Je saurai vite, bien sûr, en tapant *Bardamu* sur Google. Voilà, c'est le nom du héros de *Voyage au bout de la nuit,* premier roman de Céline. Bardamu est le double littéraire de l'écrivain. Merci les anonymes, c'est on ne peut plus clair : on sait qui vous défendez.

Je reviens à la première lettre. Plus sobre. Écrite vite fait en majuscules, à la main. Un délateur anonyme me passe un renseignement. Je me sors des copies du tout et en prépare l'envoi au labo.

Là, monsieur Plamondon, je veux bien essayer de retrouver le détail de ce que j'ai fait ensuite ce matin-là, mais c'est beaucoup de petites choses et je ne vous garantis ni l'ordre chronologique de mes souvenirs, ni leur exhaustivité. En tout cas, je m'essaie. Je commence par laisser un message sur la boîte de mon adjoint Nicol Ammerlaan qui, je le sais, est de garde ce samedi. Qu'il demande aux collègues chargés du suivi des mouvements extrémistes si le nom d'un *Québec Bardamu's band* leur dit quelque chose et qu'il lance la recherche du véhicule du dénommé Rocco Favatta. Puis j'attaque la pile de documents frais sur mon bureau.

D'abord une note du sergent Jacquet rédigée la veille, avant son départ pour Québec. Il est bredouille en ce qui concerne la recherche d'éventuels dossiers de police relatifs à la belle Russe de Céline et au truand Jean Lecluer dit le Tatoué. J'apprends que notre Sûreté du Québec – et je vous en informe peut-être, monsieur Plamondon, en me demandant si le point vous surprendra autant que moi il me renverse – que notre Sûreté, donc, n'a gardé aucun dossier de police remontant avant la Seconde Guerre mondiale. Comme si nous n'avions jamais eu d'ancêtres policiers, comme si nos truands d'aujourd'hui n'avaient pas été précédés de crapules tout aussi redoutables au début du siècle, comme s'il n'y avait jamais eu de crimes irrésolus avant 1940. Patrice s'est fait renvoyer « à tout hasard » aux Archives nationales, où on lui a fort civilement fait savoir que l'on ne pourrait pas l'aider. On lui a indiqué un moteur de recherche où tout ce qu'il a pu taper d'entrées ne lui a donné aucune piste ni indication précise. Zéro pour la question.

Je passe ensuite en revue les résultats des études menées en labo sur les différents éléments de preuve rapportés par les techniciens en scènes de crime. Je n'y apprends rien pouvant m'être utile à cette étape de mon enquête. Je les classe pour y revenir et tombe en arrêt devant divers agrandissements des photos du mouchard de Michel Faillon. Et je sors déçue de mon examen. Aucune trace visible d'une attache de cache-œil sur le visage plusieurs fois grossi de l'homme de l'incendie. En fait, plus je regarde les divers clichés que j'ai sous les yeux, plus je doute d'y reconnaître le Niko de Pavel. Je rédige une autre note à Ammerlaan : il me faut une copie de cet article de presse du 18 juillet 1976 et le rapport d'enquête concernant l'accident de Saraguay. Qu'il envoie la photo jointe à l'article au labo et demande des comparaisons entre elle et les clichés du mouchard du chasseur.

Il me vient l'idée de « googler » *Moshe Dayan* sur mon ordinateur et je ne peux m'empêcher de vous suggérer d'en faire autant, monsieur Plamondon. J'y procède à nouveau, du reste, tout en vous parlant. (…) Bien, j'y suis. Constatez-le comme moi, la page de résultats s'ouvre avec, en haut à sa droite, des photos du militaire et homme politique israélien. Eh bien, voyez-vous, lui, c'est l'œil gauche qu'il a perdu. Remarquez comme l'attache droite du cache monte haut sur le front. Imaginez le profil droit de cet homme avec un capuchon. On ne verrait absolument pas qu'il a perdu l'œil gauche et porte un bandeau. Le constat me laisse songeuse. Pas longtemps.

Car je repense au carton de *Tout le monde en parle* dans l'envoi du *Bardamu's band*. Sa présence signifie-t-elle que ceux qui me l'adressent l'ont trouvé sur le cadavre du professeur ? Pas forcément. Pour ce que nous en savons, Kahn est mort entre le milieu de l'après-midi du lundi et la destruction de la voiture volée vers vingt-trois heures le lendemain. Il avait le mot de Dany Turcotte depuis le jeudi soir précédent, soit le 25 septembre. Peut-être que ceux qui ont fouillé sa chambre y ont trouvé la carte et rien ne dit que ceux-là soient les mêmes que ceux qui ont tué le prof. Ni que celui qui a brûlé la voiture soit l'un d'entre eux, du reste. Cet envoi ne prouve rien quant à la responsabilité de ce *Québec Bardamu's band* dans la mort de René Kahn. Pareil pour la photo de la jeune femme, à la réflexion... À moins bien sûr que ce soit l'ADN du professeur que l'on trouve dans le sang qui la souille et que ces taches soient récentes. Là, la preuve serait plus convaincante.

J'ai l'idée à ce moment de revenir sur la toile. Quelque chose me turlupine concernant la fille de Kahn. Je cherche la page Wikipédia consacrée au professeur et confirme le vague souvenir qui me restait de ma première consultation. Le prof de la Sorbonne n'a eu qu'une fille, du nom de Johanna, qui est morte à l'âge de vingt-quatre ans. J'ai alors l'idée de « googler » *Johanna Kahn* et découvre que la malheureuse a été la victime en 2006 d'une prise d'otages par des terroristes islamistes sur un bateau de plaisance croisant au large d'Athènes. Ils étaient trois Juifs à bord parmi des dizaines de passagers, les trois ont été exécutés. L'horreur ! La même photo de Johanna que celle que je viens de recevoir illustre la page Internet. Là encore, je reste un long moment songeuse devant ma découverte. Ce drame a-t-il un quelconque lien avec mon enquête ? Et Louis-Ferdinand Céline, dans tout cela ? Le voilà bien loin, le sulfureux provocateur. Sauf que le *Bardamu's band* revendique la protection de sa mémoire comme raison de l'élimination de son biographe. Je tape *youtre,* un mot que je n'avais jamais lu ni entendu, sur Google et découvre sans surprise qu'il s'agit là, comme dans le cas de *youpin,* également utilisé dans la lettre, de désignations grossières et racistes de personnes de confession juive. Le *Québec Bardamu's band* est antisémite comme l'était Céline ou joue à l'être pour bien montrer son lien avec l'auteur des pamphlets : OK ! Le constat ne m'avance guère.

Je tente de ramasser mes idées. Quelque chose me perturbe. Suis-je en train de passer à côté d'une clef de cette affaire ? Je mets un moment à réaliser que c'est la personnalité de ce René Kahn qui me préoccupe. Un être aimable, avenant, plein d'humour, un expert en littérature reconnu mondialement, un scientifique disert et passionné que tous admirent… mais qui a peur d'être suivi quand il monte dans un taxi, qui a vécu un drame épouvantable avec la mort de sa fille et dont on fouille la chambre d'hôtel à Montréal. Une chambre d'hôtel incidemment payée par le consulat de France, un autre point qui me chicote. Est-ce une coutume française que l'État paie les frais de séjour à l'étranger de ses universitaires de renom ?…

Je m'attelle à la lecture des trois comptes-rendus de mes adjoints concernant Jean le Tatoué. À Québec, où l'on confirme qu'il tenait deux tripots dans la basse-ville, il répondait au nom de Jean Leclair. C'est ce qu'affirme le seul témoin qu'a pu rencontrer Patrick Jacquet. Le vieil homme, né en 1918, était à l'époque garçon de courses et faisait souvent la navette entre les deux boîtes *« du gros Français »*. Les souvenirs de l'ancêtre sont très confus. Il ne se rappelle pas le cafard sur le front du truand mais, dans son souvenir, monsieur Leclair portait toujours un chapeau ou une casquette. Il a vu une fois la main dégantée du gros homme où, se souvient-il, figuraient les mots: *Tête cerclée, tête d'enfoiré*. La chose l'avait marqué au point qu'il s'en est souvenu toute sa vie, sans jamais comprendre ce que la maxime pouvait bien signifier. Il évoque une espèce de colosse assez débonnaire, en tout cas avec lui, généreux sur le pourboire. Le truand circulait au volant d'une flamboyante De Soto grenat. Les recherches du sergent Jacquet auprès de la police locale n'apportent rien. Les collègues de Québec n'ont pas l'air d'avoir beaucoup plus d'archives que nous autres à la SQ. Le nom de Jean Leclair, tout comme le vrai de Lecluer, sont inconnus dans leurs annales où l'on ne retrouve nulle part la trace d'un bandit français tatoué pas plus que ganté.

Pêche à peine meilleure du sergent Artaud avec le centenaire montréalais dont les souvenirs se révèlent tout aussi vagues. Lui également parle d'un colosse, pas très grand mais incroyablement trapu, et se souvient de la main toujours gantée de ce Français qu'il a croisé parfois dans un bar-maison de jeu qui portait le nom, croit-il se rappeler, de Cercle français ou Club des Français. Quelque chose du genre, en tout cas. Il s'agissait en fait d'un tripot assez mal famé où l'on jouait gros et buvait solide. L'aïeul était alors apprenti chez un maître vitrier et venait souvent dans la maison de jeu pour y réparer les dégâts aux lendemains de rixes. Rien de précis quant à l'adresse exacte du tripot, peut-être dans la rue Drummond, avance le témoin sans aucune certitude, avant d'ajouter avec plus d'assurance que cet homme ganté venait parfois avec des femmes qui, à l'évidence, étaient des prostituées travaillant pour lui. Il circulait à bord d'une grosse Packard vert sapin. Selon le témoin, le souteneur en menait large et n'était pas privé de moyens.

C'est une nouvelle fois de mon adjointe Claire Roberge que je vais en apprendre le plus. Il faudra bien, tiens, que je prenne le temps une fois de vous dire tout le bien que je pense d'elle, monsieur Plamondon… Les trois témoins qu'elle a entendus à Laval confirment que le Franco-Londonien Jean le Tatoué est devenu un gros propriétaire terrien de l'île Jésus en accumulant officiellement sa fortune grâce au commerce de la fourrure et officieusement en faisant travailler des prostituées. Selon les deux premiers témoignages recueillis, qui divergent à cet égard, il est connu dans la région sous le nom de Jean Lecours ou Latour. À L'Abord-à-Plouffe, où il réside, les témoins se souviennent du faste de son train de vie et particulièrement du luxe de ses autos. Il disparaît, disent-ils, de longs mois pour aller trapper dans le Nord ou l'Ouest canadien. Il en revient chaque fois avec des fourrures et de l'argent, beaucoup d'argent. On sait dans le quartier qu'il ne fait jamais le voyage seul : il accroche derrière ses puissantes voitures – à Laval, de souligner Claire, on évoque des Studebaker – une roulotte-caravane confortable dans laquelle il emmène des femmes, surtout des Françaises de France, *dixit* nos vieux témoins, aux mœurs compatibles avec son sens des affaires. À ce jeu, le fourreur-proxénète devient très riche et investit son argent dans l'achat de terres sur l'île Jésus, à proximité de sa résidence aux abords du pont Viau. Les témoins confirment qu'il meurt avant la guerre, dans un lit d'hôpital, et qu'une *petite traînée d'Italienne* qu'il entretient hérite de sa fortune.

Le témoignage d'Elena Calliero se révèle beaucoup plus intéressant. L'exubérante épouse de l'entrepreneur de construction Duilio Calliero en a mis plein la vue au sergent Claire Roberge, qu'elle a reçue dans sa luxueuse résidence de la rue Les Érables, à Laval-sur-le-Lac. Je vous joins le rapport de Claire et l'enregistrement qu'elle a réalisé avec madame Calliero. Votre document identifié n° 6, monsieur Plamondon.

Document n° 6

Rapport du sergent Claire Roberge

Ce jour, vendredi 3 octobre 2014, j'ai interrogé madame Elena Calliero dans le cadre de l'Enquête Kahn. Cette dame affiche une bonne quarantaine. Elle est blonde (fausse), rondelette, taille moyenne, vive, rieuse, extravertie. Elle m'a accueillie avec une grande amabilité. D'entrée de jeu, elle m'a fait comprendre, et je la cite, que « son mari et elle, ça fait deux, OK là? » Elle ne veut rien savoir des démêlés d'affaires de son époux ni de ses prétendues activités de corruption de fonctionnaires et de collusion entre promoteurs. Tout cela, s'insurge-t-elle, lui passe cent pieds par-dessus la tête. Sa vie à elle, c'est de s'occuper de sa famille, ses enfants, ses amies et sa maison. J'ai dû accepter un petit verre de Marsala et des biscuits (délicieux) qu'elle venait de faire avant de recueillir son témoignage.

— Madame Calliero, vous avez contacté le consulat de France mardi dernier pour joindre le professeur René Kahn. Pourquoi ?
— J'étais curieuse de savoir s'il avait trouvé ce qu'il cherchait dans les livres que je lui avais prêtés.
— Vous avez rencontré le professeur après la diffusion de l'émission *Tout le monde en parle*?

— Oui, juste après.
— Dans quel but ?
— Eh ben, le professeur cherchait un Français qu'avait vécu icitte au Québec dans les années vingt. Pis, comprends-tu, moi, je sais qui c'était ce Français-là.
— Expliquez-moi ça, s'il vous plaît.
— M'en vais essayer de te faire une histoire courte. Ça te dérange pas, hein, si je te tutoie. *Povere me !* J'ai ben d'la difficulté avec mon français... L'homme que cherchait ton professeur, il s'appelait Leclair, pis comme je lui ai dit, c'était un mosus de... maquereau, c'est bien comme ça qu'on dit, hein, pour un homme qui fait travailler des *prostitutas* ?
— Qu'est-ce qui vous a fait croire que c'est bien ce monsieur Leclair que recherchait le professeur ?
— Le gant à la main droite. *You know*, ma grand-mère a toujours parlé de cette *strange mania* de *su benefattore*. Tiens, regarde ça, c'est lui, ton monsieur Leclair, l'homme à droite sur la photo, celui avec le chien. J'ai jamais su son prénom. *Nonna* disait toujours : « *Signore* Leclair ». J'ai toujours vu cette photo chez nous, avec des fleurs séchées, souvent des violettes *hanging from the frame. My grand-mother revered the memory of this man who got her out of misery*. Elle avait jamais rien eu à elle avant, tu comprends.
— Pourquoi a-t-elle hérité de lui ? Était-elle sa maîtresse ?
— *Taci, disgraciata !* Veux-tu bien te taire ! Elle s'appelait Lourdinha et faisait le... *cleaning*, on dit le « ménage », hein, chez Leclair. C'était une Fantone, venue de l'Italie du Nord, et *believe me* on riait pas avec l'honneur des filles dans

ces familles-là ! Va surtout pas t'imaginer qu'il s'est passé des affaires entre ces deux-là. *El signore* était un homme généreux, sans famille au Canada. Il s'est attaché à sa petite *domestica italiana* qui a mis du soleil dans les derniers jours de sa vie. Et tu vois, c'est à elle qu'il a donné son... *real estate fortune* – tu comprends ? – pas son argent mais ses propriétés.

— Savez-vous qui a hérité de l'argent ?

— Non. On sait pas. Ma grand-mère Lourdinha s'est retrouvée *owner* de la belle maison du Français et des terres situées entre *what is now* le boulevard des Prairies et le boulevard Cartier. C'était en 37. Elle avait que dix-huit ans. Elle a épousé l'année suivante un maçon italien qui bâtit quelques maisons et fait de bonnes affaires en les vendant. Quand ma mère, Matilda, leur fille *unica*, naît en 44, ces immigrants-là sont *completamente* sortis de la pauvreté. Mais c'est *il loro genero*, mon père, Roberto Rienda, qui à partir de 70 va vraiment passer de la petite business à la grande construction. J'ai pas à te dire que la terre a pris de la valeur à Laval depuis ce temps-là ! Tous les terrains hérités de l'homme de la photo et bien d'autres achetés par mon père ont été bâtis, vendus, rachetés, rebâtis, revendus. Mon père était un homme très riche. Faut que je te raconte qu'il y a eu des envieux pour dire qu'il finançait la Mafia. Moi, *you know*, j'y ai jamais cru, mais bon, je te le dis pareil avant que tu découvres toute ça dans tes dossiers de police. Il est mort assassiné en 90 mon père, et le tueur court toujours. *Ma sono ben certissima che non appateneva alla Mafia...*

— Pas de problème, madame Calliero, cela ne concerne pas mon enquête...

— Je m'en doute ben. Je veux juste que tu comprennes. J'avais vingt ans quand il est mort et je te jure que j'étais bien dotée quand j'ai marié Duilio, le fils d'un autre entrepreneur en construction de l'île Jésus. Ma grand-mère meurt l'année de mon mariage et c'est moi, tu vois, qui depuis mets des fleurs dans le *frame* de la photo de ton bandit français.

— Une chance pour le professeur Kahn que ce soir-là vous regardiez Radio-Canada.

— La chance a rien à voir là-dedans, *you know*. C'est ma fille Tania qui m'a dit de *watcher Tout le monde en parle*. Sans elle, je l'aurais pas fait, je regarde toujours la télé en anglais. Tania connaissait *for sure* l'histoire du portrait que je t'ai montré. Elle est aujourd'hui hôtesse à Radio-Canada. Elle accueille les invités à *Tout le monde en parle*. Demande-moi pas comment son père a pu la faire rentrer là. Il réussit toujours tout avec les fonctionnaires, *you know*. Il est comme ça. C'est elle, Tania, qui, à l'enregistrement de l'émission le jeudi, a entendu le professeur Kahn parler de l'homme au gant. Vendredi dernier, elle m'a dit tout énervée : « Maman, regarde bien le troisième invité de l'émission de dimanche, tu vas avoir toute une surprise ! »

— Et vous l'avez regardé ?

— Ben certain. Et pis là, je te dis pas, *I was so excited* par cette histoire de Jean le Tatoué que j'ai tout de suite voulu parler au *professore*. J'ai *callé* Tania sur son cell. C'est elle qui avait commandé un taxi pour le reconduire à son hôtel le jeudi soir. J'ai fait dix fois le téléphone du maudit Hyatt. C'était toujours *busy* à la chambre de monsieur Kahn. Et puis, au onzième coup, bingo, ça l'a marché et je lui ai parlé.

— Quelle heure ?
— Pas mal après neuf heures.
— Et que lui avez-vous dit ?
— Ben *perdinci* ! que je savais qui était son Jean le Tatoué, que j'avais même sa photo avec moi et que ma *nonna* avait hérité de lui.
— Comment a-t-il réagi ?
— *Il professore ?* Il était fou comme la marde, comme on dit. Il voulait me rencontrer ? J'ai dit « tout de suite, si vous voulez ! » Et il est venu me voir drette là.
— Où ?
— J'étais avec une amie au restaurant Bâton Rouge sur le boulevard Laval. On regardait la télé. Il est arrivé passé dix heures.
— Comment était-il ?
— Un peu *weird*, si tu veux que je te dise. Au début, il avait l'air… *worried*, inquiet, *preoccupato* comme s'il avait peur de débarquer chez des bandits. Mais ça l'a pas duré longtemps, crois-moi. Ma copine partie, on a jasé une bonne heure en riant comme des vieux chums. C'était un homme le fun, pas fier, facile à parler. À la fin, je l'ai amené ici.
— Chez vous ? Dites-moi pas !…
— Tu vas pas encore aller t'imaginer des affaires, toi là ! C'est qu'en parlant avec *il professore*, j'ai réalisé que j'avais icitte quelque chose qui allait drôlement l'intéresser : comment tu dirais en français le *private diary* de son Tatoué ?
— Son journal de bord ?
— En plein ça : trois gros livres retenus par un – *nastro* – comment on dit *nastro* en français ? – ah oui, un ruban gris et racontant *day after day* sa vie au Québec. *I kept that in a trunk* au *basement* icitte avec des vieilles choses à ma

grand-mère. J'avais presque oublié. Je te dis, c'est en parlant avec monsieur Kahn que toute ça m'est revenu.

— Les aviez-vous lus ?

— Les gros *diaries* du Français ? Oui, non, *well* pas vraiment. Ma grand-mère voulait même pas que j'en approche quand j'étais petite fille. Pas mal plus tard, je les ai feuilletés. Bof, je comprenais pas grand-chose, *you know*. J'ai lu des pages, mais pas toute. C'était pas un écrivain, cet homme-là. Il tenait là-dedans ses comptes d'achats et de ventes de fourrures, notait ses déplacements, marquait les résultats de ses *sports bets* et de ses chasses. Il parlait aussi des rencontres qu'il faisait, mais souvent en écrivant juste les initiales ou alors les *nicknames* des gensses. Ce qui m'amusait surtout, c'était le nom des Français qu'il recevait au Québec. Des noms que t'as même pas idée, j'en avais les yeux ronds : Jean les Gros Bras, Sansandre les Yeux tatoués, Dédé Pattes de dinde, pour les hommes ; Sophie Belles Fesses, Mireille Grosse-Poule, Nini la Ventouse, *for the women*... Tu te rends compte : *Dei nomi strani, da far girar la testa !*

— Y aviez-vous vu le nom de Louis-Ferdinand Céline ?

— T'es drôle, toi ! Tu me poses la même question que le *professore*. Et je vais te répondre comme à lui. Je sais pas. Ça m'a pas frappée, *you know*, mais il y avait tellement de noms là-dedans...

— Comment vous êtes-vous quittés ?

— Avec le professeur ? Tard, plus de minuit... Pas vu le temps passer. Mon mari était revenu et même que...

— Dites-moi pas qu'ils se sont rencontrés, votre mari et lui ?

— J'te dirais qu'ils se sont croisés, présentés rapidement, rien de plus...
— Pas de conversation entre eux?
— Pantoute, bonjour, bonsoir...
— Deviez-vous vous revoir?
— *Il professore* et moi? *Ma sicuramente!* Je voulais ravoir mes livres, *perbacco*! Et puis *you know*, j'étais ben curieuse de savoir s'il allait y trouver ce qu'il cherchait. Je l'ai *callé* le lendemain, lundi, dans l'après-midi. Comme il me rappelait pas, j'ai fini par téléphoner mardi à la femme du consulat de France. Tu sais la suite.

Nous nous sommes quittées les meilleures amies du monde, madame Calliero et moi. Elle aimerait récupérer ses documents et je lui ai promis que nous les lui retournerions si nous mettions la main dessus. On trouvera la photo de son monsieur Leclair en annexe de ce rapport. Madame Calliero m'a prêté l'originale et j'en ai fait faire des copies. Vous constaterez que l'on y voit deux hommes en complet, cravatés, assis à ce qui semble être une terrasse de café. La photo noir et blanc aux contrastes estompés est de mauvaise qualité. Les deux costauds du cliché fixent l'objectif sans sourire, l'air impassible. Tous deux portent un chapeau type Panama descendant sur le front. L'homme à droite sur le cliché est celui qui nous intéresse. Il est cubique dans sa chaise. Il pose avec, sur les genoux, un minuscule chihuahua qui fait le beau. La main gauche qui tient le chien est dénudée. On devine que la droite, que l'on voit mal, est gantée. Sur le côté de la photo, écrits à la main, un lieu et une date: PANAMA, MARS 1917.[3]

---

3 Voir *Les Pégriots*, *op. cit.*

Je me souviens rester longuement à réfléchir à la suite de l'écoute du témoignage d'Elena Calliero. Mon esprit va d'une question à l'autre. Céline acquiert-il un surnom quand il s'acoquine avec la pègre française de Londres en 1915 ? Si l'on met la main sur le journal de bord du Tatoué, cherchera-t-on les initiales LFC, pour Louis-Ferdinand Céline, son nom de plume, ou LFD, pour Louis-Ferdinand Destouches, son véritable nom ? Où sont-ils aujourd'hui, ces trois volumes ? Ont-ils brûlé avec le professeur de la Sorbonne ? Étaient-ce ces reliques du vieux truand que cherchaient ceux qui ont fouillé la chambre de Kahn ? Qui a intérêt à ce que le Français n'avance pas dans son enquête sur les traces laissées au Québec par Céline ? Est-ce bien sous cet angle qu'il convient que j'oriente mon enquête ? Pourquoi a-t-on tué le professeur ? Pour qu'il ne découvre pas ce qu'il cherchait ? Parce qu'il s'est trouvé quelque part au mauvais moment ? Ou pour quelle autre fichue de raison ? Les gens du *Bardamu's band* offrent une réponse : René Kahn les dérangeait. Faut-il croire ces drôles de correspondants antisémites qui se prétendent gardiens du secret que l'expert juif de Céline recherchait ? Par où attaquer l'enquête ? Je tourne en rond, n'aboutis à rien et n'aime pas l'impression d'inefficacité que j'éprouve.

Il me faut approfondir mes connaissances sur Céline. Je cherche le premier rapport de Claire

Roberge et j'appelle les numéros de deux des convives de ce repas littéraire du vendredi précédent. Pour Jean-François Nadeau comme pour Pierre Lalanne, je tombe sur des messageries, ce qui ne me surprend pas. On est samedi. Je laisse mes coordonnées et quelques mots d'explication, en demandant à chacun des deux intellectuels de me rappeler pour fixer une rencontre au plus tôt.

Je raccroche et le combiné me fait sursauter en reprenant immédiatement vie… L'un des deux me rappellerait-il aussi vite ? Non. C'est autre chose. Une véritable bombe éclate dans mon ciel si peu clair. Un collègue m'informe que l'on vient de retrouver le portefeuille de René Kahn sur un cadavre près d'un bar de danseuses de Pont-Viau, sur le boulevard des Laurentides. Adieu ma journée de réflexion.

Je file vers l'île Jésus. Au volant de mon auto de service banalisée, je réalise que n'ai pas encore appelé mon patron. Il est alors huit heures trente. N'est-il pas interdit d'utiliser un cellulaire au volant ?

◆

Rarement vu autant de différents corps policiers sur les lieux d'un crime. Des patrouilleurs du Service de police de Laval sont là qui bloquent les accès. Plusieurs voitures de la SQ et des voitures banalisées que je reconnais ont passé les cordons de sécurité retenant curieux et journalistes. Une ambulance tous gyrophares en rotation bloque la rue sur le flanc d'un camion de techniciens en scènes de crime. Devant eux, un rutilant Jeep Grand Cherokee noir stationné devant un restaurant aux couleurs vertes, blanches et rouges de l'Italie. La porte du passager avant est ouverte. Un corps en est tombé, la tête et les épaules, recouvertes d'un drap, touchant le trottoir, les pieds toujours dans la voiture.

Plusieurs visages parmi les initiés présents me sont familiers, des collègues que je sais appartenir à l'Escouade Marteau, à l'Unité permanente anticorruption ou au Bureau des enquêtes sur le crime organisé. J'avise deux enquêteurs du Service des crimes contre la personne, dont un rouquin ébouriffé du nom de Guy Mayotte, un confrère que je connais très bien et avec qui j'ai toujours eu plaisir à travailler. Je reconnais encore un officier en vue que je sais être prêté à la Commission d'enquête sur l'octroi et la gestion des contrats publics dans l'industrie de la construction. Si on ajoute tous ceux que je ne connais pas, ça donne un véritable rendez-vous policier… et on est un samedi !

Je salue tout un chacun, me joins au groupe et vais aux nouvelles. L'homme affalé à l'avant du Jeep, m'informe un grand policier maigre à sale gueule que je sais appartenir à l'UPAC, est un dénommé Rocco Favatta. La victime est connue comme le chauffeur et garde du corps de l'homme d'affaires Duilio Calliero. Les informations se télescopent sous mon crâne. Bingo ! Le Grand Cherokee noir ! Bingo ! Favatta ! Bingo ! Calliero ! Ma parole, je suis au cinéma, le scénario est écrit, organisé par je ne sais quel tireur de ficelles, les pièces du casse-tête s'emboîtent trop vite, trop facilement. J'ai la dérangeante impression que cette mise en scène ne peut avoir de sens que pour moi, que tout est faux, fabriqué pour me piéger. Sauf que le bas du drap sur le visage du mort trempe dans du sang, du vrai, une mare.

Je capte l'attention de l'officier que, dans la logique des attributions de chacun, je juge être responsable de l'enquête sur le mort à nos pieds, l'homme de la section des Crimes contre la personne: mon copain Guy Mayotte. Un grand gars monté en graine, boutonneux, paraissant trente ans quand je sais qu'il en a largement plus de quarante, un plutôt « hors normes » pas triste que je trouve futé et que j'aime bien. Je lui fais signe et, au bout d'un moment, on laisse les collègues « mémérer » près du mort et on se retrouve tous les deux à l'avant de sa voiture.

— *Pis, Guy*, je lui demande, *c'est toi qui es chargé de l'enquête ?*

— *Je crois, en collaboration avec* les collègues du SPL, *mais c'est un méchant bordel, ma fille. Tout le monde s'intéresse au cadavre. J'ai appelé mon* boss, *mais c'est la fin de semaine, tu sais ce que c'est.*

— *Tu veux que j'intervienne ?*

— *Moi, accepter l'aide d'une femme ?* Il rit. *En fait, pourquoi pas, hein! On dirait bien, c'est vrai, que c'est toi le plus haut gradé ici, ma jolie capitaine. Mais laisse faire. Je te dis, j'ai le feu vert des collègues de Laval et je devrais pouvoir me débrouiller avec les autres.*

Sait-il ce qui est arrivé? Un boulanger travaillait à quelques boutiques du bar de danseuses devant lequel le Cherokee s'est stationné vers cinq heures trente ce matin. Il faisait encore nuit. Le témoin a vu arriver le Jeep mais n'y a pas prêté plus attention que cela. Il ne peut dire si plus d'une personne était à bord. Il a vu plusieurs fois le véhicule immobile dans la demi-heure suivante sans rien noter de particulier. À six heures, le responsable de jour du bar est arrivé pour ouvrir la partie restaurant de son commerce. Il a reconnu le Cherokee. Rocco Favatta, son propriétaire, était un habitué de sa boîte où, la veille encore, il était venu prendre son déjeuner. Le commerçant a pensé que son client s'était endormi en attendant l'ouverture du resto pour casser la croûte. Un peu passé sept heures, il a tapé à la vitre et a ouvert la porte. Le cadavre lui est tombé dessus.

— *Il a appelé la police de Laval, qui a immédiatement communiqué avec nous,* continue Mayotte. *J'étais là à sept heures trente, le premier officier sur les lieux après les patrouilleurs lavallois. La nouvelle a déferlé et tous les dix minutes un autre flic arrive. C'est fou. On se croirait au bal de la police. T'arrives à temps, ça manquait de femmes... Tracasse, je suis content que tu sois là, c'est moi qui ai demandé que tu sois prévenue. Je savais que tu travaillais sur l'affaire Kahn.*

— *Le portefeuille du prof, c'est toi qui l'as trouvé ?*

— *Oui. Le cadavre avait deux portefeuilles dans ses poches. Vois si je suis brillant, j'ai jugé qu'il en avait un de trop et j'ai cherché à qui appartenait l'intrus. Les deux vont partir au labo s'ils ne sont pas déjà en route. Celui du professeur te sera acheminé après les analyses. J'ai demandé aussi que tu reçoives copie de tous les rapports que m'enverra le labo.*

— *Pourquoi ce Favatta avait-il ce portefeuille ?*

— *Aucune idée. J'ai vu qu'il y avait pas mal d'argent dedans, des grosses coupures de 100 $ et pareil en euros. Un petit lot assez tentant...*

— *Tant que ça ?*

— *Peut-être une dizaine de billets de chaque. Ton Kahn ne devait pas aimer être à court en voyage...*

— *Ouais... Comment est-il mort ?*

— Favatta ? Un coup de couteau en haut du ventre et la gorge tranchée d'une oreille à l'autre, sans doute avec une autre lame.

— Deux agresseurs, quoi ?

— Peut-être, mais c'est trop tôt pour l'affirmer...

On parle un bon moment. Je connais Mayotte comme un bon flic, doublé d'un type beaucoup plus réfléchi que ne le laisseraient supposer ses dehors machos et frondeurs. Il me raconte ce que les autres et lui ressassaient en regardant travailler les techniciens. D'emblée, à chaud, bien des choses dans ce crime surprennent mes collègues. D'abord le *timing* de l'assassinat étonne les policiers présents qui suivent de près les activités mafieuses montréalaises. Favatta est plutôt classé par les experts dans la mouvance sicilienne proche de Lino Berluti, le caïd montréalais récemment sorti de la prison américaine où il purgeait une peine de quinze ans. Dans ce contexte, ce sont plutôt les têtes de mafieux d'obédience calabraise que l'on voit tomber, et même si Berluti vient de mourir de sa belle mort, c'est toujours la même tendance que l'on observe à Montréal. Il y a plus. À la différence des motards ou des gangs de rue, souvent plus impulsifs, la Mafia a la réputation de planifier soigneusement ses meurtres et celui-ci survient à un moment où nul ne l'attendait, *comme une coulée d'érable entre Noël et le Jour de l'An*, que me sort le Guy. Enfin, le recours par le ou les assassins à l'arme blanche sidère les spécialistes, tout comme la nature de la blessure ayant causé la mort. Selon l'expert de la lutte contre le crime organisé présent sur les lieux, cette façon spectaculaire de tuer est de l'inédit total dans l'histoire de la Mafia montréalaise, où l'on a plutôt recours à l'arme à feu. *On dirait un meurtre rituel, une cérémonie macabre en deux temps, l'épée et le sabre, et ça, ce n'est pas mafieux une seconde!* de reprendre Mayotte.

J'apprends que Rocco Favatta, sous le titre officiel de « chauffeur » de Duilio Calliero, était surtout son garde du corps, le sulfureux entrepreneur aux relations douteuses ne manquant pas d'ennemis. Rocco, un ancien lutteur professionnel, était connu comme un bagarreur d'exception, *une vraie machine de guerre*, selon l'expression de Guy. Le cadavre porte à la main droite un poing américain qui laisse supposer que l'homme fort était en situation d'attaque ou de défense quand on l'a frappé. Dans les rixes corps à corps, une telle arme sur le poing d'une personne qui sait s'en servir vaut bien un couteau. Le ou les adversaires du chauffeur auront été plus rapides que lui et les collègues s'interrogent sur le nombre des assaillants de la brute. Tous sont d'opinion qu'il aura fallu s'y mettre à plusieurs pour abattre un tel méchant taupin aux poings, au marteau, au batte de baseball ou... au couteau. Tous sont aussi perplexes sur la nature de la blessure au cou. Pas facile d'égorger son prochain de face. De dos, oui, on conçoit le geste, mais de face, sur un costaud aussi mauvais et aguerri que Rocco ? Il faut, jugent les collègues, que plusieurs hommes maintiennent le Sicilien tandis que le tueur lui tranche le jabot comme un berger égorge une brebis. Ceux qui ont vu la blessure affirment qu'elle est parfaitement nette, d'un seul trait d'un bord à l'autre, sur cent quatre-vingts degrés, comme si Favatta n'avait pas bougé d'un poil tandis qu'on lui ouvrait le cou, ce qui semble invraisemblable, ahurissant. Une chose est évidente pour tous, celui qui a porté le geste fatal est un expert de l'arme blanche. Et personne n'a jamais entendu parler d'un boucher local d'une telle dextérité.

Autre constat qui perturbe les flics d'expérience venus ce matin autour du cadavre de la Cherokee, le dénommé Rocco n'a pas été tué là où on a trouvé son corps. Ceux qui l'ont abattu ont pris le risque de le transporter de l'endroit où le meurtre a été perpétré à ce boulevard de Laval où tant de flics tapent du pied ce matin. Pourquoi ? Le point me chicote : *Comment en être sûr ?* Mayotte explique.

— *On pense que Rocco était déjà mort et installé sur le siège passager quand le boulanger a vu arriver le véhicule.*

— *Je veux bien te croire, mais comment pouvez-vous être à ce point certains de ça ?*

— *Ben là, beauté farouche, faudrait déjà que tu te figures le char de Rocco illuminé ! Ce gros péteux de bretelles y avait fait installer de méchantes batteries de rampes de lumières et des guirlandes de Noël en fait de feux de signalisation. Tu verrais pas une ambulance derrière le char de ce frais chié…*

— *Je veux bien, moi, mais ça change quoi si ton témoin dit n'avoir rien remarqué d'autre ?*

— *Eh bien, c'est justement ça qui nous amène à penser que le meurtre n'a pas été commis ici. Quand les yeux du boulanger se sont portés à nouveau sur le stationnement dans les minutes qui ont suivi l'arrivée du Jeep, le bonhomme a juste vu que le véhicule était là, tous feux éteints, et il n'y a plus fait attention.*

— *S'il y avait eu bagarre, il l'aurait vu ? C'est ça que tu veux dire ?*

— Pas seulement ça. Suis-moi : ce genre de camionnette de luxe reste allumée une minute après qu'on en a fermé les portes et puis tout s'éteint d'un coup. Si les meurtriers avaient agi sur place, ça leur aurait pris du temps, non ? Ils ne seraient pas sortis tout de suite de la voiture et le paquebot à Rocco serait en conséquence resté allumé pas mal plus longtemps… Que dit-on du super raisonnement de son brillant collègue ?

— Ouain… à moins qu'ils n'aient plus eu qu'à achever Rocco. Le boucher dont tu parles est sur le siège arrière et fait son boulot en deux temps trois mouvements. On cale Rocco dans l'encoignure et bonjour, on s'en va…

— Note bien que c'est pas si niaiseux ce que tu dis là, ô ma douce…

— Dis don, ça t'ennuierait de jouer un peu moins les mononcles ?

— C'est vrai, torrieu, soyons sérieux! Bon, réfléchissons… Si t'as raison, ça veut dire qu'ils auraient été deux à faire la job, le chauffeur et le tueur.

— Au moins deux, ils pouvaient être plus. C'est des banquettes ou des fauteuils à l'avant du Jeep ?

— Des fauteuils et j'imagine mal Rocco, avec son gros cul et son amour d'autrui, partager le sien… Non, tu vois, en dépit de cet immense respect qui m'anime devant ta façon de douter, plus je pense à tout ça, plus je suis convaincu que Rocco était déjà mort quand le Jeep s'est pointé ici.

— Ouain. À bien y réfléchir, t'as probablement raison. Si c'est pas ça, faudrait admettre que l'Italien ait cédé son volant, qu'il soit monté de bonne grâce et soit resté sagement assis sur le siège passager…

— Le justement nommé siège du mort, oui, et qu'il ait bien pris garde de boucler sa ceinture de

sécurité tandis qu'on le conduisait à son dernier voyage…

— Dur à imaginer, c'est vrai.

— Ben c'est ça, d'autant que je te le dis, moi, Rocco n'était pas le genre de bonhomme à qui tu fais peur en roulant des gros yeux…

— À moins qu'ils l'aient drogué ?

— Y a ça… L'autopsie nous le dira.

— Mais si elle ne le dit pas… si Rocco n'était pas drogué…

— Ben, ça signifiera que ceux qui ont saigné le taupin ont pris le risque de le transporter de l'endroit où le meurtre a été commis à ce bar de danseuses.

— Et j'y reviens. Pourquoi ? Tu trouves pas que c'est comme si quelqu'un avait imaginé une espèce de mise en scène ?

— Yes *Madame !*

— Mais dans quel but ?

— C'est la question à un million de dollars, grande fille. Les tueurs professionnels ne se compliquent pas l'existence en prenant des risques inutiles : ils tuent et disparaissent…

— Alors que là !…

— Ben là, on a du travail tous les deux, ma belle.

Je parle à Mayotte de ma lettre anonyme établissant le lien avec l'affaire Kahn et me suggérant de fouiller le coffre du Grand Cherokee. La clef de la mise en scène ? On se regarde tous les deux, les yeux ronds. Guy m'informe avoir jeté un œil dans ledit coffre sans y rien remarquer. Il mentionnera la piste aux collègues qui inspecteront le véhicule. On convient là-dessus, lui et moi, de mener nos enquêtes en parallèle et de nous échanger tout ce qui pourrait nous permettre d'avancer. Je fais une bise de grande sœur au vieil ado, salue bien poliment les confrères et m'éclipse.

Je suis vers dix heures trente de retour à Parthenais où, une fois la copie de la lettre anonyme faxée à Mayotte, je m'apprête finalement à appeler mon patron, Gérard Perreault. Sauf qu'une autre surprise m'attend au bureau sous la forme d'un message téléphonique placé en évidence sur ma pile de papiers. Jean-François Nadeau m'a rappelée pendant ma courte absence. Il est à son bureau – *du travail en retard* –, fort disposé à me recevoir, voire à venir me rencontrer. Je trouve plus courtois dans les circonstances de me déplacer. Je l'appelle :

— *Tout de suite ?*

— *Pourquoi pas ?*

À onze heures, nous sommes l'un en face de l'autre dans un petit local fermé du journal *Le Devoir*. Que je vous le présente rapidement, monsieur Plamondon, un presque double-mètre, la quarantaine, un air d'intellectuel du Plateau mâtiné de bûcheron de la Manouane. Je veux dire qu'il se dégage de lui une impression de force contrôlée, mais pas que ça, du charme, beaucoup de charme également. Qu'allez-vous penser, monsieur l'inspecteur, si je vous avance que je n'y suis pas insensible ? Je lui demande l'autorisation d'enregistrer nos propos pour pouvoir m'y référer ensuite. Vous trouverez ce document dans votre dossier, identifié : *Document n° 7, entrevue avec Jean-François Nadeau*.

DOCUMENT N° 7

ENTREVUE J.-F. NADEAU

— Donc, j'enregistre, monsieur Nadeau.
— Ça me va très bien.
— Vous êtes journaliste, historien, homme de lettres, politicologue...
— C'est beaucoup pour un seul homme, mais oui, on peut dire ça comme ça.
— J'enquête sur le meurtre du professeur français René Kahn. Vous l'avez rencontré. Pouvez-vous me dire ce que vous savez de lui ?
— Un être savoureux, agréable, très ouvert, doublé d'un intellectuel absolument lumineux. J'avais lu plusieurs de ses livres sur Louis-Ferdinand Céline. C'est vraiment la référence mondiale quant à cet écrivain que je vous avouerai ne pas beaucoup aimer personnellement.
— Quand vous avez rencontré Kahn, vendredi dernier, était-ce la première fois que vous le voyiez ?
— Oui, mais nous avions déjà échangé à l'occasion de la publication de cette photo de Céline à une assemblée fasciste à Montréal, parue pour la première fois dans le dernier de mes livres. Le professeur voulait connaître le contexte de ma découverte Dès nos premières communications par Internet, puis téléphoniques, nous avons sympathisé.

— Est-ce lui qui vous a invité à cette soirée de vendredi ?

— Il m'avait dit qu'il souhaitait me rencontrer quand il viendrait au Québec. Il évoquait alors un congrès auquel il devait participer à l'automne 2015 à Boston, si je me souviens bien. Il comptait profiter du voyage pour faire un crochet par Montréal. Aussi ai-je été un peu surpris quand madame Brégier, du consulat de France, m'a appelé un an d'avance pour cette rencontre.

— Connaissiez-vous les autres invités ?

— De la soirée ? Ma foi non, sauf Pierre Lalanne avec qui, je dois vous le souligner, je ne m'entends pas trop bien. Disons que nous n'avons pas, lui et moi, la même perception de Louis-Ferdinand Céline. Lalanne est un admirateur que je qualifierai d'inconditionnel de tout ce qu'a pu penser, faire et écrire cet écrivain. Il ne souffre pas que l'on ne partage pas cette fascination. Ça nous a amenés à quelques différends publics. Mais bon, rien de bien grave dans tout cela. Nous savons tous deux faire la part des choses et oublier nos divergences de points de vue dans le cadre d'une bonne soirée comme celle de ce dernier vendredi, par exemple. Vous souhaitez que je vous parle des autres convives ? J'ai découvert ce soir-là Ollivier Mercier Gouin, un vieil érudit québécois absolument charmant. Je ne connaissais pas non plus le professeur de McGill, son nom déjà...

— Pavel Khalil.

— C'est ça oui. Un type très intéressant, d'un bilinguisme tout à fait exceptionnel si j'en juge par la qualité de son français, qu'il parle comme vous et moi.

— Oui je sais, je l'ai rencontré.

— Ah bon. Il se demandait bien, au début de la soirée, ce qu'il faisait parmi nous. Mais il s'est vite dégelé et il a participé avec enthousiasme à nos discussions. Je crois que c'est lui, du reste, qui est allé le plus loin dans la complicité avec René Kahn. Ce qu'ils ont mis sur pied en termes d'échanges entre leurs deux universités s'est bâti devant nous en un tournemain et me semble fort porteur en potentiel de recherche. Un historien et politologue comme je suis est par nature un chercheur et j'ai vraiment admiré la façon dont ces deux-là envisageaient leurs études conjointes avec un enthousiasme contagieux. Quant à madame Manon Brégier, comment ne pas être impressionné par son élégance, sa race et sa personnalité? J'avais la chance, voyez-vous, d'être assis à table à côté d'elle. Nous penchions, si j'ose dire, du même bord, tous les deux plutôt critiques envers Louis-Ferdinand Céline, ce qui a provoqué une sympathie naturelle entre nous. Elle s'est jointe avec beaucoup d'aplomb et d'à-propos à toutes nos discussions.

— Que voulait au juste le professeur en tenant ce souper?

— Chacun d'entre nous, les quatre Québécois, était là pour une raison bien particulière. Le professeur Khalil, je vous le répète, pour une collaboration entre la Sorbonne et McGill.

— Comme je vous l'ai dit, j'ai rencontré Pavel Khalil. Je suis fixée dans son cas. Mais les deux autres, avant de parler de vous?

— Les discussions ont été réellement piquantes avec le vieux monsieur Mercier Gouin. Je dis « vieux », peut-être ne l'est-il pas tant que ça, après tout, mais c'était nettement le doyen de notre soirée. Figurez-vous que Kahn, je ne sais trop comment, avait appris que la mère de ce monsieur, qui s'appelait Yvette Ollivier, avait participé à un souper en l'honneur de Céline organisé en mai 1938 à Montréal par une grande plume locale de l'heure, monsieur Victor Barbeau. Au grand dam de ce dernier, madame Ollivier n'aurait cessé ce soir-là de prendre la parole jusqu'à éclipser Céline, qui n'aurait pas desserré les dents du repas. Kahn se mourait d'envie d'entendre le fils narrer, trois quarts de siècle plus tard, les souvenirs que sa mère gardait de cette soirée.

— J'avais compris de son passage à *Tout le monde en parle* que Kahn recherchait plutôt une « magnifique rouquine » qui, tout au contraire, n'aurait rien dit ce soir-là ?

— Attention, ma chère, il y a deux temps forts dans cette soirée du 6 mai 38, à ce qu'en raconte Victor Barbeau dans ses souvenirs, qu'il a rédigés et publiés. Vous avez d'abord le souper littéraire réunissant une vingtaine de convives, un raté total puisque l'écrivain de passage n'y dit rien, « abasourdi qu'il est par les caquets d'une femme de lettres dans le secret de toutes les fausses gloires de Paris ». Je vous cite là les mots mêmes de Barbeau évoquant Yvette Ollivier. Mais ensuite, les deux hommes continuent la soirée en allant « boire le coup de l'étrier dans une maison amie », je cite toujours Barbeau. Seuls quelques rares initiés participent à cette fin de nuit, et là Céline va s'amuser. C'est lui qui tient le crachoir pendant deux heures et demie devant un Barbeau ébahi. Et c'est au sortir de cette deuxième réception que Céline s'enquerra de l'identité de votre mystérieuse rousse.

— Et Kahn n'en parle pas au souper ?

— De la rouquine, non. C'est devant Guy A. Lepage qu'il la sortira de son chapeau, celle-là. Il ne discute avec Ollivier Mercier Gouin que du premier repas et du rôle excessif qu'y aurait joué sa mère. Hélas, le vieux monsieur n'avait jamais entendu parler du souper littéraire en question, mais qu'à cela ne tienne, ça ne l'a pas empêché de nous captiver et de nous faire sourire en nous parlant de cette femme de lettres, sa mère, et Kahn, un véritable puits de connaissances littéraires, a fini par trouver un lien. Figurez-vous que cette écrivaine, Yvette Ollivier, aurait été proche de l'écrivain Paul Valéry, dont la maîtresse à l'époque s'appelait Jeanne Loviton. Cette femme étonnante à plus d'un titre est un véritable personnage de roman dont l'évocation à notre souper passionne immédiatement Kahn. Elle collectionne les mâles célèbres du tout-Paris de l'époque en vraie croqueuse d'hommes et va devenir ainsi la maîtresse de Robert Denoël, l'éditeur ami-ennemi de Céline. Or, Denoël sera assassiné à la Libération dans des circonstances troublantes, jamais élucidées, et Loviton et Céline vont s'affronter sur ce fond de scène assez scabreux. Et nous voilà les six au souper à chercher des liens dans cette histoire abracadabrante. Kahn apprenait toute cette saga à monsieur Mercier Gouin, qui lui renvoyait fort bien la balle en imaginant, avec un humour délirant à la limite de l'absurde, le possible rôle de sa mère dans l'imbroglio : un des moments de débridement intellectuel les plus stimulants que j'aie vécu de ma vie.

— Et Pierre Lalanne ?

— Kahn considérait à juste titre Pierre comme l'incontournable spécialiste de Céline au Québec.

Il souhaitait entre autres tester avec lui quelques hypothèses qu'il avait concernant les liens que l'écrivain pouvait entretenir ici avec quelque mystérieux correspondant rencontré peut-être lors de son séjour londonien pendant la Première Guerre mondiale. Ils ont beaucoup parlé de pègre, de truands, de souteneurs et de prostituées. Des échanges très vifs et éclairants. Le mieux serait que vous en discutiez avec Lalanne.

— J'entends aussi recueillir son témoignage.

— Parfait. Cette recherche de qui pouvait être l'ami ou les amis inconnus québécois de Céline sera aussi l'une des raisons de ma présence au souper du Hyatt. Kahn savait que j'ai beaucoup travaillé sur l'histoire des milieux d'extrême droite canadiens, le côté du spectre politique international où Céline avait ses affinités. Y aurait-il entretenu, à ma connaissance, des liens privilégiés avec l'une ou l'autre des personnalités québécoises connues du mouvement?

— Votre opinion à cet égard?

— Difficile de se prononcer avec certitude. Nous avons longuement parlé d'Adrien Arcand, bien évidemment, que Céline connaissait et avec qui il a peut-être eu des échanges épistolaires qui resteraient à découvrir aujourd'hui.

— Adrien Arcand?...

— Il vous faudrait lire mon livre, ma chère[4]. Arcand était le führer canadien, un authentique disciple québécois de Mussolini et d'Hitler, avec miliciens légionnaires en uniforme, croix gammées sur les manches et les murs, saluts fascistes, gardes du corps aux méthodes musclées, tout le décorum. Au départ, c'est un journaliste dont les discours antisémites et

4 Voir *Adrien Arcand, Führer canadien*, de Jean-François Nadeau, Lux, 2010.

anticommunistes séduisent une bonne part de l'opinion canadienne-française. Un vrai nazi et fier de l'être. Je ne crois pas personnellement qu'il était plus proche de Céline que ça. En fait, Kahn, qui avait lu mon bouquin, s'intéressait de près à une autre piste : celle d'un proche d'Arcand nommé Eugène Berthiaume, héritier direct de Trefflé Berthiaume, le richissime fondateur du journal *La Presse*. Cet Eugène, il faut que je vous l'explique, à son grand mécontentement n'a pas hérité de *La Presse* à la mort de son père, mais de sommes d'argent considérables qui lui permettent de mener une vie grandiose parmi le « jet-set » de l'époque. Cet homme d'affaires qui réussit réside le plus souvent en France, voyage à New York et dans le monde entier. Tout laisse croire qu'il gravite dans des milieux que fréquente également Céline. Les deux, personnalités en vue à Paris, sont de grands amateurs de ballets et tenants de positions extrémistes de droite. Se connaissent-ils, se fréquentent-ils ? Berthiaume, qui connaît beaucoup de monde au Québec, est-il celui qui dirige Céline vers Arcand ? Tout ça reste à l'état de suppositions en l'absence des preuves recherchées par Kahn. Nous en avons longuement parlé ce soir-là, le professeur et moi, sans parvenir à trouver de véritables avenues de recherche.

— Et puis, m'avez-vous dit, il y a donc cette photo de Céline…

— Participant à une assemblée fasciste d'Arcand en mai 1938, oui. Elle passionne Kahn, qui veut tout savoir de la façon dont j'ai bien pu mettre la main sur ce cliché qui a eu, on ne cesse de me le dire de maintes sources différentes, tout un effet dans le petit monde célinien. On a même prétendu, le croirez-vous, que si cette présence de Céline assis sous la croix gammée dans une assemblée fasciste en Amérique du Nord avait été connue à son procès au début des années cinquante, l'écrivain accusé de collaboration avec l'ennemi aurait pu avoir beaucoup plus de difficultés à se sortir des griffes de la justice française. La défense de cet homme après la guerre consiste à expliquer qu'il n'a jamais fait de politique, qu'il n'a adhéré à aucun parti, qu'il ne faisait que du style et de la littérature. Cette photo démontre éloquemment l'inverse.

— Ai-je bien compris que le cliché était inconnu avant que vous décidiez de le publier ?

— Non, ce n'est pas le cas. Cette photo grand format figure depuis une vingtaine d'années aux Archives nationales du Québec. Elle a du reste déjà été publiée dans plusieurs ouvrages d'analyse des phénomènes d'extrême droite en Amérique du Nord. Elle fixe sur papier trois cent soixante personnes posant pour la postérité, dans une salle aux murs couverts d'immenses svastikas. Moi, je savais que des réunions fascistes s'étaient tenues au printemps 1938 à Montréal et que Louis-Ferdinand Céline avait participé à l'une d'entre elles. Alors j'ai rassemblé toutes les photos prises à cette époque à l'occasion de réunions du genre et j'ai regardé un à un les visages des centaines de participants. Je cherche Céline et, voilà, miracle, un jour, je le trouve. Au reste, pour être tout à fait franc, ce n'est pas moi qui fais la découverte. Rendons à César ce qui lui appartient : c'est mon fils qui crie « Bingo ! ». Cette fois-là, il m'aide dans mes grossissements numériques sur grand écran d'ordinateur et c'est lui qui,

Assemblée d'organisation.
MAI 1938
P.N.S.C.

le premier, repère notre homme tout au fond de la salle dans l'angle supérieur droit du cliché. On grossit, grossit le coin de photo et voilà que le célèbre écrivain français nous apparaît clairement, à nu, débusqué, piégé. C'est bien lui, là, parmi les fascistes montréalais, assis sous une gigantesque croix gammée, entouré de femmes et de militants en uniforme, solitaire, l'air de vaguement s'emmerder, mais présent, indubitablement présent... Nous sommes tous porteurs de notre ombre, n'est-ce pas, cet autre nous-mêmes que nous refoulons car il ne cadre pas avec l'image que nous aimerions donner de nous. L'autre Céline était bien là. La photo ne ment pas.

À treize heures trente, un sandwich vite avalé sur Saint-Laurent, je suis de retour à mon bureau. J'y trouve une feuille qui n'y était pas le matin. C'est un bref rapport signé par Nicol Ammerlaan, le dernier embauché de mon équipe qui, à ma demande, a consulté les collègues de la DEME[5]. La question, souvenez-vous monsieur Plamondon, était double : Faut-il craindre des mouvements d'extrême droite au Québec ? Les collègues ont-ils eu vent de l'existence d'un groupe d'activistes relevant de cette mouvance qui porterait le nom de *Québec Bardamu's band* ? Réponse négative dans les deux cas. On signale quelques voyous « suprématistes » à Québec et Montréal, mais il s'agirait là de rares individus, des désœuvrés marginaux, et non de bandes néofascistes dangereuses ou de mouvements réellement structurés. Le Québec à cet égard se distingue du reste du Canada et des États-Unis où, signalent les gens de la DEME, de nombreux groupes extrémistes, à la marge de l'extrême droite classique, sont actifs et réputés dangereux, tout particulièrement depuis l'élection du président Barack Obama. J'enregistre sans surprise ces informations et classe les notes de Nicol au dossier.

L'heure en est venue. Je ne peux plus différer davantage. J'appelle Gérard Perreault et cette fois le joins et lui fais le rapport exhaustif de mes allées

5 DEME : Division des Enquêtes sur la Menace Extrémiste.

et venues depuis deux jours. Il enregistre en silence. Aucun encouragement, aucune manifestation de surprise ou d'intérêt au long de son écoute. Il est froid et distant.

— *Avez-vous rappelé les gens d'Ottawa, le consulat de France, le ministère de la Sécurité publique ?* me demande-t-il sèchement à la fin de ma narration.

Ma réponse négative provoque un autre long silence. Je m'explique, je n'ai pas eu le temps hier puisque j'ai été absente toute la journée de Montréal. Là, c'est le congé de fin de semaine. J'appellerai ces gens-là à la première heure lundi…

— *Non !* me coupe-t-il. *À la première heure lundi, vous serez dans mon bureau ! Je suis très préoccupé par cette affaire, capitaine Boisjoli, et je m'interroge sur la façon dont vous avez dirigé votre enquête jusqu'ici. Je ne suis pas le seul. Nos collègues français et les gens du SCRS expriment aussi des inquiétudes. La Sécurité publique du Québec et les Affaires étrangères d'Ottawa sont sur mon dos et je ne sais même pas où vous en êtes. Je n'ai d'autre choix que de concéder que je ne parviens pas à vous joindre, et j'ai l'air sacrament niaiseux, capitaine. Le réalisez-vous ?*

— *Mais l'enquête vient à peine de commencer, mon commandant…*

— *Elle commence mal !* m'interrompt-il. *Il est urgent que nous parlions avant toute autre initiative individuelle de votre part dans cette histoire. Huit heures lundi à mon bureau. Dans l'immédiat, rentrez chez vous et cessez toute activité dans le dossier jusqu'à ce que nous en discutions !*

— *Est-ce un ordre, mon commandant ?* ne puis-je m'empêcher de le provoquer.

C'en est un! aboie-t-il avant de me fermer la ligne au nez. Au moins, les volontés de cet homme ont le mérite d'être clairement exprimées. Je reste un long moment pensive à mon bureau à respirer par le nez. Suspendre mes recherches jusqu'à lundi ne m'ennuie pas plus que cela... mais il y a la manière de m'amener là. Laisser incuber tout ce qui est survenu en deux jours d'enquête va me donner la chance de réfléchir, ce que je n'ai pas pu faire à mon gré jusqu'ici dans ce dossier. Mais bon, le dénommé Gérard Perreault pourrait s'y prendre avec un peu plus de courtoisie, au lieu de me faire ça en despote. En fait, je reste à ce moment de mon enquête plutôt sereine, je n'en veux pas vraiment alors à mon patron. J'essaie de comprendre sa frustration. Ce samedi-là, je reste encore assez placide face à son attitude plutôt insolite. Entendons-nous, ses façons d'agir avec moi me déplaisent, sans l'ombre d'un doute. Mais la psychologue que je suis juge surtout que cet homme ne se montre pas très fort dans les circonstances, qu'il réagit comme un individu dépassé par les événements et qu'il ne mérite guère que mon mépris. S'il se révèle être un bien mauvais *boss*, qu'y puis-je ?

Voilà, cher monsieur Plamondon. Je rentre donc chez moi cet après-midi-là, sans plus d'humeurs ni d'interrogations. Et rendue à ce point de ma narration, je vais souffler un peu.

4

Rien à vous dire sur le reste de ma fin de semaine, passée loin de mes préoccupations policières. J'avais parlé de réfléchir, d'incuber, mais en réalité je n'en ai rien fait, d'après mes souvenirs. Assez désorientée par les remarques acerbes de mon patron, je ne m'occupe que de moi et de mes petites affaires. Rien d'intéressant pour vous ici, monsieur Plamondon, et j'en arrive donc au lundi 6 octobre. Il y a une semaine alors que René Kahn est parti en fumée, disparu des écrans radars. À sept heures cinquante-cinq, l'heure de me rendre à la convocation du commandant Perreault, un message de sa secrétaire m'informe que le rendez-vous est retardé. Que je reste à mon bureau, elle m'appellera dès que sa majesté sera prête à me recevoir. Parfait, j'attendrai.

Un gros sac de voyage magnifique est là sur ma table à côté de l'ordinateur. Il est en cuir fauve avec une grosse poignée à boucles de laiton. Dans le sac, vide par ailleurs, une note signée de Guy Mayotte, mon collègue chargé de l'affaire Rocco Favatta. *Aglaé, je n'ai pas une minute à moi. Je cours, je cours. Deux choses :* primo, *on a retrouvé les empreintes du professeur René Kahn sur la banquette arrière du Cherokee de Rocco. Rien à signaler ailleurs dans l'auto. Rien non plus dans le coffre qu'on a passé au peigne ultra-fin, crois-moi, vu ta demande, ma belle.* Deuzio, *il faudrait que je te voie et t'explique comment on a mis la main sur ce sac, près de l'endroit où Rocco a probablement été tué avant d'être hissé dans son Jeep. Je n'y serai pas de la journée. On essaie de se voir au plus tôt. Ah oui, tu regarderas les initiales sous la poignée du sac... Une bise, jolie capitaine. C'est moi qui te rappelle. Guy.*

Beaucoup d'informations à absorber d'un coup dans les quelques lignes du collègue. Ainsi, Kahn a voyagé avec Rocco. Explication ? Je suis en plein mystère. Rien pour l'enquête dans le coffre en dépit du tuyau reçu anonymement. Cherchez l'erreur ! J'attrape le sac. Deux lettres majuscules gravées sur une plaque de laiton rivetée sous la poignée : R.K., comme René Kahn. Je demanderai à Jacquet d'y voir auprès des gens du Hyatt. Je me sens provoquée, mais n'ai pas le temps de pousser mes réflexions, le téléphone sonne. J'ai Pierre Lalanne depuis Québec. Je lui demande si je peux enregistrer notre conversation. Il accepte. Je le rappelle pour lui éviter les frais de la communication. Document n° 8 de votre dossier, monsieur Plamondon.

DOCUMENT N° 8

ENTREVUE PIERRE LALANNE

— Pour les fins de cet enregistrement, vous êtes donc monsieur Pierre Lalanne. Vous habitez la ville de Québec et vous êtes généralement considéré comme l'expert québécois de l'œuvre de Louis-Ferdinand Céline ?

— Disons que je suis un récent retraité passionné de longue date par l'œuvre et la vie de Céline. Alors oui, j'ai tout lu de lui et beaucoup lu sur lui. Je crois avoir une collection assez unique au Québec : de ses écrits à lui, bien sûr, mais aussi des écrits que des dizaines et des dizaines d'analystes, d'historiens, de biographes ou de détracteurs lui ont consacrés. J'ai publié plusieurs articles sur cet écrivain dans diverses revues littéraires. J'ai même joué son personnage, il y a presque une dizaine d'années, en le pastichant dans une parodie qui a eu son heure de gloire sur Internet. Elle mettait en scène plusieurs hommes de lettres qui se renvoyaient la balle et j'y tenais la plume fictive de l'ami Ferdine... tout un honneur, et toute une gageure aussi, croyez-moi ! Quel exercice de style ! Cela fait-il de moi un expert du grand auteur ? Ce serait beaucoup me donner que de le prétendre. Un « expert du dimanche », oui. Pas très objectif, je l'avoue. Je lui pardonne beaucoup de choses, à ce vieux misanthrope. Je mets ses « travers » les plus épouvantables sur le compte de la provocation et de l'exagération, ses marques de commerce. Que voulez-vous, je suis de son camp, pas politique, ô que non! mais littéraire.

— Jean-François Nadeau m'a expliqué ça.

— Ah, vous avez parlé de moi avec Nadeau.

— Et du professeur René Kahn, et de votre récent souper à Montréal... et de Céline.

— Je vois. Nous différons fort, Nadeau et moi, il vous l'aura sans doute dit, dans notre perception de Céline. Il le cantonne comme un homme de droite, antisémite, pro-nazi et d'une humanité suspecte. Or Céline est inclassable: génial, complexe, égocentrique, antisémite, certes oui, mais aussi patriote, d'une sensibilité extrême et profondément amoureux de la langue française. Son antisémitisme, il faut le replacer dans le temps, il fait partie de son époque. Ils étaient des dizaines et des dizaines de grands auteurs de son époque et des siècles précédents à mépriser les Juifs. Moi, je ne l'excuse absolument pas, mais je suis capable de passer outre. En fait, plus je lis Céline et plus je lis sur lui, moins je parviens à comprendre l'homme qu'il a été. Alors je m'arrête à ce que je prends de lui: son style et sa magie d'écrivain qui voulait croire aux fées, aux sorcières, aux sirènes, aux fantômes. Il se disait d'ascendance bretonne et celtique. Il détestait le Sud, le soleil, et préférait le Nord, la mer grise en tempête, le froid. Beaucoup de choses en fait le rapprochaient du Québec. Dans sa correspondance, le Canada français revient périodiquement, même dans ses lettres de jeunesse où il évoque la conquête de la Nouvelle-France par l'Anglais. Ce sont des choses dont nous avons parlé, le professeur Kahn et moi, à cette soirée du 26 septembre.

— Venons-y, voulez-vous...

— Au repas de vendredi? Un excellent moment. Je n'ai pas regretté une seconde mon voyage à Montréal. Je serais allé beaucoup plus loin encore pour avoir la chance de souper avec René Kahn, l'expert – lui – avec un immense E majuscule, de Louis-Ferdinand Céline. Le professeur voulait me questionner sur les relations de Céline avec le Québec. Or, nous n'en connaissons pas grand-chose. Pour sa visite de 1925, celle en réalité du docteur Destouches – Céline n'est pas encore Céline à l'époque –, nous avons quelques articles de journaux et ce qu'il en dit lui-même dans sa correspondance. En ce qui concerne son court séjour de 1938, d'autres lettres de lui, et puis cet incontournable article de Victor Barbeau, publié, notez-le, en 1963, soit vingt-cinq ans après les faits et deux ans après la mort de Céline. Faut-il prendre à la lettre tout ce que raconte Barbeau? Nadeau, à notre souper, manifestait des réserves à cet égard, notant fort justement que l'hôte québécois de Céline parle des – je cite – « chemises brunes ou peut-être noires » des fascistes québécois de la soirée où il rencontre Céline, alors que nous savons qu'elles étaient bleues. De telles erreurs amènent à douter de la rigueur du témoignage. Vous savez, cinquante ans après sa mort, tout ce qui concerne Céline est encore scruté sous le moindre aspect. Tenez, parlant de ce voyage de 1938: on le sait, l'écrivain est venu par bateau d'Europe jusqu'à Halifax en passant par Saint-Pierre et Miquelon. Ce que l'on ignore, c'est comment il est passé d'Halifax à Montréal, par bateau ou par train. Eh bien, vous n'imagineriez pas ce que ce simple détail a pu faire couler d'encre! Et ce n'est pas fini, puisque le point n'a toujours pas été élucidé. Je connais des gens qui aujourd'hui encore consacrent du temps à travailler là-dessus.

— Qu'est-ce que le professeur cherchait vraiment en venant au Québec, selon vous ?

— Oh mais c'est très simple, et il vous suffit de réécouter ce qu'il raconte quand il parle à Radio-Canada. Cet homme passait sa vie à découvrir des faits et des témoins qui l'aideraient à en savoir encore plus sur l'histoire de Céline. Cette histoire, Kahn la connaissait mieux que quiconque, mais il rêvait toujours d'en apprendre davantage. C'est ce qu'il cherchait avec moi ce vendredi, comme avec les trois autres intellos québécois qui participaient à cette soirée. Son entente de recherche avec ce jeune professeur de McGill dont j'oublie le nom relève de la même volonté : en savoir plus !

— Vous souvenez-vous du but de cette recherche ?

— Mais oui. Un sujet en or : Elizabeth Craig, la première vraie flamme de Céline quand il n'était que médecin. Elle l'a quitté pour retourner en Californie avant que le médecin français soit connu comme écrivain. Et Céline restera toujours affecté par cette rupture. Alphonse Juilland, un professeur américain de Stanford, un ami de Kahn, a rencontré l'ancienne danseuse et a recueilli ses mémoires. Il a publié un ouvrage à cet égard, que j'ai à la maison, du reste. À la mort de Juilland, Kahn a hérité du dossier Craig compilé par son ami. Il y a trouvé plusieurs autres pistes à approfondir en Californie. Pour diriger ce travail, il souhaitait le concours d'un maître de recherche nord-américain, bilingue, avec l'idée d'apparier des équipes mixtes de chercheurs anglophones et francophones et c'est ce professeur – ah! le nom me revient, Khalil – qu'il choisit et avec qui il s'entend sur-le-champ, ce soir-là. Un beau projet! Vous ne pouvez imaginer la passion de savoir qu'exerce Céline sur ceux qui veulent reconstituer ce qu'a été sa vraie vie derrière la délirante description apocryphe qu'il en laisse dans ses romans.

— L'avez-vous mis sur des pistes?

— Le professeur Kahn? J'aurais aimé. Selon mon ami Marc Laudelout, l'éditeur du très crédible « Bulletin célinien », il y aurait eu une correspondance entre Céline et Adrien Arcand, mais existe-t-elle encore quelque part dans une collection privée ou dans le fond d'une malle? Qui sait... Il serait tellement enthousiasmant de la voir apparaître un jour dans une vente aux enchères ou une autre. On saurait mieux alors ce que Céline pensait du Québec et les espoirs réels qu'il mettait dans cette idée de s'y installer un jour. Mais bon, Nadeau vous l'aura dit comme il nous l'a fait remarquer à ce souper: il a épluché pendant des années et des années tout ce qu'a écrit Arcand et n'a rien trouvé de tel...

— Monsieur Nadeau nous a dit aussi que vous aviez parlé, le professeur Kahn et vous, des relations de Céline avec des truands français à Londres pendant la Première Guerre mondiale.

— C'est exact. Mais là, on est en plein dans la fiction célinienne la plus mystérieuse et c'est surtout le professeur qui a parlé... comme il l'a fait, du reste, à cette émission de Radio-Canada. Il en tenait pour son Jean le Tatoué. Ma foi, je n'ai pas pu l'aider.

— Cette piste d'un Français devenu Québécois qui aurait connu Céline à Londres et que l'écrivain aurait retrouvé ici par la suite vous semble-t-elle crédible ?

— Tout à fait. Avec Céline, vous savez, tout est imaginable. La période londonienne de l'écrivain est celle que l'on connaît le moins, la plus mystérieuse pour ses biographes. Elle laisse place à beaucoup de suppositions. Il est avéré que Céline a commis de sales coups en Angleterre dans les années 15-16, des erreurs de jeunesse, si vous voulez. Il s'est acoquiné avec la pègre française, très présente dans le Soho de l'époque et le milieu local des souteneurs, au point d'ailleurs d'y épouser une prostituée. Sur tout ça, Kahn en savait bien plus que moi. Il a un moment dirigé à la Sorbonne une équipe de chercheurs universitaires qui a tenté de mettre des noms véritables sur les personnages de la panoplie de tueurs, de putains et de proxénètes présentés dans les deux tomes de *Guignol's band* qui décrivent le séjour de Bardamu à Londres. Avez-vous lu ces bouquins ?

— Ma foi non. J'avoue n'avoir jamais rien lu de Céline.

— Quel dommage, madame. Vous me désolez. Enfin... si vous voulez savoir ce à quoi ressemblait ce Jean le Tatoué que recherchait Kahn, vous devriez jeter un œil sur ces deux livres. Céline y décrit un monde de perversion totale, avec ses truands, souteneurs, flics pourris et femmes publiques, des gens le plus souvent abjects, mauvais, malsains. L'histoire se promène entre le cauchemar parfaitement imaginaire et le réalisme sordide. On ne sait jamais si le héros narrateur rêve, divague, invente... J'ai le vague souvenir que Céline y décrit au moins un souteneur tatoué, mais sur le postérieur, ce qui ne correspond pas au truand évoqué par Kahn. Mais n'oubliez jamais que Céline fausse toujours la réalité, mélange sciemment le vrai et le fictif. Il faudrait relire les deux briques et chercher. Vous savez, cette quête d'identification des héros décrits dans ses bouquins par Céline est le sport de prédilection de milliers d'exégètes de l'œuvre du maître. Des fois, l'exercice est très facile, par exemple dans les bouquins de la fin de sa vie narrant l'exil des collaborateurs français en Allemagne. Mais en ce qui concerne l'époque londonienne de l'auteur, c'est beaucoup plus compliqué, compte tenu essentiellement de l'illégitimité et de la clandestinité du milieu qu'il décrit alors. Céline a volontairement brouillé les pistes à cet égard, mais il est bien certain qu'il y a beaucoup de vrai dans ce qu'il narre et l'hypothèse de Kahn selon laquelle il pourrait avoir gardé contact avec un ancien truand devenu proxénète à Montréal est tout à fait plausible. Entre nous, cela expliquerait que notre Ferdine ait pu sans problème assouvir ses instincts avec une femme dont nous ne savons rien à l'hôtel Windsor en 1925, alors que, sans son copain truand décédé en 1937, il aurait en quelque sorte dû « draguer » pour tenter d'aboutir au même résultat treize ans plus tard.

— Et cette conquête serait la « magnifique rouquine » dont parle Victor Barbeau ?

— Voilà. Nous n'avons pas parlé de celle-là, Kahn et nous, ce vendredi-là. Ce qu'a raconté le professeur à *Tout le monde en parle* est, cela dit, parfaitement exact. Céline a « trippé » sur une rousse qui l'écoutait sans parler dans la maison amie évoquée par Barbeau. Est-il parvenu à ses fins avec cette dame ? Rien ne nous permet ni de le supposer ni de l'exclure. Mais j'ai cherché – vous ne pouvez pas vous imaginer à quel point j'ai cherché – qui pouvait être l'inconnue en question et je n'ai pas trouvé. Parlant à Radio-Canada d'une femme grande, d'origine russe et noble, à part ça, le professeur m'a fait littéralement tomber sur le derrière. Ces précisions étaient bien inconnues de nous tous jusqu'ici. Je ne cesse depuis de me demander où il a bien pu trouver ces détails, le Kahn. Barbeau, le seul témoin et narrateur de la scène, ne parle quant à lui que de la couleur des cheveux de cette femme, de sa beauté et de son mutisme, rien d'autre. Kahn, lui, fait état à *Tout le monde en parle* d'une « correspondance inédite » de Céline sur le sujet, et j'avoue que là il me perd complètement. Nous aurait-il parlé, ce fameux vendredi, de ce qu'il savait de nouveau sur cette femme que je l'aurais drôlement questionné. J'ai du reste signalé dès le lendemain de la diffusion de l'émission ces étonnantes nouvelles à mon ami l'éditeur Laudelout du Bulletin célinien, qui lui-même est tout à fait perplexe. Nous en déduisons que ce cachottier de Kahn en savait pas mal plus que nous sur Céline et le Québec et forcément de façon récente. Le fait éclaire sous un tout nouveau jour les recherches qu'il menait dans ce voyage chez nous. Il a eu, d'une façon ou d'une autre, accès à de nouvelles informations et n'a pas jugé bon de nous en parler au souper. Je vous avoue que ce manque de confiance me surprend et me chagrine énormément. *A posteriori*, c'est très décevant.

— Nadeau me disait que Kahn avait devancé sa venue au Québec qui, initialement, devait avoir lieu en automne 2015…

— Et il a entièrement raison. À moi aussi le professeur avait promis sa venue beaucoup plus tard l'année suivante.

— Quand?

— Pardon?

— Quand vous avait-il promis sa visite pour la fin 2015?

— En juin dernier, à Bruxelles, où nous avions déjeuné avec Marc Laudelout. Kahn m'avait alors parlé d'un congrès à Boston, je crois, où il devait être conférencier...

— C'est aussi ce qu'il avait dit à Nadeau.

— Quelque chose a dû justifier qu'il avance la date de son voyage et l'explication la plus probable que je puisse imaginer, plus j'y pense, est qu'il avait dans l'intervalle trouvé ces informations que nous ne connaissions pas sur la rouquine de Barbeau. Car effectivement, savoir que cette femme était d'origine russe et noble va considérablement faciliter son identification. Cette « correspondance inédite » dont parle Kahn, moi, je vous le dis, je donnerais cher pour la consulter et savoir qui la signait.

— Dernière question, monsieur Lalanne, pourquoi selon vous le professeur n'a-t-il pas abordé avec vous et les autres invités du repas la question de cette recherche qu'il entendait faire sur la mystérieuse rousse?

— Eh bien, la chose semble hélas évidente. Le professeur ne souhaitait pas partager avec nous les données nouvelles qu'il venait d'obtenir sur cette inconnue. Évoquer la rouquine à notre table aurait imposé qu'il nous parle de la correspondance dont il avait pris connaissance. Et ça, va savoir pourquoi, il ne le voulait pas. Il y a de la compétition entre chercheurs internationaux, vous savez, en littérature comme dans tout domaine économique, scientifique ou industriel. Je vous l'ai dit, chaque nouvelle découverte concernant Céline vaut de l'or dans le monde célinien. Cela dit, je le répète, cette attitude de la part d'un homme de la classe du professeur Kahn me déçoit, me navre, à vrai dire. Mais, que voulez-vous, les grands intellectuels sont aussi des hommes...

Je raccroche après les formules d'usage. Quelque chose me met mal à l'aise dans l'impression que m'a laissée ma conversation avec l'aimable Lalanne. Je repense à tout ce que nous nous sommes dit, le fan de Céline et moi, et l'idée ne me quitte pas qu'un truc cloche dans l'évocation qu'il vient de faire du souper d'initiés. Quoi ?... J'hésite, je réfléchis... Les convives présents à cette table décrivent tous l'ambiance bavarde et confiante de la soirée. J'imagine ces agapes de mandarins complices et allumés, le ton à la fois docte et enjoué des conversations, le plaisir partagé à échanger sur un sujet, Louis-Ferdinand Céline, qui les passionne tous. « Échanger », voilà, le mot est dit. Mais Kahn n'échange pas vraiment, lui, ou du moins il cache une bonne partie de son jeu à ses invités. Pourquoi ? Lui, l'initiateur de la soirée, celui qui l'a voulue, qui l'anime de toute sa verve spirituelle et de sa bonne humeur communicative, dissimule aux autres ce qui l'a motivé à accélérer sa venue au Québec. Il ne mentionne pas la *magnifique rouquine* sur la trace de qui il va le surlendemain lancer le Québec entier. Surprenant, quand même ! Il parle bien de Jean le Tatoué, alors pourquoi pas de cette femme qu'il cherche tout autant ? Lui seul sait de date récente que cette femme est grande, noble et russe, pourquoi ne communique-t-il pas ses nouvelles connaissances ce soir-là aux initiés qui l'entourent, alors qu'il va les mentionner devant le Québec entier deux jours plus tard à la télé ? Pourquoi ce jeu de cache-cache devant ses pairs ? Esprit de compétition, suggère Lalanne, mais je ne mords pas. L'histoire sonne faux. Le constat me perturbe mais ne m'amène nulle part. Comme dit Lalanne, Kahn avait *ses motifs qui lui appartenaient*. Je n'avance pas... Jusqu'à ce qu'une idée saugrenue me vienne soudain à l'esprit. Et si c'était face aux caméras de Radio-Canada, devant des centaines de milliers de téléspectateurs, que le professeur français trichait, mentait ?... Et je sens que j'ai là une voie à explorer.

Il me vient alors à l'esprit que je n'ai pas encore rencontré la conseillère culturelle du consulat de France, cette Manon Brégier dont je n'ai entendu que du bien. Celle qui a passé son temps avec le visiteur au Québec, qui l'a accueilli, lui a servi de guide, qui a organisé ce souper d'initiés en plus d'y participer, aura sans doute son idée sur les questions qui me préoccupent. Je décide de l'appeler au consulat et tombe sur un maudit répondeur qui m'envoie vite fait sur une voie de garage comme le premier quidam français de passage à Montréal en quête de services consulaires. Heureusement, je trouve un autre numéro de téléphone dans l'annexe du premier rapport de Claire Roberge. J'appelle. Une chance, madame Brégier est là. Nous convenons vite de nous retrouver à notre pause du midi au complexe Desjardins. *Elle ne déjeune pas*, me prévient-elle. Parfait, nous nous verrons sur un banc, à l'entrée du complexe, côté René-Lévesque. Je m'avance en lui disant : *Je vous reconnaîtrai bien, Manon. Midi quinze ?*

Dix minutes plus tard, je suis dans le bureau du commandant Perreault, assise au bout de sa table de réunion face à lui qui préside à l'autre bout du rectangle. Il est un peu plus de dix heures. Nous ne sommes pas seuls, cinq personnes sont avec nous qui se nomment en se levant une à une de leur siège pour un tour de table guindé limite constipé. Le premier sur ma droite est un grand sec à lunettes, assez beau bonhomme, dont je reconnais le nom quand il se présente : Jack Daragon, du SCRS à Ottawa. Son voisin, un quinquagénaire costaud, râblé, portant beau lui aussi, se révèle être le capitaine Jean-Claude Joby, responsable de la sécurité des missions françaises au Canada. Curieusement effacé derrière Joby, sa chaise à trois pieds de la table, blond filasse, petit, maigre et voûté, un dénommé Patrice Despinet s'annonce, sans préciser davantage ni qui il est ni sa fonction. Je reconnais à son accent parisien que lui aussi est Français. Il ne dira rien d'autre de la réunion, sauf pour s'excuser de fumer, n'a-t-on pas d'objection ? C'est bien interdit à Parthenais, mais Perreault hausse les épaules et on laisse faire le Despinet. Le quatrième étranger, de l'autre côté de mon patron, est un homme mince de taille moyenne, strictement cravaté et habillé d'un costume sombre trois pièces, sans signe particulier. Il sourit, le visage affable, l'air d'un vieux poupon, avec une perpétuelle expression moqueuse sur les lèvres. Difficile de lui donner un âge entre cinquante et soixante-dix ans. Lui, curieusement, se présente comme le professeur Jean Berger-Maheux de la Faculté de génie électrique de l'École polytechnique, et je me demande bien ce qu'un professionnel de cet acabit fiche avec nous. Mon *boss* ne juge pas utile de m'en informer. Enfin, dernier du tour de table, le type à la brosse, l'air sévère, qui siège juste à ma gauche, ne se sent pas obligé de s'annoncer autrement qu'en mentionnant qu'il représente le ministère de la Justice du Québec. Aussi expressif et détendu qu'un casqué de poil de Buckingham Palace, c'est à peine s'il me regarde. Lui ne se lève même pas. Moi, oui, et je me présente bien aimablement à la froide assemblée, aussi à l'aise face à eux qu'un Cathare devant le tribunal de l'Inquisition.

Perreault attaque la réunion sur un ton conciliant avec moi, mais je sens qu'il se force. Il joue au bon patron compréhensif montrant à des étrangers comme il est difficile de diriger du personnel plus ou moins compétent. *Capitaine Boisjoli, je sais que vous pensez bien faire en menant seule et comme vous l'entendez cette enquête. Mais il se trouve qu'elle dépasse le cadre de notre unité, je devrais dire de la Sûreté du Québec dans son ensemble. Sa portée, voyez-vous, est internationale. D'où la présence de nos amis.* Vite, le ton devient plus sec. C'est celui d'un homme contrarié par le quotidien qu'il lui faut gérer. Il me demande de résumer l'affaire, ce que je fais. Et je réalise rapidement que, dans tout ce que je raconte du meurtre de Kahn, de la lettre le revendiquant, de ma visite au domaine Khalil, de l'assassinat de Rocco Favatta, des recherches concernant Jean le Tatoué et de mes discussions avec les participants au souper du vendredi organisé par Kahn, seul mon déplacement en Outaouais avec Pavel Khalil semble intéresser mon supérieur. Les autres ne disent rien et nous écoutent tels des joueurs de poker, sauf Berger-Maheux qui ne cesse de dodeliner de la tête en semblant boire mes paroles et approuver tout ce que je raconte. Je ne me sens pas en réunion avec d'autres collègues mais plutôt à la barre d'une quelconque cour de justice à défendre mon point de vue devant cinq juges. Cela ne me déstabilise pas, ce n'est pas la première situation délicate et stressante que je traverse, mais, comment dire, je suis surprise.

Mon patron en vient à la première occasion sur le sujet Khalil. Je dois longuement m'expliquer sur la décision que j'ai prise vendredi de suivre au pied levé un témoin, Pavel Khalil, et d'aboutir dans le château fort de la richissime famille. Je suis interrogée serré sur mes discussions avec le professeur de McGill, la description de la propriété du lac Zohra, ma rencontre avec le patriarche Antoine Khalil et son épouse. Des grimaces de découragement ou de désapprobation sur le museau de Perreault accueillent mes propos quand je signale que j'ai eu l'occasion de rester seule de longues minutes dans les bureaux des parents de Pavel. J'évoque les albums de photos de la princesse russe avec moins de succès que si je parlais du contenu du dernier *Paris-Match* et je confirme mon impression première : le seul sujet qui intéresse mon *boss* concerne le maître des lieux, ce que j'ai observé de sa propriété et de ses autres occupants. J'hésite à parler de la ressemblance que j'ai cru noter entre l'ancien chauffeur de Yevgeniya et l'homme croqué par l'appareil de Faillon quittant la voiture incendiée où se consume le corps de Kahn. Après tout, si l'on joue au poker, autant que je conserve, moi aussi, quelques cartes dans ma manche.

Le sujet ainsi limité, j'arrive bientôt au bout de mon histoire. Est-ce que je projette de retourner dans cette maison de l'Outaouais ? J'en doute, du moins dans l'immédiat. Pavel m'a promis de m'envoyer quelques clichés de sa grand-mère et je ne vois pas, dans l'état actuel de l'enquête, ce que je pourrais demander de plus à la famille Khalil.

Perreault, Daragon, Joby et mon sphinx de voisin de gauche se regardent en silence, sourcils froncés, mine austère, ne se retenant pas d'afficher leur contrariété. Le blond Despinet tire sur son mégot, l'air de s'emmerder, l'esprit ailleurs, l'œil fuyant, une vraie belette. Seul l'individu répondant au nom de Berger-Maheux ne cesse de me regarder avec bienveillance et donne en fait l'impression de passer le meilleur moment de son année. C'est, si je me rappelle bien, le capitaine Jean-Claude Joby qui casse la glace en me demandant avec ménagement si, *en cherchant un peu,* je ne pourrais pas trouver un prétexte pour retourner chez les Khalil. J'hésite. Je ne vois vraiment pas de fenêtre à cet égard. Perreault renchérit sur un ton témoignant de sa lassitude grandissante à mon endroit.

— Capitaine Boisjoli, vous devez comprendre que si nos amis vous suggèrent de retourner dans cette propriété, c'est qu'ils ont d'excellents motifs qui les poussent à demander notre aide. Il faut que vous sachiez qu'il est rarissime qu'Antoine Khalil ouvre les portes de son domaine à des étrangers. Il venait de le faire, nous apprenez-vous, pour René Kahn et il l'a à nouveau fait pour vous, grâce à l'intercession de son fils Pavel.

— Et je vous en ai avisé quand j'ai accepté l'offre de cet homme de me conduire au domaine de ses parents.

— Certes, mais vous avez agi avant que j'aie pu vous exprimer mon consentement.

— Je vous rappelle que vous n'étiez pas là quand je vous ai appelé. Je suis officier de police. Je connais mon devoir et mes obligations. Je n'ai pas besoin que l'on valide l'une après l'autre mes décisions dans le cadre d'une enquête dont j'ai la responsabilité. Puis-je vous soumettre que cette obligation de s'en remettre à toute heure d'une journée de travail à son supérieur ne figure pas au code de déontologie des policiers de la Sûreté ?

Je n'ai pas levé le ton, mais quand même, c'est d'une voix assurée que j'ai parlé. Perreault encaisse, prend sur lui de rester calme. Je jette un œil aux autres, qui restent imperturbables. Seul Berger-Maheux me sourit béatement, comme s'il se mettait de mon côté dans la joute. Et puis Perreault passe à l'attaque. *Le cas ici est fort particulier et je vous en avais prévenue, capitaine. Veuillez considérer qu'en agissant comme vous l'avez fait, vous avez gâché une opportunité cruciale. Objectivement, Boisjoli, admettez que l'on peut mettre en doute votre décision d'aller faire du « social » chez les Khalil dans le cadre d'une enquête aussi délicate. Il y a eu mort d'homme et vous, pourtant bien avisée du caractère particulier du dossier, vous décidez de votre seul chef d'aller prendre une collation entre amis chez un individu qui peut logiquement figurer en haut de la liste des suspects du meurtre qui nous préoccupe. Cette attitude professionnelle est tout à fait discutable de la part d'une policière aguerrie, surtout nantie comme vous l'étiez de mises en garde répétées de ma part.*

Le ton a monté. Cette mise en question de mes décisions est parfaitement humiliante pour moi, surtout assenée comme elle l'est devant des étrangers. Mais je dois reconnaître en même temps que Perreault m'ébranle. Je suis ainsi constituée, monsieur Plamondon, que je ne me sens jamais entièrement sûre de mes jugements, et ce, tout particulièrement dans l'exercice de mon métier de policière. Un métier auquel, vous savez, je n'ai jamais eu l'assurance d'être prédestinée. Je suis loin d'être la guerrière sans peur et sans reproche que j'aimerais être. C'est ainsi. Alors, oui, sous le regard de ces hommes, je suis mal à l'aise et je m'interroge. Aurais-je eu tort d'aller ainsi si vite sur le terrain des Khalil, sans mandat, sans outil d'intervention, sans légitimation véritable ? Suis-je tombée dans quelque piège ourdi par le beau Pavel ou son père ? Je me sens rosir, baisse la tête, montre sans doute des signes d'embarras. Les visiteurs semblent gênés devant la scène. Il s'établit un long silence que Perreault finit par briser d'une voix se voulant plus conciliante. *Il y a au moins un point positif là-dedans. C'est vous qui nous le mentionnez, Boisjoli : Antoine Khalil vous a accueillie avec attention et sympathie. Cette confiance qu'il semble vous témoigner est un atout – nous en avons très peu – sur lequel il nous faut tabler.*

Je veux bien, mais il n'empêche que je ne vois pas dans l'immédiat de raison valable pour susciter une nouvelle rencontre. Je le leur exprime du bout des lèvres. Serai-je à nouveau reçue au lac Zohra sans mandat officiel pour m'ouvrir les portes ? Je suis loin d'en avoir l'assurance. *Qui vous parle ici d'un mandat, capitaine ?* de rétorquer Perreault. *Il faudrait, pour que nous obtenions un mandat, que vous ayez des preuves que Kahn a été attaqué dans la propriété des Khalil. Avez-vous effectué des recherches à cet égard quand vous étiez sur place ? La voiture de location du professeur n'a jamais été retrouvée. L'avez-vous cherchée parmi les voitures que vous avez vues dans le domaine ?*

— Je n'ai vu aucune auto…

— Ce qui n'est pas étonnant si vous n'avez pas cherché à en voir. Vous aviez des chances inouïes de faire avancer l'enquête que vous n'avez pas saisies, capitaine. Je ne vous félicite pas. Faut-il vous rappeler qu'un homme est mort et qu'à notre connaissance c'est chez ces Khalil qu'on l'a vu pour la dernière fois ? La logique policière veut que ces gens soient suspectés et quand un policier suspecte quelqu'un, il n'accepte pas d'aller comme ça lui raconter ses petites histoires devant un thé et des bouchées gourmandes.

L'animal en remet et marque des points. Quand il tient un os, il ne le lâche pas. Je me sens à la fois peut-être fautive mais surtout grossièrement provoquée. Je le soupçonne de jouer tout cela un peu à l'esbroufe, pour impressionner les collègues étrangers, bien montrer qui est le patron et se dégager aussi de ses responsabilités. Il me vient à l'esprit que ces hommes-là se comportent comme s'ils savaient sur cette affaire des choses que j'ignore, ce qui pourrait expliquer en partie la malveillance mêlée de maladresse de Perreault à mon encontre. Et de me découvrir ainsi en possible dindon de la farce me donne bientôt envie de résister, de me défendre, de faire face, quitte à ruser. *Je veux bien essayer d'obtenir un mandat de perquisition, mon commandant, mais je ne pense pas avoir assez de motifs probants pour le justifier et je doute fort que le bureau du procureur me l'accorde, à moins que vous me donniez quelques autres éléments d'information qui compléteraient ma connaissance du dossier…*

— Certainement pas, Boisjoli, n'attendez rien de nous. C'est à vous seule de trouver un prétexte pour réparer votre erreur, retourner chez les Khalil et poursuivre votre enquête préliminaire.

Non seulement cet homme me renvoie à ma mission impossible, mais, en m'insécurisant, il me rabaisse sciemment au niveau d'un exécutant de basses œuvres. Agirait-il ainsi avec un officier mâle de mon rang ? J'en doute. Vais-je m'insurger et le remettre à sa place ? C'est alors que ce professeur de Polytechnique dont la présence ne cesse de m'étonner prend la parole d'une voix calme et conciliante, souriant d'une oreille à l'autre, comme s'il encourageait un enfant d'un an à faire ses premiers pas. La belle complicité que je semble avoir développée avec le professeur Pavel Khalil, qu'il connaît un peu, *un collègue très doué doublé d'un garçon charmant,* avance-t-il onctueusement, ne pourrait-elle m'aider à ouvrir de nouveau les portes du domaine pour une autre rencontre de type social ?

Je ne sais trop que répondre, un peu prise au dépourvu par le changement de ton. Il y a dans toute cette conversation quelque chose que je comprends mal. Il m'apparaît de plus en plus clair que ces hommes ont une avance sur moi dans la compréhension de cette affaire. Et le constat est perturbant. Libre à eux de ne pas me confier ce qu'ils savent, mais de mon côté j'ai un travail à accomplir, des

« fers au feu », comme dirait Mollon, mon ami français, pour essayer de comprendre pourquoi et comment le professeur René Kahn est mort et qui l'a tué. Je ne suis pas prête du tout à renoncer aux autres pistes que j'ai commencé à flairer. Qu'on me laisse travailler. J'essaie de résumer où j'en suis et leur lance quelque chose comme : *Écoutez, vous semblez avoir vis-à-vis de mon travail des attentes que je saisis mal. Reste que je suis mandatée pour mener cette enquête. Vous souhaitez que je retourne voir les Khalil ? Soit. Je vais tenter de vous donner satisfaction. Je ne vous promets rien, mais je vais essayer de le faire avec l'idée, comme vous me le suggérez, mon commandant, de trouver des traces du passage du professeur Kahn dans cette propriété.*

Ils m'écoutent, semblent reconnaître ma bonne volonté et apprécier ma réponse. Il est vrai que je fais ma bonne fille, mais en fait il m'est venu une idée. Oui, je vais tenter de retourner au domaine du lac Zohra. Il me faut rencontrer ce Nikola dont l'image ne cesse de me revenir en tête. Je dois en avoir le cœur net. Comment procéder sans mandat ? Je vais profiter de mes bonnes relations avec le fils Khalil, comme le suggère le prof Berger-Maheux, pour lui demander son aide. Mais je vais jouer franc jeu avec Pavel, lui révéler tout ce que j'ai découvert, lui expliquer que je dispose d'une photo du meurtrier prise la nuit où cette voiture a été incendiée, la lui montrer au besoin, et l'amener à m'aider à rencontrer de façon informelle le borgne, son vieil ami, ne serait-ce que pour le disculper du doute qui m'a assaillie. Et, je l'avoue, l'hypothèse de reprendre contact avec mon beau blond de McGill est loin de me déplaire.

C'est Perreault qui brise notre silence à tous. *Capitaine Boisjoli,* me lance-t-il, *j'enregistre votre effort. Mais j'ai encore un peu plus à vous suggérer. J'aimerais que vous acceptiez d'associer monsieur Despinet à vos prochaines démarches.* Je sursaute. Il est visible, j'en suis sûre, que j'ai de fortes réticences. Perreault me sort là-dessus tout un baratin qui, pour l'essentiel, vise à me faire admettre que j'ai déjà travaillé, moi-même, en France avec la Gendarmerie nationale et qu'il serait malvenu de ma part de refuser la réciproque, que c'est là un juste retour des choses, qu'il faut s'entraider entre corps policiers internationaux, etc. Dans ma tête, je me vois assez mal pendant ces trois heures de route vers la région du lac Meech avec Pavel au volant et ce Despinet nous envoyant sa fumée depuis le siège arrière. J'essaie de m'en tirer en expliquant qu'il me paraît déjà assez difficile d'obtenir l'entrée au domaine pour moi seule, et qu'à deux je doute davantage de nos chances. Mais l'idée de Perreault est faite, je le vois à son air fermé. Sa suggestion est un ordre. Je cherche néanmoins un autre argument pour tenter de me dérober, et c'est là que Perreault me prend parfaitement au dépourvu en me suggérant un étonnant stratagème. « Étonnant », j'entends, dans la bouche d'un officier supérieur de police que – suis-je naïve ? – on ne s'attend pas à voir sciemment mentir et encourager ses subordonnés à le faire. *Ne présentez pas monsieur Despinet comme un de vos collègues policiers français,* me dit-il. *Le fait irriterait sans doute Antoine Khalil, qui est homme à se méfier et ne vous ouvrirait peut-être pas sa porte. Présentez-le plutôt, par exemple, comme un expert en photographie qui vous accompagnerait pour faire des duplicatas des photos de la princesse sa belle-mère. Qu'en pensez-vous ?...*

Que du mal ! Mais on répond difficilement cela à son *boss*, devant un parterre de ses collègues de surcroît. J'ai jusqu'ici travaillé avec de nombreux supérieurs hiérarchiques à la Sûreté. Jamais l'un d'eux ne m'a demandé de travestir la vérité dans le cadre d'une enquête. Je quitte le bureau de Perreault déstabilisée, malgré les manifestations de confiance chaleureusement exprimées par le tandem Joby-Daragon et beurrées trois fois plus épais par Berger-Maheux. Mon voisin de gauche se contentera à mon départ de décroiser les mains devant lui en demandant d'une voix de basse à Perreault la confirmation de la fin de la réunion et je me demanderai longtemps ce que le triste sire fabriquait ce matin-là avec nous.

Je suis bien loin alors d'avoir envie de répondre aux attentes de ces messieurs. Une certitude m'habite : nul ne peut m'imposer de mentir. D'accord avec moi, monsieur l'inspecteur ?

◆

Je reconnais facilement la belle attachée culturelle du consulat de France à notre rencontre de midi quinze au complexe Desjardins. Une véritable perche, une « grande asperge ». Assise sur le banc où je l'attends, je la reconnais sans peine quand j'avise la splendide créature qui franchit une des grandes portes automatiques donnant sur René-Lévesque. Elle ne m'a pas encore vue et la question me vient à l'esprit. Qui disait *grande asperge* ? Ce n'est pas au Québec que j'ai entendu l'expression. Ça me revient. C'est Mollon, encore lui décidément !

Mon ami de gendarme français parle ainsi de son petit-fils qui, à quatorze ans, le dépasse déjà d'une demi-tête. Mollon. Je décide sur-le-champ que la journée ne se terminera pas sans que je l'appelle, celui-là. Il m'aidera peut-être à voir un peu plus clair dans toute cette mélasse.

Manon Brégier s'arrête à quelques pas devant moi, sort de son sac de grandes lunettes et entreprend assez gauchement de dévisager une à une toutes les personnes assises dans le hall. Une intellectuelle, pensé-je. Je me lève. Elle ne peut que me remarquer et s'approche. Nous nous présentons. Quelle belle fille ! Nous cassons vite la glace et tout de suite la conversation s'établit très simplement entre nous. De fait, c'est surtout elle qui raconte : le professeur Kahn, son charme, sa culture encyclopédique, son charisme, sa grande ouverture aux autres, le plaisir qu'elle a pris à mieux connaître cet homme, son chagrin réel devant le drame qu'elle ne s'explique pas. Je souligne la petite ressemblance avec Philippe Noiret, elle abonde avec un grand rire communicatif. Elle raconte, raconte et raconte encore et je n'apprends rien de bien neuf. Elle confirme tout ce que m'ont dit les autres. Nous parlons des invités du repas. Elle aussi, la grande chipie, est sensible au charme de Pavel, le professeur de McGill – pardi, elle a bon goût ! Elle aussi a adoré découvrir Ollivier Mercier Gouin, dont le duo de haute voltige littéraire avec le professeur Kahn l'a ravie. Elle aussi enfin a suivi avec un immense intérêt ce soir-là les discussions de tous sur l'extrême droite française et canadienne, les petites manies de Céline, la pègre et les prostituées de Londres pendant la Première Guerre, Jean dit le Tatoué, etc.

Quand elle en a fini, je la bombarde de questions. Je l'interroge d'abord sur cette visite d'amis dans les Cantons de l'Est où elle a accompagné le professeur le samedi précédant le meurtre. Rien à glaner par là. Kahn est allé rencontrer un couple de lointains cousins dans leur domaine d'Abercorn: grosse propriété, des gens charmants, accueillants, très riches. On a pêché la truite dans l'un des étangs privés du propriétaire, couru après des dindons sauvages, admiré des outardes et des chevreuils, soupé délicieusement avec d'autres amis de passage à des milles des préoccupations céliniennes du professeur, jamais aussi détendu que cette journée-là. Aurait-elle remarqué certaines craintes ou appréhensions chez cet homme durant son séjour? Là, la grande fille réfléchit un bon moment et finit par convenir que *puisque vous l'évoquez, eh bien, je crois effectivement que oui!* Au départ de l'aéroport, par exemple, dans la voiture du consulat qui l'emmène à son hôtel, elle est plusieurs fois surprise de le voir se retourner, comme s'il vérifiait qu'on ne les suivait pas. Il aura la même attitude au cours de plusieurs de leurs autres déplacements. Lui a-t-il parlé de sa fille? La réponse, là encore, est oui. Il s'est enquis de l'âge de Manon tandis qu'elle le conduisait à Abercorn. À l'annonce des trente-deux ans de son chauffeur, il a accusé le coup. Il avait eu une fille du même âge qu'elle, lui a-t-il expliqué les larmes aux yeux. Elle s'appelait Johanna. Manon a compris la douleur du père et n'a pas insisté. Comment a-t-elle reçu cette mission d'organiser le voyage du professeur? Réponse: par l'ambassade d'Ottawa. Qui à l'ambassade? Le capitaine Jean-Claude Joby. N'est-ce pas inhabituel qu'une demande de cette nature passe par le chargé de la Sécurité? Pas vraiment, les effectifs sont petits à l'ambassade comme au consulat et tout le monde travaille un peu aux mêmes dossiers. Le passage à *Tout le monde en parle* a-t-il été difficile à obtenir? Absolument pas, me répond-elle en ajoutant un détail que j'ignorais jusque-là: l'accord avait été une formalité, la direction de Radio-Canada ayant déjà été sensibilisée à la demande par la direction de France 2, la chaîne publique du groupe France Télévisions.

C'est à la fin de nos discussions, alors que nous regardons la forêt plutôt que ses arbres, que l'attachée culturelle capte le plus mon attention. Avant que le professeur débarque à Montréal, me souligne-t-elle, tout le personnel consulaire et elle-même pensaient que le passage à *Tout le monde en parle* était vraiment le but ultime du voyage de René Kahn au Québec, les autres rencontres n'étant en quelque sorte que du bourrage d'emploi du temps entre l'enregistrement de l'émission, le jeudi, et sa diffusion le dimanche suivant. Or Manon, qui a littéralement tenu la main du professeur durant les quatre jours, en témoigne: c'est de passer à Radio-Canada qui tente le moins cet homme. Il y va comme on s'acquitte d'une obligation qui rebute un peu. Il jubile dans les rencontres qu'elle lui a organisées avec des professeurs, des étudiants, des journalistes. Son souper littéraire avec ses quatre invités québécois l'enthousiasme. Mais l'attachée culturelle est catégorique à cet égard, c'est sans entrain qu'il participe à l'émission vedette de la télévision québécoise. Je demande: était-il fatigué par le décalage horaire? On n'était, le jeudi de l'enregistrement, qu'au lendemain de son arrivée en Amérique après tout. Madame Brégier ne le croit pas. Sort-il satisfait de sa prestation devant les caméras ? Elle ne peut l'affirmer, elle a des obligations personnelles ce soir-là. Elle ne lui parle pas après son passage en studio. Ils se quittent à la porte du taxi qu'une employée du télédiffuseur a appelé pour lui – un détail que je connais. Le lendemain, il sera évasif quand elle lui pose la question et vite ils parlent d'autre chose.

Un point a frappé la fine observatrice que me semble être cette Manon. Le professeur évoque à la caméra deux femmes qu'aurait connues Céline à Montréal, mais de toute évidence la piste qui lui tient le plus à cœur et de loin est celle du truand Jean le Tatoué. Il y revient tout au long de ses conversations avec l'attachée culturelle avec un déluge d'espoir, de la gourmandise dans le choix des mots, une curiosité d'enfant dans un magasin de bonbons. *Il avait, je crois, beaucoup d'attentes à ce sujet. Il pensait vraiment qu'il allait trouver quelque chose sur les relations de ce malfrat immigré au Québec avec son Céline. Il en rêvait. Ses yeux brillaient en pensant à ce qu'il espérait découvrir. Je suis sûre que c'est sur ce Tatoué qu'il fondait le plus d'espoir après son entrevue à Radio-Canada.* Mais la grande Russe rousse alors ? *Eh bien, je dois dire que je n'ai pas le souvenir qu'il en ait parlé sauf devant la caméra. Comme s'il n'attendait pas grand-chose de ce côté-là. Alors que la piste du truand, oui, celle-là lui tenait à cœur et il y croyait vraiment ! La différence était flagrante.*

Nous nous quittons en émettant toutes deux le souhait spontané et sincère de nous revoir et je reviens à pied par René-Lévesque jusqu'à mon bureau de la Sûreté. Il fait très beau ce lundi-là, la promenade est agréable. Je ne me presse pas, je réfléchis tout en marchant. J'essaie de faire le point. Je me trouve devant une fourche. Deux pistes devant moi : d'un côté celle qui file vers l'Outaouais, avec le corps de Kahn à mi-chemin de cette propriété château fort où le professeur a été vu pour la dernière fois et où la sizaine de loups de ce matin veut tant me voir retourner. Et puis, de l'autre, ces signaux troublants qui ne cessent de m'interpeller depuis Laval : la présence confirmée un siècle plus tôt du vieux truand français près de L'Abord-à-Plouffe, le portefeuille du professeur retrouvé sur un truand égorgé devant un bar de danseuses lavallois, et les empreintes du mort du Crique-à-la-Roche dans la voiture du cadavre de Laval.

Bientôt, c'est le corps de la grande princesse russe qui me revient en tête. Curieusement, celui de Manon Brégier aussi. Je pense à ces deux beautés en passant devant Radio-Canada sur le côté de la rue au soleil. J'ouvre mon coupe-vent. Je revois les photos les plus érotiques de Yevgeniya, les cuisses ouvertes de la princesse sur le tableau de Picasso. J'imagine Manon dans l'intimité. Une chaleur familière me gagne doucement. Quelles belles grandes femmes, de longues jambes interminables de danseuse comme Céline les aimait. Céline, Louis-Ferdinand Céline, quelle est sa véritable place à celui-là dans cette drôle d'histoire ? *On a tué mon biographe juif, la belle affaire !* Je le sens là derrière moi, le vieux voyeur ricaneur, narguant mes émois, s'amusant de mes hésitations. *Fous ton camp, maudit fasciste !* J'ai l'impression qu'il me provoque, me toise, se rit de moi. J'accélère le pas. L'image s'estompe…

À mon retour au bureau, ma belle Claire Roberge est là qui m'attend en trépignant devant ma porte. Elle a quelque chose d'urgent à me dire. Elle a effectué des recherches. C'est sur un ancien terrain appartenant à Jean le Tatoué que le corps de Rocco Favatta a été transporté dans la nuit ayant précédé sa découverte samedi matin. Un hasard ? Un enquêteur ne croit jamais au hasard. Tout dans l'assassinat du chauffeur italien flaire l'artifice, la mise en scène. Qui écrit ce scénario emberlificoté ?

Plusieurs dossiers ont été déposés sur mon bureau en mon absence. D'abord le rapport de police de l'accident dans lequel Yevgeniya est morte en juillet 1976. Je vais aux conclusions. Deux morts sur le coup, le passager du siège avant, encastré dans l'auto ayant causé le choc, et Yevgeniya éjectée du véhicule et projetée sur un arbre. Les deux autres occupants de la voiture sont grièvement blessés, le chauffeur presque scalpé et la boîte crânienne enfoncée au niveau du pariétal droit, et Vera, contusions multiples et la colonne vertébrale écrasée au niveau des deuxième et troisième lombaires. Les enquêteurs jugent que l'accident n'est pas fortuit mais qu'il s'agit bel et bien d'une attaque planifiée, dirigée contre Antoine Khalil, qui aurait dû être du voyage et occuper le siège avant côté passager. C'est là que l'impact a été le plus intense et qu'il a entraîné la mort de celui qui avait pris la place de l'homme d'affaires. Le choc a été d'une violence terrible. La grosse Cadillac a fait plusieurs tonneaux en dévalant le fossé escarpé qui borde le boulevard. Le site de l'agression avait été choisi en fonction de cette forte pente latérale. C'est sans nul doute pour les enquêteurs un travail de professionnels du crime, soigneusement planifié et mené sans erreur. Une voiture attendait le meurtrier-chauffard, qui a immédiatement disparu et que l'on n'a jamais retrouvé. Le passager décédé du siège avant était armé. C'était un policier de la Ville de Montréal en retraite au service d'Antoine Khalil. Détective privé dûment licencié, il disposait d'un permis de port d'arme et n'avait pas d'antécédents judiciaires.

Dans ma pile ensuite, les rapports du labo concernant mes deux lettres anonymes. Aucune empreinte digitale détectée. On me donne les caractéristiques du type d'imprimante qui a sorti la lettre du *Bardamu's band,* ce qui, à cette étape de l'enquête, m'est inutile. La carte de *Tout le monde en parle* est authentifiée. Le labo confirme même la présence des empreintes digitales du co-animateur Dany Turcotte sur le bristol, en plus de celles du professeur. Les résultats des tests génétiques du sang sur la photo de Johanna Kahn ont été communiqués au capitaine français Jean-Claude Joby, qui les a fait suivre à Paris au Service central de préservation des prélèvements *biologiques*. Le service, qui dispose de scellés de prélèvement d'ADN du professeur, confirme que le sang est bien celui de René Kahn et que les taches sur le carton glacé sont récentes. Un point d'importance pour mon enquête. C'est la preuve que le mystérieux correspondant qui revendique le meurtre de René Kahn au nom du Québec Bardamu's band a bel et bien été en contact avec le professeur perdant son sang, ce qui donne énormément de crédit à sa revendication.

Je feuillette ensuite le rapport de l'autopsie de Rocco Favatta. Là encore, je me contente du résumé des conclusions du légiste. La gorge de la victime a été tranchée, entraînant la mort quasi immédiate, vers cinq heures le samedi au lever du jour. Un premier coup a été porté juste au plexus de Favatta avec une lame courte et effilée genre couteau de chasse à cran d'arrêt, alors que le cou et l'artère jugulaire ont été ouverts par une arme à la tranche plus large, genre machette ou couteau de chef. La victime a été montée dans le Cherokee et immédiatement attachée au siège avant droit, sans doute par sa ceinture de sécurité. L'œsophage aurait en quelque sorte fait office de vase, lequel se serait déversé sur le trottoir au moment où le cadavre a glissé à l'ouverture de la portière. Le légiste mentionne également que Rocco venait d'avoir une relation sexuelle complète avec pénétration juste avant sa mort. Il précise que le coït est survenu alors que l'homme était habillé, des sécrétions mâles et femelles ayant été retrouvées sur le sexe de la victime et sur ses sous-vêtements et vêtements.

Jean-Claude Joby, du consulat de France, ayant fourni un duplicata des empreintes digitales du professeur, on a pu les comparer à celles recueillies dans le cadre de l'enquête. Comme me l'avait signalé Guy Mayotte, on les a trouvées sur la banquette arrière du Cherokee. Elles n'apparaissent sur aucune poignée intérieure ou extérieure du véhicule. On les relève abondamment sur le portefeuille du professeur. Aucune autre empreinte sur ledit portefeuille. Autre confirmation des informations données par Guy, on n'a rien détecté dans le coffre du Cherokee de Favatta, ni objet n'y ayant pas sa place, ni empreinte particulière, ni traces de sang… Je cherche sur mon bureau la copie de la première lettre anonyme reçue deux jours plus tôt, vérifie qu'elle m'engage bien à fouiller dans le coffre de ce véhicule. Qui s'est trompé ici ?

Je repousse la pile de dossiers en me promettant d'y revenir plus tard. Je me sens un peu perdue devant l'accumulation de données nouvelles. Perdue et mal à l'aise. Je mets un moment à découvrir ce qui me chicote. René Kahn est monté dans le véhicule du truand, il a voyagé avec lui. Le fait ne cadre en rien avec ce que je peux imaginer des relations entre ces deux hommes. Le professeur aurait-il fugué durant ses nuits solitaires ? Rocco aurait-il été son guide nocturne dans un Montréal *by night* débridé et plus ou moins licite ? Les deux disparus auraient-ils passé du temps ensemble entre la visite du professeur au lac Zohra et le moment où le corps du Français est brûlé au Crique-à-la-Roche ?… Auraient-ils commis conjointement des actes qui expliqueraient qu'on les ait exécutés ? Aucune réponse à ces questions. Aucun début d'explication qui me vienne. Manon Brégier n'a pratiquement pas quitté le professeur tout au long de son court séjour montréalais. Quand il disparaît, c'est au volant de son propre véhicule, l'auto louée au complexe Desjardins. Pourquoi cet aristocrate se serait-il fait conduire par un être aussi éloigné et différent de lui qu'un homme de main comme ce Rocco ? Où l'aurait-il rencontré entre la propriété des Khalil, où l'on perd sa trace, le chemin perdu où l'on retrouvera ses cendres, et Montréal, son camp de base ? Il y a plus : pour sortir d'une auto, il faut y être entré. Comment expliquer l'absence des empreintes du prof sur les poignées de portes du Cherokee? Y aurait-il été grimpé de force, contre son gré? Bizarre…

Et tant qu'à évoquer les bizarreries de cette enquête, il en est une autre qui me dérange: la rapidité avec laquelle on a pu identifier l'ADN du professeur. La France ne dispose quand même pas d'échantillons d'ADN de tous ses professeurs agrégés?

Je n'oublie pas l'ordre reçu ce matin de retourner à la propriété des Khalil. Je suis décidée à y donner suite avec l'idée, je vous l'ai déjà mentionné monsieur l'inspecteur, d'interroger informellement Nikola Goubovski. Y conduirai-je aussi ce Patrice Despinet que l'on a installé temporairement dans un bureau voisin du mien? J'en suis moins sûre. J'entends jouer cela à l'oreille et en discuter avec Pavel Khalil.

Le beau blond m'a laissé trois numéros à la fin de notre rencontre de vendredi. Je les tente un par un sans succès. Il n'est pas chez lui. Un renvoi automatique immédiat sur son cellulaire m'informe qu'il ne peut prendre mon appel. Une voix masculine à son bureau de l'université m'apprend enfin qu'il est en déplacement en Californie et ne reviendra que mercredi soir, dans deux jours. Je me souviens qu'effectivement Pavel m'avait parlé de l'éventualité de ce voyage. J'interroge mon interlocuteur de McGill: c'est bien dans le cadre du projet conjoint avec la Sorbonne que son collègue s'est rendu dans l'Ouest américain faire des recherches concernant l'écrivain Louis-Ferdinand Céline? Je ne sais pas trop pourquoi, mais quelque chose me plaît dans la confirmation… me plaît et m'agace à la fois. René Kahn était sérieux dans ses démarches relatives à

Céline au Québec. Il ne bluffait pas. Aucun doute possible, il était bien sur la piste de l'écrivain-médecin, mandaté et appuyé par la très respectable Sorbonne. Mais alors ?... La question me harcèle : on ne massacre pas les docteurs en littérature comme de vulgaires vendeurs de drogue, quand même ! On ne les fait pas brûler dans le coffre d'autos volées en pleine nuit au cœur de la forêt laurentienne ! Et si c'était par hasard qu'on avait tué le grand professeur ? Par hasard, par erreur, par méprise sur la personne, je ne sais... Si on l'avait pris pour un autre ? S'il s'était trouvé par un jeu de circonstances à la mauvaise place au mauvais moment ? Je tourne tout cela dans ma tête, me heurte vite à la présence de ces gens du *Bardamu's band* qui revendiquent l'élimination du visiteur français, à ses empreintes dans l'auto d'une autre victime de meurtre. Je n'aboutis à rien. Et le fantôme de Céline sur son nuage de continuer à ricaner comme une hyène et à se foutre de moi.

En l'absence du fils Khalil, vais-je appeler directement le père et lui demander une rencontre ? J'hésite. Si je m'y résous, que vais-je inventer pour me justifier de vouloir le revoir ? Vais-je lui dire, comme je l'aurais fait avec Pavel, que je souhaite rencontrer cet homme qui travaillait pour sa belle-mère et conduisait son auto le jour de l'accident de 1976 ? Sûr que le milliardaire va vouloir savoir pourquoi. Que lui répondre ? Et pourquoi pas la vérité, comme je m'apprêtais à la dire à son fils ? Un homme a été vu par un témoin de l'enquête sur la mort de René Kahn, un homme dont le signalement ressemble à celui de ce borgne tel que me l'a décrit Pavel. Et j'aimerais de façon préliminaire, non formelle à cette étape de mon enquête, vérifier l'alibi de monsieur Goubovski, avec l'idée de le disculper s'il n'a rien à voir avec la disparition du professeur. Me semble que cela se tient. En plus, c'est là la stricte vérité.

Je réalise alors que je n'ai pas les coordonnées téléphoniques du domaine Khalil et je décide de chercher sur Internet. Qui m'avait suggéré de procéder à de telles recherches ? Cela me revient, Pavel, dans l'auto qui nous menait au lac Meech… *Vous serez surprise si vous « googlez » son nom sur Internet…* Ma curiosité est d'un coup piquée.

J'ai à peine tapé Antoine et le K initial de son nom que déjà le moteur de recherche me propose Antoine Khalil. Quand je finis de taper son nom, Google m'ouvre une nouvelle fenêtre offrant quatre possibilités :

Antoine Khalil biographie
Antoine Khalil illuminati
Antoine Khalil le criminel
Antoine Khalil ccif[6]

Et là, sans l'avoir prévu, je vais passer presque deux heures collée à l'ordinateur. Ce que j'apprends sur cet homme chez qui je viens de « bruncher » aussi simplement que si j'étais reçue chez mon beau-père me laisse abasourdie. Je réalise qu'Antoine Khalil est un personnage d'une envergure mondiale que je ne soupçonnais pas. Une autre chose me frappe de plein fouet : cet homme serait Hitler en personne qu'il ne pourrait avoir plus d'adversaires déclarés sur la toile. Les biographies que l'on peut croire objectives comme Wikipédia le décrivent tel

6 CCIF : Collectif contre l'islamophobie en France.

un personnage à double face : un magnat en affaires, milliardaire, imprévisible, retors, agressif mais, par ailleurs, un philanthrope international dépensant des milliards de dollars dans les pays les plus démunis de la planète. D'un côté, sa carrière dans le monde de la haute finance internationale apparaît semée de délits d'initiés, de spéculations indues sur les monnaies, d'investissements dans les paradis fiscaux, de complots pour faire tomber des gouvernements et j'en passe. Et de l'autre, l'homme serait un humaniste à la limite de l'activiste politique dans la défense des droits de l'homme et la promotion de la démocratie et des saines pratiques gouvernementales. C'est l'un des membres fondateurs de l'Open Society Institute avec un autre controversé milliardaire du nom de George Soros. On trouve son nom associé à celui de ce Soros, mais aussi à ceux de Warren Buffet, Ted Turner ou Bill Gates, dans un nombre considérable d'interventions internationales d'origine non gouvernementale visant à défendre ici les activistes de mouvements féministes extrémistes, là celui de minorités opprimées, ailleurs à lutter contre des dictatures ou à contrer le racisme ambiant et tout particulièrement l'islamophobie. Ses détracteurs le diabolisent avec des insinuations d'une violence inouïe au fil de pages et de pages d'attaques haineuses relevant d'une phobie délirante. Ils l'accusent de se servir de ses œuvres philanthropiques pour établir des positions dominantes partout dans le monde à des fins vulgairement mercantiles d'enrichissement personnel. Ils stigmatisent les intentions caritatives de « l'anar-milliardaire », comme ils le surnomment, jusqu'à le décrier comme l'un des fomentateurs de troubles parmi les plus dangereux pour l'avenir de la planète. On le dénonce, lui et ses acolytes milliardaires, comme les démoniaques financiers de tous les complots ourdis çà et là par les sociétés secrètes des maîtres du monde, aidant des agitateurs de tout crin, finançant des groupes révolutionnaires, favorisant l'anarchie aux quatre coins du globe. Je sors tout à fait perplexe de mes lectures: qui est vraiment cet homme? Je me souviens de l'espèce de gêne manifestée par Pavel me disant: *Je ne suis pas le fils le plus proche de son père, vous savez…*

Le téléphone me tire de mes réflexions. Je décroche trop vite et regrette mon geste quand j'entends la voix de mon interlocuteur, le capitaine Joby, responsable de la Sécurité dans les missions françaises canadiennes, un homme à qui je n'ai pas du tout envie de parler. Il est, cela dit, remarquablement aimable, prend toutes les précautions oratoires possibles pour ne pas heurter ma susceptibilité en me demandant où j'en suis dans mes démarches pour retourner au domaine des Khalil. Je lui avoue ma déception devant l'absence de Pavel, qui aurait pu m'aider. Je m'avance un peu en prétendant que j'attends le retour d'appel d'Antoine Khalil. Il s'enquiert: est-il toujours dans mes intentions de me faire accompagner de Patrice Despinet quand j'irai dans l'Outaouais? J'hésite à répondre et il me provoque aimablement: *Je comprends que ça ne vous plaise guère d'associer un étranger à votre enquête, capitaine, mais je me permets d'insister. Patrice est un policier de soutien très effacé, un auxiliaire de terrain d'une discrétion absolue. Son sens de l'observation est phénoménal, croyez-moi. Il n'interviendra aucunement dans les interrogatoires que vous pourriez être amenée à conduire. Il se contentera d'étudier les lieux, d'y chercher un indice ou un autre qui permettrait d'étayer une éventuelle demande de mandat de perquisition. C'est un spécialiste de ce genre de situation. Emmenez-le avec vous. Inutile de mentionner sa présence dans vos discussions avec Khalil. Despinet vous accompagnera et sera d'une réserve telle que sa présence passera pratiquement inaperçue et ne vous importunera pas, faites-moi confiance.*

J'accepte du bout des lèvres et, à mon tour, attaque par une question qui ne peut que me venir à constater l'intérêt de tant de monde extérieur à l'enquête. Kahn, à ce que je sache, n'était pas détenteur des secrets atomiques de la France ! Ses recherches sur Céline ne mettaient pas en cause la sécurité nationale de l'Hexagone ! Pourquoi cette attention si soutenue de tant d'individus sur son cas ? Je sens Joby plutôt mal à l'aise au bout du fil. Il patine tout en circonvolutions et arabesques. *Kahn était un concitoyen de si grande qualité, une sommité mondiale, l'ami d'un ministre influent, son meurtre intrigue, nombreux sont ceux qui veulent savoir…* Pourquoi ai-je l'impression que cet homme ne me dit pas la vérité ? Sur ma lancée, je le prends à brûle-pourpoint en l'interrogeant en rafales sur la réunion du matin. Que représentait cette espèce de tribunal devant lequel on m'a convoquée sans avertissement ? Que signifiait la présence à notre table d'un inconnu du ministère de la Justice ? Pourquoi celle de l'insignifiant tireur de mégots français, s'il n'est vraiment qu'une cinquième roue de carrosse ? Qui est ce Jean Berger-Maheux tout miel et sourires ? Qu'est-ce qu'un professeur de l'École polytechnique faisait avec nous, gens de sécurité ? Était-il lui aussi un ami du professeur Kahn ? Nouveau patinage de dérobade de mon interlocuteur qui prétend s'étonner que mon supérieur hiérarchique ne m'ait pas informée davantage en amont ou en aval de notre réunion et que dans ce cas-ci ce serait à lui, l'officier supérieur québécois, de le faire. J'ai franchement l'impression que l'on se moque de moi. L'attitude de Gérard Perreault à mon endroit m'apparaît de plus en plus inadmissible, même ce Joby semble implicitement en convenir. Je mets le plus vite possible un terme à ma conversation avec le Français.

Pour en appeler un autre. Je me lève, ferme la porte de mon bureau et compose le numéro à la maison de mon vieux compagnon Pierre Mollon. Il est presque seize heures, six heures de plus en France. C'est un peu limite, mais, avec Mollon, je peux me permettre. Bon, depuis le temps que je vous en parle, monsieur Plamondon, je vous le présente un peu mieux : Mollon – c'est toujours Mollon qu'on appelle cet homme –, je l'ai connu capitaine de gendarmerie à Orléans, il y a presque une dizaine d'années. Nous avons mené une enquête ensemble. Une affaire compliquée qui nous a permis de beaucoup nous rapprocher lui et moi, au point de rester amis une fois l'enquête finie. Il est depuis devenu lieutenant-colonel à Paris à la Direction centrale de Coordination et Contrôle de la Gendarmerie nationale. Toute une promotion ! Lui parle plutôt d'une niche peinarde où il prépare sa retraite.

Par chance, il est là quand j'appelle et, il me le confirme immédiatement de sa voix rocailleuse : *Je ne le dérange jamais !* On parle. En fait, je parle. Je lui raconte toute mon affaire René Kahn : tout ce qui est arrivé, tout ce que je sais, tout ce que je pense, tout ce qui me dépasse. Et j'insiste :

— Mollon, ce professeur Kahn, il m'étonne, tantôt j'y crois, tantôt je n'y crois pas... On dirait qu'il n'est pas seulement ce qu'il est, tu comprends ?

— Ma foi non !

Avec Mollon, la réponse ne tarde jamais. La langue de bois, ce n'est pas lui.

— Je ne vois pas ce que tu veux dire, fille.

— Ben, c'est un spécialiste de Louis-Ferdinand Céline, un prof agrégé de la Sorbonne. Une « bolle », comme on dit chez nous. Mais on dirait qu'il y a autre chose. Côté soleil, il noue des accords, et des vrais, avec l'Université McGill, côté ombre, il a peur d'être poursuivi quand il monte dans une auto. Côté « tu me vois », il demande au Québec entier de l'aider à retrouver une femme ; côté « tu me vois pas », il n'aborde même pas la question avec les quelques intellectuels locaux les plus susceptibles de l'assister dans ses recherches. Ça ne cesse pas avec lui : il fait des pieds et des mains pour qu'on le reçoive dans une de nos grandes émissions télé et il donne l'impression de s'acquitter d'une corvée quand il y participe. Et puis enfin, on le tue ! On l'exécute et on le fait disparaître. Comprends-tu, sacrament ! Mollon, on ne tue pas un premier de classe de même ! Faut que tu me dises qui est vraiment cet homme-là et ce qu'il venait glander, comme tu dis, au Québec...

— Ce sera tout pour votre service, mademoiselle Sacrament ?

— Non, je voudrais que tu me parles aussi de ces flics français qu'on me met dans les pattes : Jean-Claude Joby et Patrice Despinet.

Il m'a promis de voir ce qu'il pouvait faire.

Il est dix-sept heures quand je raccroche. Me reste à appeler Antoine Khalil.

Qui suis-je pour avoir pu penser un instant intéresser un tel homme ? La voix mâle, lointaine, impersonnelle qui me répond au téléphone m'informe que monsieur Khalil ne prend jamais lui-même le téléphone, pas plus qu'il n'accepte de rendez-vous téléphoniques. *Je suis policière*, insisté-je, n'impressionnant pas plus que cela mon correspondant qui me demande si j'appelle en fonction d'un mandat particulier. À ma réponse négative, la voix propose de me mettre en contact avec un avocat du patron, ce que je refuse. J'aimerais dire au cerbère que je suis une amie de Pavel, mais avec un petit pincement de regret je dois admettre que ce serait pousser un peu fort. En désespoir de cause, je lui explique que j'ai visité le domaine le vendredi précédent avec le fils de monsieur Khalil et que nous avons eu ensemble, avec ses parents, une longue discussion de nature privée que j'aimerais pouvoir poursuivre. *Dans ce cas,* de me répondre mon interlocuteur d'une voix plus aimable, *venez au domaine. Monsieur Khalil y sera demain. Identifiez-vous au poste de garde à la grille de la propriété et je ne doute pas qu'il vous reçoive si son emploi du temps le lui permet. Mais, je vous le répète, je ne peux le joindre à la minute et ne suis pas autorisé à prendre des rendez-vous pour lui.*

Soit, j'irai donc le lendemain au lac Zohra. Je me sens lasse. Pas envie de réfléchir. Comme si j'avais délégué tous mes espoirs d'en savoir plus à Mollon. Par acquit de conscience, j'appelle Guy Mayotte, en espérant apprendre de quelle façon il a mis la main sur le sac de voyage de Kahn. Il n'est pas là et je ne laisse pas de message. Je m'apprête à partir quand j'aperçois Patrice Despinet, les deux pieds sur son bureau, tirant sur sa cigarette, l'air à moitié dans les vapes, comme si c'était un joint qu'il tétait. Cet homme ne m'inspire pas. J'y reviens, on dirait une belette. En tout cas, c'est vrai qu'il est réservé. On ne l'entend pas. L'idée de travailler le lendemain avec un tel cafard ne me tente pas le moindrement, mais je n'ai pas vraiment le choix. Je l'informe que nous partirons vers dix heures pour être chez les Khalil en début d'après-midi. Qu'il se prépare un lunch, je ne prévois pas m'arrêter pour manger. Il laisse tomber un *C'est bonnard!* désabusé. Je me crois obligée de conclure par un *Eh bien, à demain!* et je le plante là. En passant deux minutes plus tard devant la pièce où il végète, je constate qu'il téléphone, les deux pieds toujours sur le bureau.

Pause, monsieur Plamondon. La madame fatigue. Je vous reviendrai plus tard avec la narration de ma journée du mardi, la sixième de mon enquête.

5

Mardi 7 octobre, une des journées les plus plates de ma vie. Despinet et moi sommes partis de Montréal à l'heure dite. On m'avait vanté un homme discret. Il l'est. À peine sommes-nous installés dans l'Impala banalisée de la Sûreté qu'il sort de son sac de voyage une tablette numérique et des écouteurs et bonsoir ! Je le perds. Aussi bien comme ça, je n'ai guère envie de converser. A-t-il compris que je refuserais s'il me le demandait, toujours est-il qu'il a l'élémentaire politesse de ne pas fumer dans la voiture ; il profite d'un arrêt-essence et d'un autre dans une halte routière pour pomper ses deux mégots. Je retrouve ma foi assez facilement la route de la propriété des parents de Pavel, ne me trompant un peu qu'à la toute fin, à la croisée de chemins privés. Nous sommes à treize heures quinze à la porte du domaine du lac Zohra.

Un garde sort du pavillon d'accueil devant la grille à ouverture automatique que nous avons si facilement franchie quand Pavel a passé sa tête par la fenêtre de l'auto quatre jours plus tôt. Je m'identifie, donne mes papiers à l'homme en uniforme et lui indique le but de ma visite : rencontrer Antoine Khalil. L'autre garde ma carte de la Sûreté et retourne dans son bunker, d'où je le vois téléphoner assez longuement, avec de temps en temps des attentes, comme s'il s'adressait à différentes personnes. Le manège dure une dizaine de minutes, puis l'homme revient, me rend ma carte et demande les papiers de Despinet. À ma surprise, celui-ci sort de son portefeuille un permis de conduire de la SAAQ que l'autre emporte dans son antre. Nouvel appel et, cette fois, c'est pendant une heure que nous attendons.

Le gardien nous demande de stationner sur le bas-côté et trois autres voitures et une camionnette vont voir s'ouvrir la grille devant elles tandis que nous, nous poireautons. Assise au volant, désœuvrée, je m'ennuie à mourir. Je m'en veux d'être entrée dans le jeu de Perreault et de ses acolytes. Je suis là contre ma volonté. Seule à décider de mon enquête, j'aurais attendu le retour de Pavel et l'aurais consulté avant de retourner voir ses parents. Despinet, de son côté, semble perdu dans son monde musical. Nous nous ignorons lui et moi. Je regarde au tableau de bord, nous avons parcouru deux cent trente-deux kilomètres depuis Parthenais pour venir jusqu'ici…

Au bout d'une heure, le cerbère revient et je comprends à son air sévère que nos affaires vont mal. Nous ne serons pas reçus. Je m'étonne un peu pour la forme, mais vois bien au visage buté de cet homme que toute discussion est inutile. On nous met tout simplement à la porte, enfin… nous y sommes déjà mais n'irons pas plus loin. Quatre cent soixante-quatre kilomètres pour rien ! Une journée de foutue ! Je fulmine en pensant à Gérard Perreault, mon *boss*, qui m'a fait perdre mon temps et la face devant les Khalil, une famille avec laquelle j'étais heureuse d'avoir pu établir un bon contact. Je décide de revenir par l'Ontario, comme Pavel. Mal m'en prend. Les idées ailleurs, j'appuie un peu trop sur l'accélérateur. Tellement qu'un patrouilleur m'arrête sur la 417 et ne me rate pas, le « vlimeux ! ». J'en prends pour deux cents dollars. Despinet manifeste sa compassion par une grimace et sort fumer sa cigarette tandis que le collègue ontarien verbalise. Au redémarrage, le Français retombe dans sa musique. Nous ne nous dirons pas un mot du voyage.

Il est dix-sept heures trente quand j'arrive au bureau, et j'enrage car je constate que Mollon m'a appelée trois fois dans la journée. Mollon et Guy Mayotte, lui aussi plusieurs fois, les deux personnes avec lesquelles j'ai le plus hâte de m'entretenir. Il sera bientôt minuit en France et je ne peux tout de même pas risquer de réveiller Mollon. Je m'apprête à joindre Mayotte quand mon téléphone sonne et je vois à l'accumulation de chiffres sur le cadran que c'est mon ami français qui m'appelle de chez lui. Je l'embrasserais s'il était là. Je le lui dis. Il tonitrue : *Si tu le promets, j'arrive !* et rigole à sa façon bourrue que j'aime tant. Bien sûr que je l'embrasserais cet homme, n'importe quand, comme mon père, mon frère, mon ami. *Bon, es-tu sûre que personne ne nous entend ?* qu'il me demande. Eh non, je ne suis pas sûre. Dans cet immeuble de la Sûreté, comment être sûre de quoi que ce soit ! *Alors*, me dit-il, *trouve-toi un cellulaire sûr et reviens-moi à la maison. Je ne me coucherai pas avant que l'on se parle !*

C'est de chez moi que je le rappelle une demi-heure plus tard sans avoir pris le temps d'essayer de joindre Mayotte. Ce que je lui ai demandé est délicat, me dit mon ami français, parce que ça l'amène à marcher dans le jardin d'autres policiers et ça, il n'aime pas trop, mon Mollon. Mais enfin, pour moi… *Mais fais bien gaffe!* qu'il me dit encore en m'engageant à utiliser à bon escient les informations qu'il va me donner. Il s'est renseigné sur René Kahn. Pas grand-chose à en redire: *un universitaire de première bourre!* de s'exclamer le lieutenant-colonel. *Ma fille, si ce gars-là n'est pas clair de nœuds, ça va être à toi de le prouver. Son parcours est impeccable. C'est l'homme réglo parfait. On n'en lit, on n'en entend que des éloges. Je ne peux pas t'aider dans ce cas-là. Les universitaires de pointe agrégés de la Sorbonne, c'est pas le rayon de Mollon!*

— *Jean-Claude Joby*? que j'attaque le bonhomme, qui là me répond avec son ton le plus désapprobateur.

— *C'est pas un flic de carrière, mais un politique, un pistonné, bordel! On a comme ça chez nous d'anciens officiers de l'armée envers qui, quelque part, quelqu'un de haut placé a des dettes. Alors, on le recycle dans le civil et le bonhomme cumule sa retraite de galonné et une belle planque dorée aux basques de l'État. Le problème, avec ces gars-là, c'est de savoir qui les a placés là et à qui ils peuvent être amenés à retourner l'ascenseur. Bon. Je me suis renseigné. Ton zigue Joby, c'est par le ministère de l'Économie et des Finances qu'il a été poussé au Canada. Il y a là une unité de services secrets du nom de Tracfin. Oui, Tracfin, pour, prends ton souffle: Traitement du Renseignement et Action contre les Circuits Financiers clandestins.*

— *Jamais entendu parler…*

— *Faut que tu saches, ma fille, que des services secrets, ce n'est pas ce qui nous manque en France. On en a trois au ministère de la Défense, deux au ministère de l'Intérieur et deux autres à l'Économie et aux Finances. Et là, je ne te parle pas des barbouzes de base que l'on trouve chez nous à la Gendarmerie nationale et dans toutes les polices de terrain. Bref, ça fait bien des armées de l'ombre et des armées qui ne s'entendent pas toujours entre elles, et loin de là,* capicce*!*

— Et Despinet?

— Eh bien, vois-tu, c'est lui qui m'embête le plus. Je veux dire que je n'aime pas du tout le voir dans le coup d'une affaire dont tu t'occupes. C'est un expert parmi les experts en organisation de coups foireux. Si je te parle de l'Affaire des plombiers ou du Watergaffe français, ça ne te dit rien, hein?

— Rien du tout.

— Bon, je te raconte vite. En 1973, des journalistes du Canard enchaîné*, tu connais le* Canard*?*

— Oui, un peu. Un journal satirique que redoutent vos politiciens…

— En plein ça, oui. Bon, ces gars-là, les journalistes, entrent par hasard de nuit au bureau et surprennent deux hommes en pleins travaux. Des plombiers qui font des trous dans le mur. Plombiers, mon cul, oui! On va découvrir qu'il s'agit en fait d'agents de la DST…

— DST?

— Direction de la Surveillance du territoire. Le contre-espionnage de l'époque. Eh bien, pour rester simple, tu n'as qu'à imaginer que ton Despinet est l'héritier direct des plombiers en question. Cézigue est un spécialiste du coup tordu façon installation d'écoute électronique, piratage de téléphone, entrée dans des réseaux informatiques… un authentique crac en bidouillage de systèmes électroniques. Il

entre dans un bureau avec une trousse de travail genre mallette de toubib et quand il en ressort plus rien de ce qui s'y dira ou écrira sur ordinateur n'échappera à la connaissance de ses clients. Despinet, il agissait façon privée, illégale quoi, payé à prix d'or par des commanditaires foireux. Jusqu'à ce que la police lui mette la main au collet et qu'on le « bardasse » un peu. Depuis, en échange de sa liberté et de fonds douteux, ce qu'il sait faire, il le fait pour nous. C'est une espèce d'expert que les différentes unités de renseignement vont chercher quand elles en ont besoin. Au demeurant, un petit mec assez asocial, un venimeux dont je n'entends que du mal. Attention à toi, Aglaé.

On parle encore un peu, Mollon et moi, et je lui répète mes impressions quant à l'ambivalence de René Kahn. Il me promet de gratter encore de ce côté-là. Rendue si loin dans le partage de mes préoccupations, je lui parle d'Antoine Khalil. Le nom ne lui dit rien. Je l'engage à effectuer la même recherche que moi sur Internet et nous nous quittons non sans qu'il me fasse jurer d'être bien prudente et de ne rien tenter de téméraire dans le *méchant sac de nœuds* – du Mollon au texte – que lui semble être l'affaire Kahn.

Il est dix-neuf heures quand je raccroche. Je réalise que j'ai faim. Pas grand-chose au frigo. Jusqu'où faut-il que j'aille dans le degré de détail de la narration de mon quotidien, monsieur Plamondon ? J'ai déjà évoqué pour vous mes émois de midinette devant le beau Pavel Khalil, les photos nues de sa grand-mère, la haute taille de Jean-François Nadeau ou la prestance de Manon Brégier. Souhaitez-vous que je vous narre aussi le menu de mes repas solitaires ? Allez, une fois n'est pas coutume. Disons que ce soir-là je me prépare une brouillade au saumon. C'est simple et délicieux : des œufs brouillés avec des petits lardons servis sous quelques tranches de saumon fumé. Connaissez-vous ? J'accompagne le tout d'un reste de Sancerre blanc. En réalité, soyons franche, je suis bien peu sensible à ce que je mange et bois ce soir-là. Je n'ai la tête qu'à mon affaire du Crique-à-la-Roche. Je comprends bien que l'on se sert de moi. Je repense à ma rencontre de la veille avec Perreault et les cinq hommes que je sais maintenant avec certitude relever de polices parallèles. Ces flics de l'ombre, comme dit Mollon, avec la complicité de mon *boss*, veulent se servir de moi et de la Sûreté du Québec comme d'un cheval de Troie pour entrer dans la forteresse d'Antoine Khalil. C'est désormais bien clair et, à vrai dire, je ne sais trop comment réagir face à ce constat. Leurs vraies raisons, les buts qu'ils poursuivent, je ne peux que les supputer. Ai-je à les juger ? J'en doute. À l'évidence – mais sans que l'on estime utile ou nécessaire de m'en informer –, on n'attend rien d'autre de moi que de faire entrer le *hacker* français Despinet chez *l'anar-milliardaire* Antoine Khalil.

Je comprends bien que l'enquête pour meurtre que je mène n'importe pas du tout aux services secrets qui manœuvrent dans mon dos. Ce qui est arrivé au professeur de la Sorbonne est de bien peu d'intérêt pour ces gens-là. Et, comment vous dire, le constat est assez déroutant. Qui suis-je, moi, dans cette histoire ? Voyez, monsieur l'inspecteur, à ce moment de l'histoire que je vous conte, je ne me cabre pas devant ce que l'on m'impose. Je réfléchis, j'analyse, j'extrapole de façon plutôt froide, détachée, rationnelle, comme si j'étudiais un cas d'école, comme si c'était un autre que moi que l'on manipulait dans ce théâtre de marionnettes. J'en veux certes à mon patron, mais pas tant parce qu'il me demande quelque chose qui heurte ma conscience ou l'idée que j'ai de mon métier, que parce que son attitude démontre du mépris. Il m'utilise sans juger bon de m'associer à ce qu'il a en tête et ça, je ne l'accepte pas. Qui l'accepterait ? Mais fait-il sa *job* en me manipulant comme ça ? Après tout, pourquoi pas ? Il doit avoir ses motivations pour agir ainsi et je veux bien admettre que je n'ai pas forcément à les connaître. Cela dit, je continue de penser que s'il ne fait que son travail avec moi, il le fait mal. C'est, objectivement, un mauvais *boss* et je persiste à dédaigner son peu de talent pour me diriger. Mais je ne me sens pas la victime d'une machination. Mon *ego* peut accepter la situation. Non, je ne monterai pas sur mes grands chevaux. Non, je n'irai pas me plaindre ni déchirer ma chemise au bureau de Perreault – ou à quelque autre, du reste – ni demander des explications. Il faudrait pour cela que je révèle que je sais qui sont vraiment Despinet et Joby, et ça, je ne le veux pas, craignant plus que tout de mettre ainsi Mollon dans une situation délicate. À ce jeu d'imbécile où l'on tait ce que l'on sait à l'autre, je peux moi aussi montrer un certain talent.

Je pense qu'il est important, monsieur Plamondon, que vous suiviez ainsi mon évolution psychologique. Excusez-moi pour ces grands mots. Je suis alors *grosso modo* à la moitié de mon enquête. Six jours plus tard, je donnerai ma démission de la Sûreté, mais, constatez-le, mon écœurement ne sera pas le fruit d'un long mûrissement. Ce soir-là où je réfléchis devant mon verre de Sancerre, je ne suis qu'une employée qui doute des compétences de son patron. Il doit en exister des dizaines de millions de ce type en ce bas monde. Reste que la voie qu'il me faut suivre dans l'immédiat est toujours claire dans ma tête. J'ai un travail à accomplir: trouver l'assassin de René Kahn. À chacun ses responsabilités. Que les fantassins « barbouzards » qui croient me piloter magouillent de leur bord. Qu'ils jouent à *Mission impossible* en tentant de pénétrer dans le domaine du lac Zohra et continuent à me prendre pour une nouille. Libre à eux. Je vais de mon côté exercer ce pour quoi la société me paie: mon métier.

C'est sur cette bonne décision que je m'installe dans mon lit devant la télé, mon secret personnel pour trouver rapidement le sommeil.

◆

Le lendemain, mercredi, je commence ma journée en appelant Guy Mayotte, l'enquêteur dans le dossier du meurtre de Rocco. Je n'ai surtout pas renoncé à ma piste lavalloise. Si je patauge dans une espèce d'embrouillamini confus avec mon enquête du côté de l'Outaouais, j'ai côté île Jésus des éléments plus solides et directement reliés à Kahn et peut-être à Louis-Ferdinand Céline: la lettre que m'a envoyée le *Québec Bardamu's band* et le mort retrouvé sur le terrain autrefois propriété de Jean le Tatoué avec le portefeuille du défunt professeur sur lui… et puis la découverte de ce sac de voyage aux initiales RK et les empreintes de feu Kahn dans l'auto de feu Favatta: un paquet de pistes, un barda de questions sans réponses...

Nous convenons d'aller à la cafétéria du rez-de-chaussée se prendre un café, Mayotte et moi. Son enquête avance tranquillement, me dit-il. Duilio Calliero prétend ne rien comprendre à ce qui s'est passé et qui a provoqué la mort de son chauffeur. Rocco les a conduits, ce soir-là, à l'Olympia sur Sainte-Catherine Est pour assister au show de l'humoriste Sugar Sammy. Le chauffeur a ensuite ramené l'auto de ses patrons à leur propriété de Laval-sur-le-Lac, où il a récupéré son Grand Cherokee.

Mon vis-à-vis suspend un moment sa narration, le nez dans son café. Et moi, je le regarde fixement. Une idée me traverse l'esprit. Je n'ai pas le temps de l'approfondir que mon ami Guy repose sa tasse et continue façon mitraillette:

— On ne sait pas où il va ensuite. On le perd de vue de vingt et une heures à deux heures le lendemain matin alors qu'on signale sa présence, seul, dans la boîte de danseuses devant laquelle son corps sera découvert plus tard en matinée. Il s'installe au bar, boit assez raide, est agité, agressif, cherche noise à d'autres clients. Peu avant trois heures, il quitte la boîte en question avec une fille au nom de scène de Suzy, en fait une prostituée de la Petite Italie du nom de Suzanna Gullo. Ils vont ensemble boire un dernier verre dans un autre bar et ce n'est qu'un peu avant cinq heures que les deux sont vus par un voisin insomniaque alors qu'ils entrent chez Suzanna, au deuxième étage d'un immeuble sis au coin des rues Dante et Alma. Rocco s'est stationné

dans une ruelle sombre à l'arrière de la maison. C'est là qu'il sera agressé en retournant à sa voiture quelques minutes plus tard.

— Je croyais qu'ils avaient baisé ?

— Ils ont baisé, mais que veux-tu que je te dise, ça a l'air que le Rocco était du genre éjaculateur précoce. La fille confirme.

— C'est elle qui t'a raconté ce qui s'est passé ensuite ?

— Non. Elle prétend qu'elle s'est endormie sur le coup... si j'ose dire. On a tout reconstitué quand on a retrouvé le sang dans la ruelle : un sanguin, Rocco. C'est dans une poubelle près de la flaque d'hémoglobine qu'on a retrouvé le sac avec les initiales RK. Appartenait-il bien à Kahn ?

— Oui, Jacquet a vérifié. Un porteur du Hyatt l'a reconnu.

— Un truc important dans ton enquête ?

— Non. Je veux dire, je ne sais pas. Aucune idée de ce que ce sac faisait là. As-tu des témoins dans la Petite Italie ?

— À force d'interroger les résidents des alentours, on a fini par enregistrer deux témoignages concordants qui mentionnent la présence d'une fourgonnette bleu foncé, parfaitement inconnue dans le coin, stationnée à deux pas dans la rue Dante, dans un endroit où rien ne justifiait qu'elle soit aux petites heures du jour ce samedi-là. Un marcheur grand, maigre, légèrement voûté est vu à six heures quarante-cinq montant à bord et la camionnette disparaît.

— Bingo !

— Bingo ?

— Ben oui, ça ressemble à mon suspect dans l'affaire Kahn. Tu as la marque du véhicule ?

— Non.

— Je ne serais pas surprise qu'il s'agisse d'un Dodge Ram, de type van. Mon suspect en conduit un semblable.

— Ben là, capitaine de mes amours, il n'y a pas qu'une camionnette bleu foncé en circulation au Québec ! Enfin, tu me préciseras pour le modèle ? J'essaierai de vérifier si mes témoins confirment. Sais-tu quand et pourquoi Favatta et Kahn ont voyagé ensemble dans le Cherokee ?

— Aucune idée…

— C'est peut-être la clef commune de nos deux enquêtes.

— Pas facile à imaginer.

— Le même assassin les aurait eus, les deux, la bolle française et le voyou italo-canadien…

— Mais pour quel motif ? J'ai beau retourner ça dans ma tête, je n'arrive pas à trouver un lien. Oui, Kahn a parlé une couple d'heures avec madame Calliero. Il a croisé son mari, mais ça s'arrête là…

— En tout cas, c'est une piste que je vais travailler moi aussi. Je te ferai savoir si je trouve quelque chose.

— Un dernier truc. À quelle heure déjà a-t-on conduit le Jeep de Rocco au stationnement des danseuses de Laval ?

— Cinq heures trente.

— Quelle distance entre les deux endroits ?

— Presque huit kilomètres.

— Mettons que l'homme de la fourgonnette bleue soit le tueur ou l'un des tueurs, mettons qu'il amène le Grand Cherokee à Laval et revienne chercher son véhicule sur Dante, il marche ses huit kilomètres en une heure et quart. C'est marcher, ça…

— Exact. Te voilà avec un tueur en santé.

— Figure-toi que le suspect que j'ai dans l'affaire Kahn est aussi un homme grand et légèrement voûté, doublé d'un méchant bon marcheur. En fait, lui serait plutôt un coureur... Bref, un autre gars en santé... Ou peut-être le même après tout.

J'en suis là de mes déductions quand je quitte Mayotte, qui a tenu à payer le café. Qui prétendra, monsieur Plamondon, que la galanterie n'existe pas dans la police ?

J'arrive à mon bureau pour y trouver mon patron, Gérard Perreault, installé comme chez lui à m'attendre. Il me la joue cette fois au bon *boss* soucieux du moral de ses troupes. Il sait évidemment par Despinet que ma journée d'hier a été un échec complet. Il veut que je lui expose comment j'entends rebondir. Ai-je désormais assez d'éléments d'enquête pour solliciter un mandat de perquisition ? Je le déçois sur l'heure et je dois dire assez sciemment en l'avisant que je continue de privilégier ma piste Laval, qui me semble plus porteuse à court terme. Surtout depuis que je sais que Kahn est monté dans l'auto de Favatta. Je prends un malin plaisir à le voir afficher sa déception en secouant vivement le chef. Quant aux Khalil, leur fils rentre le soir même à Montréal, alors j'attendrai le lendemain pour tenter de retourner dans leur propriété. Nouveau signe de contrariété un peu plus impatiente chez mon patron et je jubile.

— *Mais enfin, capitaine,* me dit-il en prenant sur lui de ne pas hausser le ton, *c'est bien chez les Khalil que l'on perd la trace du professeur Kahn, n'est-ce pas ?*

— Exact.

— Ce qui reste de son corps calciné est retrouvé dans la même région, non ?

— À cent quinze kilomètres de là très exactement, ce qui n'est tout de même pas la porte d'à côté. Il y a cent quarante kilomètres entre le bar de danseuses où l'on a retrouvé le corps de Favatta et Montpellier, où le corps de Kahn a brûlé. La différence est bien mince, non ?

— Quand même. Il me semble que tout nous indique que c'est dans l'ouest de la province que le crime a eu lieu. Pas en banlieue de Montréal, allons donc !

— Je m'en tiens aux faits, mon commandant. Je n'écarte surtout pas la piste Khalil, mais je vous répète que l'option Laval me semble pour l'heure plus chaude. Le professeur cherchait un truand français que l'on retrouve… à Laval. Le portefeuille de Kahn est découvert… à Laval. On m'adresse des menaces… depuis Laval. Comment ne pas aller enquêter du côté… de Laval ?

— Je ne crois pas une seule seconde à une autre piste que celle de Khalil !

Je sens que je lui gâche sa matinée, au Perreault, et j'avoue que je jouis de la situation. Et puis bientôt, peu à peu, insidieusement, me vient autre chose. À regarder cet homme bouillir d'impuissance, une idée germe en moi. Je commence peut-être à entrevoir ce qu'il sait de cette affaire et que j'ignore. Il me faut gagner du temps pour laisser mûrir cet embryon de réflexion.

— *Mon commandant,* que je lui soumets avec mon air le plus innocent, *vous avez peut-être des données que je n'ai pas et qui vous font douter de mon option. Je ne sais pas, moi. Je travaille avec les seuls éléments d'enquête qui sont en ma possession. J'ajoute que j'ai depuis ce matin un autre fragment de preuve qui me conforte dans mon choix de la piste lavalloise : des témoins ont vu l'homme qui a conduit le Grand Cherokee de Favatta sur le parking où l'on a trouvé son corps. Et voilà qu'il ressemble fort à celui qui a brûlé l'auto où l'on a découvert les cendres de Kahn... Le premier but de mon enquête est désormais de rencontrer cet homme où qu'il soit, à Laval ou dans l'Outaouais.*

— *Et moi, je vous dis que c'est chez Antoine Khalil qu'il est !*

— *Excusez-moi, mon commandant, mais j'y reviens. Comment pouvez-vous en être à ce point certain ? Disposez-vous de preuves que je n'aurais pas comme responsable de cette enquête ? Si c'est le cas, donnez-les-moi et je tenterai d'obtenir un mandat de perquisition. Mais sans mandat, j'ai l'assurance que les avocats des Khalil s'opposeront à toute initiative de notre part pour interroger leur client. Nous venons d'en faire la démonstration hier, Despinet et moi.*

Et je m'amuse en dedans de voir comme je l'emmerde, le Perreault. Il est exaspéré. Il se lève, arpente mon bureau. Et moi, je réalise que cet homme ne peut que perdre dans notre affrontement larvé. Impossible pour lui de me sortir son argument massue : *Mais madame Boisjoli, on s'en fout de ce pauvre Kahn, la seule chose qui nous importe vraiment, c'est d'espionner Antoine Khalil.* Et je crois que c'est à cet instant que se confirme en moi l'explication du rôle que Kahn a pu jouer dans cet imbroglio.

— Vous disiez que votre Pavel rentre ce soir ?

— Monsieur Khalil fils doit revenir dans la soirée à Montréal, c'est exact.

— Et qu'allez-vous faire ?

— Le contacter. Lui expliquer que je veux retourner dans la propriété de ses parents pour chercher des éléments m'aidant à expliquer la façon dont Kahn a pu quitter le domaine et lui demander s'il peut m'aider vu les réticences de son père à me recevoir sans lui. Il m'est venu une nouvelle idée à cet égard…

— Dites-moi !

— Eh bien, j'ai été à même de constater que la propriété est dûment gardée et que nul n'y entre ou n'en sort sans montrer patte blanche au poste de garde. Je veux a minima *interroger l'homme qui était en faction le jour de la venue de Kahn…*

— Vous ne l'avez pas encore fait ?

— Ma foi non. Dois-je vous rappeler que je n'ai pas de mandat ?

— Rencontrer les gardes ne sera pas suffisant. Il vous faut parvenir à entrer dans le bureau d'Antoine Khalil…

— Mais enfin, pourquoi mon commandant ?

— Mais parce que le professeur Kahn y est entré. C'est de là qu'il faut partir votre enquête. Vous devez la démarrer de l'endroit où le professeur a été vu pour la dernière fois. Et n'oubliez pas que nous nous sommes engagés vis-à-vis de nos amis français pour que l'inspecteur Despinet vous accompagne.

Cette fois, tout m'apparaît de plus en plus clairement et il s'en faut de peu que je réponde par un grand sourire au pauvre commandant. *Allez, je t'ai compris, mon gros ballot! Cesse donc tes cachotteries*. Il me quitte heureusement avant que je ne m'échappe. De méchante humeur, il exige que je lui reparle dès que j'aurai contacté Pavel Khalil. Je me lève derrière lui pour aller refermer la porte, mais je me ravise et vais plutôt demander au jeune Ammerlaan de prendre tous mes messages jusqu'à avis contraire. Cela fait, je m'enferme pour de bon, m'assois dans mon fauteuil devant un bloc de papier et mon ordinateur.

Et nous voilà arrivés, monsieur Plamondon, au véritable point charnière de cette enquête. Je vais travailler au moins trois heures ce matin-là à réfléchir, enchaîner mes déductions, tracer des schémas opérationnels, prendre des notes, vérifier des données sur Internet, visionner des moments de l'émission du 28 septembre de Radio-Canada... et réfléchir encore... Je vais au bout du postulat qui m'est venu devant les tergiversations de Perreault. Et plus je développe mon idée initiale, plus je suis sûre de voir clair pour la première fois dans cette histoire codée. À chaque étape de ma réflexion, je trouve l'explication qui me permet d'avancer. À chaque mur que je frappe dans l'enchaînement de mon raisonnement, une porte s'ouvre, une solution logique s'impose d'elle-même et je progresse.

Quand je finis par ne plus me poser de questions, j'appelle ce sergent dont je vous ai déjà vanté l'efficacité, monsieur Plamondon, Claire Roberge. Depuis le temps que je vous parle de cette jeune femme, allez, cette fois je vous la présente. C'est une adjointe autant qu'une grande amie, une policière au jugement très sûr, une complice dont j'aime la complémentarité. Elle est enjouée quand je suis plutôt réservée, rationnelle et moi rêveuse, spontanée et sûre d'elle-même quand je ne cesse d'hésiter, de douter. C'est une battante, la fille d'équipe dont tous souhaitent l'amitié, bref, ma *chum*. En plus, elle est belle fille, grande, solide, elle a de magnifiques yeux bleus et, je ne le cache pas, j'aime la beauté. Voilà donc pour Claire, avec qui je vais tester ce jour-là mes hypothèses. Elle s'assoit en face de moi. Je m'apprête à lui expliquer ce que j'ai en tête quand je repense à ce que Mollon m'a dit des talents de pirate de ce Despinet, que j'ai laissé seul et sans contrôle un peu trop souvent aux alentours de mon bureau. J'emmène ma copine pour un autre café au rez-de-chaussée, et cette fois c'est moi qui vais payer. Elle attrape son sac de lunch au passage, il est presque midi, je n'ai pas vu le temps passer.

Ce que j'expose à mon adjointe ce jour-là, je vais vous le répéter maintenant, monsieur Plamondon, en tentant même de me souvenir des questions de Claire car c'est en y répondant, en mettant en phrases mes suppositions, que ma conviction de voir juste s'est vraiment affirmée. Mon raisonnement est en fait très simple. Il part du postulat que si, depuis le début de mon enquête, Gérard Perreault et ses collègues des renseignements sont persuadés que Kahn est mort dans la propriété des Khalil, c'est qu'il y est bien mort et que ces gens-là, mon patron compris, le savent pertinemment. Dès lors, je peux bien leur présenter vingt autres suppositions, ils ne m'écoutent pas. Sans avoir enquêté, sans être allés sur le terrain, sans que Kahn devenu simple tas de cendres ait pu leur communiquer quelque message que ce soit, ils savent.

La question qui tue: Comment peuvent-ils savoir? La réponse s'impose d'elle-même. Parce que ce sont eux qui ont envoyé Kahn à l'abattoir. Ils lui ont confié une mission qu'ils savaient dangereuse dans la propriété de l'*anar-milliardaire* et le professeur n'en est pas revenu. La seule explication possible est que le professeur René Kahn travaillait pour eux, je veux dire pour les services secrets.

— *Tu prétends que le grand maître de la Sorbonne était en fait un espion?* s'exclame la Claire en s'étouffant dans le café que je lui ai offert.

— *Attends. Je vais revenir là-dessus. Ce que je te donne tout de suite, c'est une vue d'ensemble de cet invraisemblable piège à cons. Pour les initiés qui tirent les ficelles, le voyage du professeur au Québec n'a qu'un but: entrer dans le domaine des Khalil. On a mandaté le grand spécialiste de Louis-Ferdinand Céline pour gagner la confiance du milliardaire inapprochable et accéder à son bureau. Les barbouzes derrière l'agrégé n'ignoraient pas que la tâche serait difficile, dangereuse. Quand leur homme disparaît en mission, pardi, pourquoi chercher ailleurs? Ces gens-là savent bien que leur petit soldat est mort au front. Sauf qu'ils ont encore une chance d'entrer dans le château fort de leur ennemi. Un policier de base, une enquêtrice ordinaire à la Boisjoli, doit être mandaté pour aller au domaine Khalil tenter de voir ce qui s'y est passé. Personne ne s'attend à ce qu'elle y trouve quoi que ce soit, l'ennemi étant bien trop malin, mais voilà une nouvelle occasion, probablement la dernière, d'entrer dans la place.*

On met le patron de l'enquêtrice dans le secret et on tente un autre coup d'échecs : « Envoye ! », pousse la cavalière dans le camp adverse, mais en lui adjoignant un fou – un plombier bidouilleur – pour faire ce que le premier pion sacrifié n'a pas réussi à faire...

— *Mais quoi donc ?* demande Claire

— *Installer un système d'écoute dans le lieu impénétrable.*

— *Attends voir*, que me dit Claire, qui n'est pas fille à renoncer facilement à une idée. *Tu crois pas que tu charries un peu ? Ton Kahn, là, docteur* honoris causa *de je ne sais pas combien d'universités, auteur d'une pléiade de bouquins... Tu persistes à en faire un espion ? T'y vas pas un peu fort quand même, capitaine de mon cœur ?*

— *Ben, figure-toi que je me suis posé la même question que toi, sergent de mes fesses. Et j'ai fait des recherches sur Internet. En Israël, j'ai vérifié, on les considère avec le plus grand respect, ces Juifs de la diaspora qui décident, en fonction de leurs talents, de collaborer de manière momentanée avec le Mossad, les services secrets d'Israël, par sentiment de patriotisme et de solidarité avec leur peuple. C'est quelque chose d'assez fréquent, ai-je lu. Les Juifs de France à qui ça arrive – et ça arrive – disent pudiquement qu'ils sont « chargés de mission spéciale par le gouvernement d'Israël ». Moi, je crois volontiers que Kahn, tout professeur-docteur-agrégé qu'il était, a fort bien pu accepter une mission ponctuelle du genre, si les services secrets français et israéliens la lui ont proposée. Je te rappelle que la fille du professeur a été tuée par des extrémistes islamistes, ce qui n'a pu que le rendre sensible à la nécessité de contrer le terrorisme.*

— Mais les Khalil ne sont pas des terroristes…

— Qui sait ce que l'on en a dit à Kahn pour le convaincre ? Quoi qu'il en soit, Kahn s'est décidé et a accepté la mission.

— Et selon toi, quelle était cette mission ?

— Eh bien, je te le répète, entrer dans le bureau d'Antoine Khalil et y laisser un système d'écoute. J'ai l'impression que quelque chose d'important doit se dérouler bientôt au lac Zohra et que les services secrets israéliens, français et canadiens, ne les oublions pas ceux-là, sont sur les dents, d'où leur insistance auprès de moi depuis qu'ils ont constaté l'échec de la mission de Kahn.

La belle Claire est loin d'être convaincue par mon début de raisonnement et je la comprends fort bien puisque je suis passée moi-même par ces phases de doute tout au long de la matinée. Alors je lui explique comment, partant de cette idée que Kahn était en mission spéciale pour les services secrets canado-franco-israéliens, j'ai tiré un fil jusqu'à démêler l'écheveau. Et je lui raconte ça, je me souviens, sous la forme d'une histoire dont j'invente les parties qui me manquent, entre les éléments dont je suis sûre, en réfléchissant tout haut, en quelque sorte.

Dans un service secret quelque part en France, en Israël ou au Canada, des agents sont en face d'un casse-tête. Comment faire entrer dans le bunker canadien d'Antoine Khalil un individu capable d'y laisser un « kit » de piratage des communications ? Ces agents ne sont pas des imbéciles, ils ont travaillé leur dossier, ils connaissent par cœur l'histoire de l'ennemi qu'ils ont mandat d'espionner. Ils connaissent l'histoire de Yevgeniya, en partie à l'origine de la fortune d'Antoine, cette belle-mère extravagante qui défrayait la chronique au début du siècle. Ils n'ignorent pas non plus que Pavel, le fils du magnat, est professeur de littérature à McGill. Et, de réunions en réunions, ils cherchent désespérément, inventent des scénarios, lancent des idées toutes plus folles les unes que les autres pour imaginer un moyen de parvenir à leurs fins : faire entrer un des leurs dans la forteresse.

Un beau jour, l'un d'entre eux, disons le Canadien pour lui donner un rôle – ce monsieur Jack Daragon croisé au bureau de Perreault, peut-être –, avance la suggestion d'utiliser le fils, Pavel, comme clef d'accès au domaine. *Faisons en sorte*, dit Daragon, *que le prof de McGill se lie d'amitié avec un agent déguisé en collègue professeur de littérature et qu'il emmène son ami rencontrer ses parents*. Ouais, de raisonner les deux autres, mais on sait que Pavel entretient des relations assez distantes avec son père. Il risque de se passer du temps avant que les deux nouveaux amis fassent le voyage de Montréal en Outaouais. Et le temps, je l'ai dit, doit presser. Le Français – je continue d'improviser – énonce alors un principe de la rhétorique gauloise : *Le cul, messieurs ! Le cul, ça marche toujours !* On l'écoute. Il se fait fort de trouver quelque part dans l'université française une agrégée de lettres bâtie à la Beyoncé pour séduire le beau Pavel, tomber dans ses bras, faire sa place dans son cœur, forniquer dans son lit, au point que le fils Khalil va décider de la présenter illico à sa famille. *Mais*, de douter le Canadien – et là je prends un peu mes désirs pour mes réalités – *Pavel n'a pas la réputation d'un homme facile qui se laisse piéger dans des aventures hasardeuses et cède à la première provocation féminine*. Et c'est alors que se lève l'homme du Mossad, qui avise ses collègues qu'un de ses coreligionnaires, agrégé de la Sorbonne et grand expert mondial de Louis-Ferdinand Céline, ne refuserait peut-être pas une mission que lui proposeraient ses deux patries, la France et Israël. Pavel Khalil est-il porté sur Céline ? On effectue des recherches. Déception : il est spécialiste de la littérature du XVIIIe siècle. Comment imaginer que les deux professeurs agrégés se rencontrent ? L'idée d'une bourse de recherche conjointe Sorbonne-McGill est avancée par l'un ou l'autre. Elle est retenue. On sait donc comment attirer l'attention de Pavel. On a, avec Kahn, le vecteur, le messager, la canne à pêche, si vous voulez, mais il faut un appât à mettre à l'hameçon.

Et l'un des participants à ces réunions, disons le plus brillant – et je vous laisse le choix de la nationalité – prend l'initiative lumineuse d'aller à la pêche aux idées sur Internet. Kahn est spécialiste de Céline, Khalil habite au Québec, alors le fin renard tape « Céline Louis-Ferdinand Québec ». Et tombe, au quatrième résultat de la recherche Google, sur une analyse de Pierre Lalanne faisant référence à l'article de Victor Barbeau et à la fameuse *magnifique rouquine* de cette soirée de mai 1938. Là, nos barbouzes poursuivent leurs recherches, lisent ailleurs sur Internet tout le détail de ce que raconte Barbeau sur sa soirée avec Céline, l'histoire est plusieurs fois mentionnée sur la toile et finalement ces gens-là flairent un coup possible. Et s'ils s'arrangeaient pour que Pavel en arrive à la conclusion que la rouquine de Céline n'est autre que sa grand-mère Yevgeniya ?

— *Un peu tiré par les cheveux, non ?* me demande Claire en grimaçant.

— *Pas tant que ça, sais-tu, et c'est la beauté de la chose. Je l'ai vue en photo, la princesse russe blanche et nymphomane. Elle a tout pour titiller son Céline, crois-moi. Mais, surtout, elle est bien à Montréal en mai 1938 et, chance inouïe pour les barbouzes conspiratrices, son avocat de cocu de mari est un homme de lettres qui, comme tous ceux qui écrivent à Montréal à l'époque, connaît Barbeau… et lui, en plus, le connaît bien.*

— *Et alors ?*

— *Eh bien, disons qu'avec tous ces premiers éléments, les artisans de cette mystification rencontrent le professeur Kahn, s'assurent de sa bonne volonté et lui expliquent ce qu'ils attendent de lui. Il peut s'il le veut les aider à savoir ce que fomente l'un des financiers d'actes de terrorisme du genre de celui qui a coûté la vie à Johanna, sa fille.*

— *Mais Antoine Khalil ne finance pas le terrorisme, non ?*

— *Et après ? Ces gens-là des services secrets peuvent bien dire ce qu'ils veulent à l'intellectuel crédule devant eux. Aux seuls mots de « terroriste antisémite », Kahn va réagir spontanément en père juif dont on a tué la fille et accepter la mission. Les artisans du coup fourré lui expliquent ce qu'ils ont en tête. Ils vont s'arranger pour le faire entrer dans le bureau d'un homme d'affaires canadien qu'ils savent être un ennemi d'Israël. Rien de bien compliqué pour « le chargé d'une mission spéciale » : une fois dans la place, il n'aura qu'à laisser un dispositif d'écoute sans doute assez simple en le déposant au fond d'un tiroir, accroché derrière un tableau ou inséré dans un coussin de fauteuil. Je ne sais pas. Ce que je sais, c'est que ce genre de dispositif existe et qu'il s'agit en fait de merveilles technologiques, faciles à dissimuler. Et Kahn dit oui, mais un oui un peu contraint quand même qu'il va assortir de conditions au fur et à mesure qu'on va lui préciser le plan de sa mission.*

Là, monsieur Plamondon, je dois vous préciser, comme je l'ai dit à Claire, que je continue d'improviser un peu et ne peux être absolument certaine de tout ce que j'avance. Mais mon enquête m'a permis de suivre de très près le professeur dans sa visite fatale au Québec. J'ai beaucoup parlé à ceux qui l'ont rencontré et tout particulièrement à cette Manon Brégier, une fine observatrice dont le témoignage m'aide à parvenir à l'interprétation des faits que je risque ici. Je crois que lorsqu'on lui expose la stratégie de son intervention, Kahn discute et marchande. Oui, il accepte de venir au Québec en mission d'espionnage, mais il ne veut pas perdre son temps à Montréal et décide de profiter de l'occasion pour lancer sa propre recherche sur ce qui l'intéresse véritablement, lui, dans cette visite en Amérique : Céline, toujours Céline.

Aussi quand on lui dit : *Vous irez en mission au Québec en septembre !* alors qu'il a prévu d'y aller l'automne suivant, il accepte – après tout, l'enquête le démontre, on lui offre ce voyage tous frais payés – mais impose une bonne partie de son emploi du temps en exigeant de pouvoir y tenir les rencontres qu'il souhaitait avoir un an plus tard. N'oubliez pas la surprise de personnes comme Jean-François Nadeau ou Pierre Lalanne, à qui il avait promis sa visite mais qui n'attendaient pas si tôt le professeur.

De la même façon, je parierais volontiers que le repas littéraire commandé à madame Brégier est une idée de Kahn. On insiste pour qu'il voie ce Pavel Khalil, qu'il ne connaît pas. Bien, il le fera en bon soldat, mais à condition qu'il y ait d'autres personnes à table, des invités de son choix à lui, et bien sûr ses commanditaires acceptent.

Je pense que lorsqu'on lui propose comme motif pour inviter le prof de McGill une recherche conjointe entre leurs deux universités, il provoque son monde en acceptant, en quelque sorte, au pied de la lettre. Il me semble l'entendre lancer avec un grand rire à la Noiret: *Vous m'envoyez parler d'une bourse de recherche avec un collègue québécois, eh bien, vous allez effectivement la financer cette recherche! Je ne parle à ce Pavel Khalil que si j'ai l'argent derrière moi!*

Même chose quand on explique au professeur la façon dont on va travailler sur la fausse piste de la *magnifique rouquine* en allant à la télé questionner les Québécois sur leurs souvenirs des passages de Louis-Ferdinand Céline. Je reviendrai sur la genèse de cette tromperie. Ce que je veux dire ici, dans un premier temps, c'est que Kahn accepte, mais saute aussi sur l'occasion pour jouer son propre jeu: *Oui, je vais aller faire la marionnette à votre guignol de* Tout le monde en parle, *même si je n'aime pas ça. Mais j'y placerai aussi mon propre message sur un vieux truand français que je crois avoir été un ami de Céline. J'ai la chance de parler au Québec entier, me dites-vous, eh bien je vais en profiter pour demander aux téléspectateurs qui me verront de m'aider à retrouver Jean le Tatoué. Ainsi ne perdrai-je pas complètement mon temps!*

Et je reviens sur l'émission de Radio-Canada. Je crois que les services secrets français ont fait le maximum pour y garantir la présence de Kahn. La ceinture et les bretelles : l'intervention efficace de Manon Brégier depuis Montréal, certes, mais on n'est jamais assez sûr de son coup, on exerce aussi de la grosse pression depuis Paris. Le grand *boss* de France Télévisions appelle lui-même celui de la SRC pour s'assurer du passage en ondes de René Kahn. Pensez-vous que ces grands manitous s'appellent fréquemment pour placer leur poulain dans la grille horaire de l'autre ? Allons donc ! Je n'y crois pas une seconde ! Mais si un haut placé des services secrets du ministère des Finances ou le cabinet du ministre vous le demande…

— *Attends un peu, toi !* me relance Claire, qui est tout sauf une imbécile. *Je te suis à peu près jusqu'ici, mais il me semble qu'il y a une pièce qui ne tient pas dans ton échafaudage.*

— *Ah oui !! Je t'écoute.*

— *Tu me dis que René Kahn veut convaincre Pavel Khalil que sa grand-mère est cette mystérieuse rouquine qui a fait bander ton Céline un beau soir de mai 38 ?*

— *Oui, c'est bien ça, afin que Pavel l'emmène voir les souvenirs de sa mémé d'enfer qui, logiquement, ne peuvent être que chez les Khalil.*

— *Mais puisqu'il rencontre Pavel le vendredi, pourquoi Kahn ne lui en parle-t-il pas directement ce soir-là ? Pourquoi cette comédie à* Tout le monde en parle *?*

Oh la bonne question de Claire ! Elle aussi remonte peu à peu la piste, comme moi le matin même. Comment lui expliquer alors – comment vous expliquer aujourd'hui, monsieur Plamondon ? – que c'est entre autres ce détail qui m'a amenée à réfléchir et à comprendre que Kahn jouait faux jeu à Radio-Canada ou, plus exactement, que son histoire de recherche de la mystérieuse rousse ne tenait pas ? Revenons au souper littéraire. Kahn a de véritables interrogations pour ses amis d'un soir : il veut savoir comment Jean-François Nadeau s'y est pris pour retrouver, plus de soixante-dix ans après le fait, la photo de Céline assistant à une assemblée fasciste ; il veut tester son hypothèse concernant Jean le Tatoué avec Lalanne, et il a grand plaisir à parler des écrivains Victor Barbeau et Yvette Ollivier avec le fils de celle-ci, Ollivier Mercier Gouin. Enfin, coup de chance, ils s'entendent tout de suite comme larrons en foire, lui et ce Pavel Khalil dont on lui a imposé la présence. Son affaire de recherche conjointe lui permet de sauver la face en favorisant une véritable et agréable discussion avec son vis-à-vis de McGill. Voici donc notre professeur particulièrement en verve et en forme avec tout son monde, sa guide personnelle Manon Brégier comprise et, de l'avis de tous les participants, la soirée est un grand moment. Mais comment voulez-vous qu'il y aborde le sujet de la « magnifique rouquine » qui constituera le gros de son message à *Tout le monde en parle* le surlendemain ? Il engage son monde à regarder sa performance à Radio-Canada, mais ne peut en faire plus, car en faire plus serait mentir de façon éhontée. Le professeur en mission qui mentira devant Guy A. Lepage et le Québec entier ne peut fabuler ce soir-là devant ses amis sans risquer de voir tout le château de cartes imaginé par ses mandataires s'effondrer. C'est que, entendons-nous bien, jamais personne et surtout pas lui n'a cru, ne croit, que Yevgeniya, belle-mère d'Antoine Khalil, ait pu être cette femme convoitée par l'écrivain français en visite au Québec. Pour que l'hypothèse soit crédible et que Pavel, – comme du reste son père, l'anar-milliardaire si méfiant –, y soit leurré, il a fallu, devant les caméras de Radio-Canada, changer la donne, tripoter les dés, arriver avec des détails nouveaux ignorés des experts jusque-là. Le professeur prétendra à la caméra, et je le cite dans le texte, que: *d'autres notes dans des correspondances inédites de Céline nous amènent à penser que cette femme pourrait être grande et d'origine russe, en fait russe blanche, de souche noble.* Bien des précisions que n'évoque jamais l'écrivain québécois Victor Barbeau, le seul à avoir raconté cette histoire. En ajoutant ces précisions, « grande, russe, noble », on parle bel et bien de la grand-mère de Pavel, personne ne peut s'y tromper. Bref, c'est son portrait précis que l'on dessine devant le Québec entier, mais à l'intention unique des Khalil. Seulement voilà, il n'y a pas de « correspondance inédite de Céline », il n'y en a jamais eu. Kahn ne peut aborder l'affaire avec ses amis du vendredi sans qu'un homme comme Lalanne ne lui demande quelles sont ses nouvelles sources. Aborder le sujet ce soir-là serait compromettre le stratagème de ses mandants. Kahn ne peut courir ce risque.

— *Ouain*, me dit Claire. *Ça se tient, mais ce n'est pas évident, ton truc.*

— *En fait, c'est d'expliquer qui est difficile. L'histoire en elle-même est simple. La preuve : elle fonctionne. Pavel Khalil entend le dimanche le professeur à Radio-Canada, tombe dans le panneau, appelle sa mère, et René Kahn sera dès le lundi le bienvenu chez les parents Khalil dont pourtant jamais la porte ne s'entrouvre aux étrangers. On ne juge pas les plans à leur degré de complexité mais à leur efficacité. Celui-là est magistral au point que Pierre Lalanne lui aussi y croit et couve depuis une grosse déception : pourquoi le grand universitaire français, dont il pensait avoir la confiance, ne lui a-t-il pas parlé de ces « correspondances inédites » ?*

— Parce qu'elles n'ont jamais existé...

— C'est ce dont je suis persuadée.

La beauté est que le double jeu mené par Kahn porte doublement fruit. Ce soir-là, le public de *Tout le monde en parle* mord à l'autre ligne lancée à l'eau par le professeur. Elena Calliero connaît ce Jean le Tatoué que recherche le Français... Et là, Kahn, qui a participé sans grand enthousiasme au mensonge sur la rouquine – Manon Brégier l'a constaté –, notre professeur donc s'emballe au point d'aller rencontrer cette Lavalloise dès qu'elle l'appelle le dimanche soir. Mais il n'est pas tranquille pour autant. Il a menti. Il joue à l'agent secret, un rôle pour lequel il n'est vraiment pas fait. A-t-il été percé à jour ? Il fantasme sur cette idée qu'il est peut-être suivi. Madame Calliero note son inquiétude quand il arrive à son rendez-vous... Cet homme, c'est clair, déteste ce rôle de mystificateur qu'on l'oblige à jouer.

— L'assassinat de sa fille motive Kahn à se transformer le temps d'un court voyage au Québec en aventurier, mais cet intellectuel meurt de trouille tout au long de l'épreuve.

— Ce qui expliquerait son attitude inquiète quand il est en voiture ou quand il rencontre madame Calliero pour la première fois…

— Exact!… Oh, tiens, à ce propos, j'aimerais que tu pioches une idée qui m'est venue en discutant avec Mayotte. On s'interroge fortement, lui et moi, sur la présence des empreintes digitales de Kahn à l'arrière de la voiture du chauffeur de Calliero. Mais au fond l'explication pourrait être fort simple. Dans la journée, Rocco conduisait le véhicule de son boss, *laissant le sien à la propriété des Calliero. Le soir, sa journée de travail terminée, il ramenait son* boss *à Laval et reprenait son Jeep pour rentrer chez lui, m'a dit Guy. Bon, ce dimanche soir où madame Calliero reçoit Kahn pour lui donner les livres de bord du Tatoué, n'aurait-elle pas demandé à Rocco de reconduire le professeur à son hôtel? Peux-tu voir avec Guy et vérifier avec les Calliero? Ce serait plein de bon sens. Rocco, en bon chauffeur de maître, aurait ouvert la portière à son passager. On l'imagine mal en valet de pied exemplaire, courbé à quatre-vingt-dix degrés, la casquette à la main, tenant la portière, mais après tout pourquoi pas…*

— Sais-tu, capitaine, que des fois tu m'impressionnes…

Et voilà comment, monsieur l'inspecteur, j'ai ce jour-là convaincu ma blonde adjointe et progressé décisivement dans ma connaissance de la victime du meurtre sur lequel j'enquête. Et je suis alors un peu sur mon nuage. Vous l'imaginerez aisément, avancer ainsi est fort plaisant, me stimule l'adrénaline et me flatte l'*ego*. Mais, bon, ai-je pour autant vraiment progressé dans la compréhension de ce qui est arrivé à mon piètre espion ? Pas du tout. René Kahn n'est pas revenu de sa mission au lac Zohra et je n'ai toujours pas la moindre certitude de ce qui peut expliquer sa mise à mort. Quels sont les liens entre les éléments de mon « Affaire Céline » ? Que peuvent avoir en commun l'égorgé de Laval et le brûlé de l'Outaouais ? Quelles liaisons imaginer entre les personnages de mon casse-tête : le truand français Jean Lecluer dit le Tatoué et la grande princesse russe, Yevgeniya la nymphomane, les ombres d'hier et les richissimes seigneurs de l'heure Antoine Khalil, l'anar-milliardaire, et Duilio Calliero, l'entrepreneur omnipuissant de Laval ? Comment décoder la logique de cette histoire alambiquée, dominée en fond d'écran par le singulier fantôme du géant Louis-Ferdinand Céline et obscurcie par l'ombre menaçante du sanglant *Québec Bardamu's band* ? Me reste pas mal de pain sur la planche.

Mettez-vous à ma place à ce moment précis de mon enquête, monsieur Plamondon. Permettez-moi d'y revenir. Je vis là des moments assez exaltants, non ? Elle est bien loin de moi alors l'idée de démissionner ! Au contraire, je me sens engagée à fond dans la résolution de l'énigme et je m'amuse autant que je travaille. La gang de barbouzes qui croit me manipuler n'est vraiment qu'une patrouille dérisoire de petits soldats maladroits tentant sans succès d'investir une forteresse inaccessible. Qu'elle manigance et se démène sans moi… De mon côté, je continue mon travail et poursuis mon chemin. Tant pis ou tant mieux si la traque n'est pas facile et si les meurtriers que j'entends démasquer sont retors, solides et savent mystifier et se défendre. Il me revient souvent en tête les propos de mon premier chef et mentor dans la police, un officier obèse d'une remarquable intelligence qui déplorait la nullité crasse de la majorité des assassins qu'il avait dû traquer dans sa longue carrière. À l'évidence, j'ai cette fois affaire à forte partie, mais je vous jure qu'alors je me sens parfaitement d'attaque. Je suis sûre d'avancer, j'ai l'intuition que je vais aboutir. Et, cher monsieur Plamondon, je vous laisse pour aujourd'hui sur l'expression de ce bel optimisme qui m'animait encore au septième jour de ma dernière enquête.

6

J'en étais au mercredi 8 octobre en début d'après-midi, n'est-ce pas ? Qu'ai-je fait après ma longue discussion avec Claire Roberge ? Honnêtement, je ne me souviens plus trop. Je sais qu'il est environ dix-sept heures lorsque je reçois l'appel d'un avocat me téléphonant de la part d'Antoine Khalil. Avant cela, je lis du Céline, mais qu'est-ce que je fais d'autre ?... Ah oui, je me rappelle avoir appelé Guy Mayotte, le responsable de l'enquête sur le meurtre de Rocco. Il n'est pas là et je lui laisse un message. J'ai vérifié : le camion Dodge bleu foncé repéré dans le cadre de mon enquête est un 2500 Ram, de type van. À lui de voir s'il correspond à ce qu'ont vu ses témoins de la Petite Italie. Je prends connaissance aussi des analyses des photos de l'enquête effectuées au labo. Les collègues notent une certaine ressemblance dans la silhouette, l'allure générale des deux personnages, mais rien de réellement probant quant aux traits compte tenu de la mauvaise qualité technique des photos nocturnes du témoin Faillon. Ils ne sont pas plus sûrs que moi de reconnaître le chauffeur de la Cadillac de 1976 dans l'incendiaire de la Ford Escort du Crique-à-la-Roche et, étant donné l'état de confiance dans lequel je baigne, le constat me va. Ces gens-là ne sont pas plus clairvoyants que moi. Parfait. Il faudra trouver d'autres preuves. Je vais m'y atteler.

Je laisse encore un mot à mon adjoint Nicol Ammerlaan, lui demandant de vérifier auprès de la SAAQ si un camion Dodge figure au parc automobile des Khalil. Et puis, donc, je lis… du Céline. Qui me séduit et me saoule à la fois. J'ai acheté les deux volumes du *Guignol's band*, comme me l'avait conseillé Pierre Lalanne. Je ne crois pas me rendre beaucoup plus loin que la page trente du premier tome, mais je me promène beaucoup dans les chapitres, me promettant de lire le reste par la suite. (Une parenthèse ici, monsieur Plamondon. Connaissez-vous Céline ? Figurez-vous que j'ai lu, depuis, tout ce que j'ai pu trouver de livres de cet écrivain et je ne vous cache pas que je suis complètement tombée sous le charme. Une vraie drogue, j'en lis, j'en relis, j'en re-re-lis… et je ferme la parenthèse.) Mais au premier contact ce mercredi-là, je sors abasourdie de ce début de lecture devant tant de violence, de délire, de déchaînement de bas instincts : une tempête de mots haineux, une fureur descriptive, un monde de sang, de foutre et de vitriol. Reste que j'y vois vivre la pègre française à Londres pendant la Première Guerre et que je peux y imaginer un homme comme Jean le Tatoué jouant son rôle dans la pantomime célinienne.

Ah oui, je vais aussi sur Internet où je trouve l'histoire de René Lambert, dit le Grand René ou René de Londres, et celle de Georges Hainnaux, dit Jo la Terreur ou Jo les Cheveux blancs, deux grands amis de mon Tatoué, des bêtes de combat dont j'ai croisé les noms dans mon enquête. Et oui, je trouve trace sur Internet dudit Jean le Tatoué, seule crapule de « L'Équipe de fer » à quitter l'Europe pour venir pratiquer son sale métier au Canada, c'est bien écrit sur la toile…

Vers dix-sept heures donc, ce coup de fil d'un interlocuteur qui ne juge pas utile de se présenter autrement que par son titre d'avocat et attaque directement le sujet: Souhaité-je toujours rencontrer Antoine Khalil? Si oui, l'homme d'affaires, qui a été appelé pour affaires à Montréal, me recevra avec plaisir à dix-neuf heures dans un salon particulier du Ritz-Carlton. Je n'aurai qu'à le demander à la réception. On me prie de venir seule, *en amie et non en policière, ma chère,* de m'envoyer d'un ton sibyllin Maître Chose que je rassure d'un non moins nébuleux, *mais bien évidemment, mon cher monsieur!*

Je fanfaronne mais je suis ébranlée. Que me veut l'anar-milliardaire que Perreault croit responsable de la mort de René Kahn? Quelle volte-face de la part de cet homme qui vient de me fermer sa porte au nez. Je décide de passer me changer chez moi et d'arriver tirée à quatre épingles au rendez-vous du magnat de l'aluminium. Après tout, ce n'est pas tous les jours que l'on est reçu par l'une des cent plus grosses fortunes de la planète. Il y a surtout que j'ai apprécié l'homme, qui m'a accueillie simplement chez lui quelques jours plus tôt. Et puis c'est aussi le père de Pavel et – mais n'allez surtout pas vous imaginer des choses, monsieur Plamondon –, disons que j'ai à cœur de donner de moi la meilleure image possible. C'est dans le taxi en route vers le Ritz que je réalise que je n'ai pas avisé mon *boss* Gérard Perreault de cette nouvelle invitation. Aurais-je dû le faire ? Le commandant a perdu ma confiance. Vite, je n'y pense plus.

Je m'identifie à la réception du chic hôtel. Un garçon d'étage m'accompagne au troisième, où Antoine Khalil m'attend dans un salon au luxe assez époustouflant. Porte refermée, on nous laisse. Il est là, assis devant deux verres de champagne et des canapés. Il commence par s'excuser de n'avoir pu me recevoir la veille. *Je pourrais vous inventer mille raisons,* me dit-il, *mais la seule en réalité est que vous étiez accompagnée. Or, j'ai de longue date pour habitude de ne faire entrer aucun étranger chez moi.*

— *Même un policier ?* ai-je le front de lui demander.

— *L'homme qui vous accompagnait n'était pas un policier, madame, mais quelqu'un qui, pour des raisons que j'ignore et que je ne vous demande pas de me donner, usurpait une identité canadienne.*

Un point pour lui. Je me mords les lèvres et me rattrape comme je le peux, en mentionnant de façon assez minable mais honnête que mes supérieurs m'avaient imposé la présence de cet homme, un auxiliaire de police français, associé à l'enquête compte tenu de la nationalité de la victime. Ai-je raison ou tort de donner cette information ? Je ne m'y arrête guère. Je joue mes cartes d'instinct face à cet homme imposant et je choisis d'emblée, sans plus y réfléchir, celles de l'ouverture et de la franchise.

Mon hôte sourit avec amabilité, m'invite à boire, trinque avec moi, et je suis désarçonnée par son calme et sa cordialité. Comment jouer la comédie face à lui ? La tentation me vient, puissante, difficile à ignorer, de lui raconter la vérité toute simple, ce que je sais et ce que je cherche dans cette histoire. Je gagne du temps en précisant que j'aurais plutôt souhaité, la veille, être accompagnée de Pavel, comme cela avait été le cas le vendredi précédent. Je le lui aurais proposé s'il n'avait été en déplacement en Californie. Et là, ce drôle d'homme me prend totalement par surprise en me racontant que Pavel leur a parlé en grand bien de moi, et que son épouse Vera et lui souhaitent que l'évolution de ma relation avec leur fils fasse en sorte que nous ayons ensemble l'occasion de nous mieux connaître et de nous revoir dans des circonstances plus conviviales. Je m'attendais à tout sauf à cela. Il en rajoute une couche en m'affirmant avoir eu beaucoup de plaisir à me rencontrer lors de ma visite à leur domaine. *Vous savez,* plaide-t-il, *nous ne voyons pas aussi souvent que nous le souhaiterions notre fils. Nous sommes très occupés chacun de notre côté et la vie nous a amenés à nous heurter quelques fois, lui et moi. Il vous en aura parlé, j'imagine. Il est plus facile pour moi d'être le père de Pavel, un enfant – aujourd'hui un homme – modèle, que pour lui d'être mon fils. Je l'admets bien volontiers.*

C'est lui qui va vite venir au sujet qui nous préoccupe. *Puis-je vous demander, Aglaé – je peux vous appeler Aglaé, n'est-ce pas ? –, ce que vous souhaitiez obtenir de moi en demandant à me rencontrer hier ? Sachez que j'ai détesté devoir vous fermer ma porte*. Et je plonge, en choisissant de lui dire la vérité. Je lui expose cette impression que j'ai eue, en voyant une vieille photo d'un de ses hommes de confiance dans l'album de sa belle-mère, de reconnaître un homme photographié sur le site de l'incendie de la voiture où le corps du professeur Kahn a été retrouvé. Je souhaite rencontrer cet homme de façon informelle avant toute intervention plus officielle, s'il devait s'avérer que mon impression est fondée.

— *Pavel vous a donné son nom?* me demande-t-il, sans aucune expression particulière sur le visage.

— *Oui. Nikola Goubovski.*

— *Pour nous, c'est plutôt Niko. L'un de mes employés qui m'est, je devrais dire qui « nous » est, le plus dévoué, à Vera et à moi. Un homme simple, pas plus rusé que ça, mais un type au fond très bien. Vous dites qu'une photo de lui a été prise. Puis-je vous demander par qui?*

Je lui explique le coup du mouchard de chasse. Il hoche la tête, fataliste. *Niko n'a jamais eu beaucoup de chance,* commente-t-il avant de siroter une gorgée de Champagne. Il me regarde, pensif, et laisse tomber :

— *Il faudrait que je sois sûr que rien de ce que je vais vous dire ce soir ne pourra être retenu contre lui, voyez-vous. Oh, je ne vous demande aucun engagement à cet égard. En fait, je pense qu'une preuve policière ne peut être établie sur la simple déclaration d'un témoin, surtout si celui-ci revient sur ses dires, par la suite, en affirmant ne jamais l'avoir prononcée. Un avocat doit pouvoir défendre ce point et des avocats j'en fais travailler de nombreux, fort coûteux du reste mais assez efficaces, je dois le reconnaître.*

Le tour que prend la conversation avec cet homme tranquille, apparemment serein et sûr de lui, me rend de plus en plus mal à l'aise. Je comprends qu'il est prêt à me raconter ce que je veux savoir. Et c'est moi qui hésite à l'encourager, comme si je craignais de rompre l'espèce de charme qui s'est installé entre nous. Que répondre ? Je me tais et m'en veux de ce mutisme.

— *Je comprends votre réaction prudente*, poursuit-il. *Tout ça est assez embarrassant. Vous êtes avant tout policière et vous avez une enquête à mener. Moi aussi, j'hésite à entrer dans les confidences, voyez-vous. Et pourtant, c'est pour répondre le plus franchement à vos questions que je vous ai invitée à venir ici ce soir. Ou nous jouons la carte de la sincérité, vous et moi, ou nous restons sur nos positions et nous ratons peut-être l'occasion de vraiment nous rencontrer et de faire avancer cette malheureuse histoire, un véritable fiasco, en fait.*

Il se passe alors, monsieur Plamondon, quelque chose qui me laisse, moi la première, assez déconcertée. Je suis, je le sais sans savoir vraiment si je dois le déplorer, une femme impulsive. J'aime prendre des risques. Je suis du genre à tabler d'entrée sur l'honnêteté et la bonne volonté des gens à qui la vie ou mon métier m'amènent à faire face. Comment bien vous expliquer ? Au bout d'un moment, assez court en vérité, je suis mal à l'aise quand il s'agit de jouer la comédie. Je déteste tout particulièrement le rôle du policier madré ou blasé : dissimuler, mystifier, affronter, chercher à prendre l'ascendant sur l'autre... Rien de tout cela n'est moi. Et cet homme baisse sa garde, me tend la main, parle de sincérité, d'une possible rencontre. Est-il loyal ? Veut-il se jouer de moi ? L'idée m'effleure, mais je passe outre. À cette minute même, je décide d'un coup, sans penser davantage aux conséquences de ma réaction, sans réfléchir une seconde aux règles de déontologie de la police, de laisser tomber tout artifice et d'informer mon vis-à-vis de ce que je sais et suspecte de cette affaire. Et je plonge. Je lui expose l'idée que je me fais désormais de la victime de l'incendie du Crique-à-la-Roche. J'ai toutes les raisons de croire, lui dis-je, que le professeur Kahn était en réalité un agent travaillant pour des services secrets français, israéliens et canadiens d'obédience financière. Mais pas n'importe quel agent, s'entend, une espèce d'espion amateur, un brave homme déguisé en barbouze d'opérette. Je lui dépeins un véritable intellectuel probablement maladroit dans l'art de tromper, agissant contre son gré, mais pour des raisons personnelles à l'analyse respectables : l'amour de son pays, la solidarité avec ses coreligionnaires et la peine causée par la disparition tragique de sa fille. Je lui explique tout de la manigance telle que je la perçois, ou plutôt la devine, depuis le meurtre de Johanna Kahn jusqu'à la mystification imaginée à *Tout le monde en parle*. Il m'écoute, hoche la tête, abonde dans mon sens.

— Ce que vous avancez me permet de comprendre bien des choses, Aglaé. Je soupçonnais qu'il s'agissait d'une malversation du genre. Je vous remercie pour votre confiance. J'aimerais maintenant la mériter.

— Je ne vous oblige à rien.

— Mais j'y tiens. Entre amis, si vous me permettez. Il convient d'abord que vous sachiez que René Kahn m'a bien eu et que je ne crois pas pourtant être facile à berner. J'ai cru à son histoire de Yevgeniya et de l'écrivain Céline. Vous savez, rien ne m'étonne plus avec ma belle-mère. Vous me diriez qu'elle a initié aux choses du sexe, je ne sais pas moi, le général de Gaulle quand il était lieutenant d'infanterie, le Pape quand il était curé de campagne, le Dalaï-Lama ou le Mahatma Ghandi que je n'aurais aucune raison

de ne pas vous croire. Alors avec Céline, un homme à femmes, un amateur de danseuses, pourquoi pas?... Bref, dans ces conditions, nous avons reçu avec curiosité et plaisir le professeur de la Sorbonne et passé un excellent moment avec lui, Vera et moi, nous vous l'avons déjà mentionné...

— Attendez, monsieur Khalil. Avant d'aller plus loin, j'aimerais savoir – il faut que je sache: comment expliquez-vous cette mission de René Kahn chez vous? Je suis sans doute naïve, mais je m'interroge sur ce qui peut la motiver. Qu'est-ce qui pousse ainsi les services secrets à magouiller si fort pour s'introduire dans votre domaine?

La question n'embarrasse pas le milliardaire, pas plus qu'elle ne semble l'importuner. Il ne se lance pas à argumenter comme quelqu'un qui s'insurge, attaque ou se défend. Non, il va me parler simplement, en réfléchissant entre chaque phrase. Il sera long et scrupuleux dans ses commentaires, et poussera l'analyse loin au-delà des évidences. Ce qu'il me dit?... Lui-même constate la haine suscitée par ses initiatives philanthropiques, en conçoit les motivations et ne semble pas trop se soucier de ses excès. Il m'expose que un pour cent des hommes de la planète contrôlent quarante pour cent de la richesse mondiale, qu'à eux seuls les cent hommes les plus riches du monde gèrent presque trois mille milliards de dollars, ce qui approche le budget global annuel des États-Unis, représente huit fois celui de la France et douze fois celui du Canada. Parmi ces magnats de l'élite financière mondiale, quelques individus, dont il est, ont de réelles préoccupations humanitaires, politiques et sociales et sont prêts à mettre beaucoup, beaucoup d'argent dans l'amélioration des conditions de vie de leurs contemporains. J'entends encore cet homme me dire: *Vous savez, on peut très bien être riche – et même immensément riche – et s'indigner de la pauvreté et des conditions de vie misérables de l'énorme majorité des habitants de cette planète. Nous sommes plusieurs dans ce cas.*

Le problème, m'explique-t-il encore, est: *comment intervenir?* Comment faire pour que les sommes pharaoniques que les plus philanthropes des hyper nantis sont prêts à dépenser pour aider des démunis ou des artisans du changement rejoignent véritablement leurs cibles? Passer par les gouvernements en place? Le milliardaire devant moi est catégorique: hors de question, compte tenu, d'une part, de la médiocrité de trop de politiciens et de l'éthique douteuse de certains d'entre eux et, d'autre part, de l'incapacité structurelle des élites gouvernantes à intervenir efficacement dans le règlement des problèmes. Financer les grandes organisations caritatives internationales? Le philanthrope émet cette fois ses réticences sur un ton moins virulent, mais son constat est tout aussi sévère: trop de détournement de bonne volonté, d'inefficacité, de bureaucratie, de respect des convenances, de nécessaires compromissions avec les pouvoirs en place, d'inertie dans le fonctionnement de ces grosses machines. *Vous savez, quand vous mettez votre propre argent dans une cause, vous voulez voir de vos yeux changer les choses. C'est exactement comme lorsque vous investissez: vous attendez un retour sur votre capital. L'humanitaire est un gouffre. C'est abyssal ce qu'il faudrait faire. Alors nous, nous choisissons plutôt des cibles précises, nous évitons les intermédiaires et agissons. Arrive une catastrophe, les États les plus riches promettent de l'argent, mais en fait conditionnent son versement à toute une série de préalables. Je ne crois pas à la bienfaisance gratuite des politiciens. Bien souvent, l'aide n'est versée que dans la mesure où elle fait tourner l'économie nationale des pays donateurs. Vous êtes trop jeune pour vous souvenir de cette histoire des milliers de bidets communistes encombrant le port de Conakry, un don de la Tchécoslovaquie à son amie la Guinée. Mes amis et moi, quand nous donnons, nous donnons du vrai argent, pour la santé, la vaccination, la lutte contre le sida, l'alphabétisation, l'aide aux petits agriculteurs, l'assainissement des pratiques dans l'exploitation des ressources naturelles, les vraies affaires, quoi. Nous n'attendons pas de retours, mais nous voulons des résultats immédiats. Nous nous payons ce luxe inouï de faire le bien à grande échelle.*

Et moi je suis là, toute réceptive, à écouter cet homme que je trouve, je l'avoue, assez convaincant. Il ajoute bientôt que les multimilliardaires soucieux d'imposer leur marque dans la conduite des affaires mondiales ne sont pas pour autant des enfants de chœur. Ce qu'ils sont prêts à faire pour leurs semblables, ils entendent le faire à leur manière à eux. Ce sont des humains avec leur *ego*, leurs humeurs, leurs idées arrêtées. Bien souvent, ils n'ont pas d'atomes crochus avec les coquelets accrochés au pouvoir ici et là. Certes ils veulent donner, mais ils ont la hantise de se faire avoir. Ils n'ont rien de bons samaritains naïfs, débonnaires et émasculés. Ces gens qui, presque toujours, ont gagné leur fortune dans l'adversité, en jouant des coudes, parfois au mépris des bons usages, souvent sur la ligne grise séparant le bien du mal, le jouable de l'illégal, ont des ongles, du bec, de la gueule. C'est moins la compassion envers les masses populaires besogneuses et infortunées qui les motive qu'une espèce de réaction de colère devant la façon dont les peuples sont menés un peu partout sur la planète. Ce qu'ils font comme philanthropes, ils entendent le faire à leur idée, comme ils le veulent et jamais, au grand jamais, en engraissant les gardiens de troupeaux et le monde des profiteurs qui gravitent autour d'eux.

Mais ne pas passer par les pouvoirs en place est perçu comme une volonté de provocation à des fins d'affrontement et l'affaire n'est pas sans risques. *C'est la toile de fond du problème,* affirme Antoine Khalil. *Le reste est de l'interprétation ou de la désinformation. Quand nous aidons ici des féministes s'exhibant sur la place publique, là des minorités politiques ou religieuses oppressées, quand nous encourageons ailleurs les lobbies populaires visant à contrer la corruption ou le népotisme, quand nous finançons l'établissement de saines pratiques de gouvernance, partout, toujours, nous nous opposons aux forces en place et bien sûr on nous accuse de fomenter l'anarchie et de viser à la destruction de l'ordre international. Le mot* « terroriste » *a le dos large, vous savez. Tous les dictateurs de ce monde l'emploient pour qualifier ceux qui se dressent contre eux. Ceux qui gouvernent voudraient que nous leur donnions notre argent pour les aider à dominer leurs administrés. Mais souvent nous choisissons à l'inverse de financer des groupes qui, pour des raisons que nous jugeons valables, luttent contre les pouvoirs établis. Résultat ? On nous caricature en anarchistes irresponsables, mégalomanes, cupides, diaboliques et criminels. On nous taxe d'ingérence dans les affaires intérieures des États. On nous accuse de nous placer au-dessus des lois régissant le monde... et on nous fait la guerre.*

— Puis-je vous demander comment vous choisissez les causes que vous financez ?

— Le plus souvent, les choix que je fais ne s'exercent pas à ce niveau. Je choisis plutôt ceux avec qui je vais intervenir. Je suis loin d'être le seul homme riche réputé philanthrope, vous savez. Nous sommes ainsi quelques « multimilliardaires », comme disent les journalistes, en réseau et nous avons des gens de confiance un peu partout sur la planète. Cela s'appelle la solidarité. C'est le principe à la base de la constitution et de l'existence de toutes les sociétés secrètes, voire des mafias de ce monde. Alors on nous prétend mafieux et, j'y reviens, on se sent légitimé de nous faire la guerre. En intervenant au niveau décisif où notre argent nous permet de le faire dans la routine quotidienne de l'exploitation de l'homme par d'autres hommes, nous devenons par nature, si j'ose dire, des déviants, des nuisances pour ceux qui ont instauré l'ordre en place et qui en profitent. On craint notre intervention et souvent on s'y entend pour nous compliquer l'existence. C'est une constante pour nous, vous savez, de redouter les attaques de services secrets grands et petits, officiels ou parfaitement illégaux, qui tentent de savoir ce que nous projetons pour, au besoin, protéger des intérêts plus ou moins avoués.

— Depuis que je commence à voir clair dans cette mission du professeur Kahn, je sens comme une urgence d'agir de la part des barbouzes impliquées... Comment l'expliquez-vous ?

— Vous voyez effectivement très clair, Aglaé. Je ne peux que m'incliner devant votre perspicacité. Nous sommes mercredi, n'est-ce pas ? Eh bien, je m'apprête à recevoir ce samedi quelques-uns de mes compagnons de lutte les plus chers. Parmi eux, Warren Buffett, Bill Gates, George Soros.

— Chez vous ?

— Oui, à ma propriété du lac Zohra. Pourquoi croyez-vous que j'y ai fait construire un héliport ?

— Le chat sort du sac. Kahn venait chez vous à point nommé pour installer un système d'écoute dans votre bureau…

— Et je vous l'ai dit, il aurait pu réussir. Cet homme m'a parfaitement leurré. Bravo, objectivement bravo à ceux qui ont conçu ce plan. Jamais je n'ai supposé que Kahn venait avec un mandat d'espionnage…

— Il était, j'en ai la conviction, beaucoup plus naturel et à son aise en vous parlant de son Céline ou de Picasso qu'en tentant de pirater votre bureau. Mon hypothèse est qu'il détestait devoir s'acquitter de la mission dont on l'avait chargé.

— Vous pensez ? En tout cas, quand il nous a demandé à consulter ce que nous avions gardé de Yevgeniya, nous lui avons sans problème ouvert les portes de nos bureaux respectifs, Vera et moi, et l'avons laissé agir à sa guise. Une erreur. Il ne serait pas mort aujourd'hui si j'avais eu le moindre petit doute, si je l'avais accompagné et surveillé un peu par la même occasion. Mais non, ainsi que je vous l'ai dit, j'ai alors quitté la maison sans me méfier une seconde de lui. Seulement voilà. Il y avait Niko. Cet homme nous est dévoué bien au-delà de ce que vous pouvez imaginer, Aglaé. Il y a des gardes à nos portes, vous l'avez constaté, mais lui, c'est l'ange

gardien de Vera, après avoir été celui de sa mère Yevgeniya. Il éprouve, je crois, un énorme sentiment de culpabilité suite au drame de 1976. Il faudrait du reste que je prenne le temps de vous parler de cet accident dans lequel a péri ma belle-mère…

— Inutile, monsieur Khalil. J'ai lu le rapport de police. Je sais ce qui s'est passé ce jour-là.

— Ah vous savez… Bien… C'était je crois le résultat d'un premier constat d'intérêt ou de crainte à mon endroit d'un service secret ou d'un autre. J'ai appris depuis à voir venir le danger… Mais pas toujours, et l'irruption de ce monsieur Kahn chez moi en est la preuve. Pour revenir à cette tentative d'assassinat à moitié réussie de 1976, disons que depuis le drame, ou si vous préférez depuis le moment où les deux, Niko et Vera, ont été à peu près rétablis de leurs blessures, il est devenu son garde personnel, celui qui pousse sa chaise d'infirme, celui qui veille constamment sur elle, celui qui met l'appât à sa ligne si elle va pêcher dans un de nos lacs. S'occuper de mon épouse est devenu l'ultime mission de la vie de Niko. Sans aucun doute, cet homme se tuerait pour elle. Il pourrait aussi tuer pour elle, s'il avait l'impression qu'une menace la guette…

— Et c'est ce qui est arrivé avec René Kahn ?

— Mais pas du tout. Ce n'est pas ainsi que les choses se sont produites. Je vous ai dit que nous ne nous préoccupions pas une seconde de ce que faisait le professeur dans nos bureaux quand nous l'y avons laissé seul. Niko, oui. Il le surveille discrètement depuis le parc quand Kahn feuillette le « trésor » de Yevgeniya. Il le surveille encore quand Kahn passe dans mon bureau. Et c'est ainsi qu'il le surprend à abandonner le dossier que je lui ai préparé

et à fouiller dans un tiroir et un autre. Nous savons aujourd'hui pourquoi, vous et moi. Il avait un dispositif à cacher. Mais Niko, lui, ne le sait pas. Il ne cherche pas trop à comprendre mais estime que le professeur mijote un sale coup, le prend pour un voleur et lui met la main au collet. Il faut que vous sachiez que cet homme est d'une force redoutable. C'est un ancien guerrier de tranchée, un vrai. En notre absence, il conduit le professeur dans sa chambre et l'interroge. L'autre n'avoue rien. Alors Niko croit bon de le mordre violemment au pouce, une technique héritée d'un lointain passé de légionnaire tortionnaire en Indochine. J'imagine que la douleur est assez violente et le professeur panique. Niko, un brave bougre pas plus méchant que ça, est dépassé par la situation. Il ne sait comment agir avec son prisonnier qui s'entête à ne pas s'expliquer. Il l'immobilise en lui liant mains et pieds, le laisse seul et vient raconter à mon épouse ce qui s'est passé. Elle est, certes, déçue par l'attitude plutôt incompréhensible d'un invité par ailleurs charmant, mais tout autant navrée par la réaction violente et quelque peu primitive de Niko. Elle lui demande de libérer immédiatement monsieur Kahn, de le mettre dans son auto et de le conduire hors de la propriété mais, comme il se doit, entre gens civilisés, avec ménagement. Hélas, quand notre homme revient à sa chambre, il trouve le professeur raide mort, emporté par je ne sais quelle saloperie de poison qu'il avait sur lui. Votre René Kahn s'est suicidé, Aglaé. Et voilà…

Antoine Khalil m'explique ensuite n'être rentré lui-même à sa maison principale que vers dix-huit heures ce soir-là. Vera, à qui Niko a appris le suicide du professeur, le met alors au courant. Elle a interrogé son vieux gardien, qui lui a avoué le coup de la morsure au pouce. L'ancien légionnaire s'en veut. On appelle un médecin d'Ottawa, ami du couple. À l'odeur d'amande amère que dégage le cadavre, le docteur diagnostique un arrêt cardiaque consécutif à l'absorption d'une dose létale de cyanure. Il trouve l'emballage d'une capsule entre les mâchoires du mort. Le suicide ne fait aucun doute. Le maître du domaine décide de reporter toute décision au jour suivant. Mais le lendemain, la donne a changé. Le serviteur borgne, qui n'a pas accepté l'idée qu'il puisse mettre ses patrons dans une fâcheuse situation, a de lui-même pris les choses en main durant la nuit. *À notre grand étonnement,* de m'expliquer Antoine Khalil, *Niko va agir en véritable stratège, de façon parfaitement efficace dans les circonstances. Il part dans la nuit de lundi à mardi avec la voiture de location du professeur, qu'il fait disparaître. Où ? Je l'ignore, mais la région ne manque pas de lacs assez profonds et Niko, un passionné de pêche, connaît très bien les plans d'eau du coin. Il sait aussi, bien évidemment, comment sortir du domaine sans passer par le poste de garde. Le problème de la voiture de Kahn réglé, il charge le corps dans son propre véhicule et nul ne se rend compte de son départ. Il ne revient qu'au petit matin mercredi, sans que personne n'ait remarqué ses faits et gestes.*

— Son véhicule est bien un Dodge Ram bleu foncé ?

— C'est bien un Dodge et il est bleu foncé. Niko l'a lui-même équipé en une espèce de camp de chasse et pêche ambulant. Il y entrepose de façon parfaitement ordonnée tout son attirail d'amateur

de sports de plein air. Il peut y dormir, dispose de supports à fusils, cannes à pêche et épuisettes, de compartiments encastrés pour ses couteaux, de boîtes d'acier cadenassées pour ses munitions, d'un meuble à tiroirs spécialement conçu pour ses leurres de pêche, ses hameçons, ses plombs, est-ce que je sais... Il a des caissons réfrigérés pour mettre ses poissons. Un autre où il peut entrer d'un coup toute une carcasse de chevreuil. Un lit s'y déplie, il dispose aussi de tout ce qu'il faut pour cuisiner, manger, faire sa toilette. Ce véhicule est en fait la grande fierté de cet homme simple.

— Je comprends donc qu'en se débarrassant de la voiture et du corps il n'agissait pas sur vos ordres.

— Absolument pas. Il a tout pris en main seul, et cela, je le répète, à notre grande surprise. Vous savez, Niko est pratiquement analphabète. Il n'a jamais eu la chance de se cultiver dans son enfance misérable. De plus, s'il est resté d'une remarquable force physique, c'est un individu assez usé mentalement, si je puis dire. Nous savons qu'il a vécu des traumatismes horribles dans sa première vie de mercenaire. Ils ont laissé des séquelles chez notre vieux compagnon. Nous le gardons et le garderons à notre service par reconnaissance pour tout ce qu'il a fait pour nous. Il mourra sans aucun doute près de nous. Je ne sais pas si vous comprenez ce que je veux vous dire ici. Nous n'attendons plus rien de lui. Nous assistons avec chagrin à son déclin mental... et nous ne l'abandonnerons pas. Je me répète, Aglaé, c'est au lac Zohra qu'il mourra, pas en prison.

— Dois-je comprendre qu'il est malade ? Alzheimer, peut-être...

— Oui, il est sur cette pente, je le crains…

Je demande au milliardaire ce qu'il a fait au retour de Nikola. Comment a-t-il géré la situation ? Qu'est devenu le borgne ? Est-ce que je me trompe, mais à partir de cet instant, monsieur Khalil me semble moins enclin à continuer sur le même ton de discussion franche et ouverte. Il paraît hésiter, est soudain moins spontané dans ses réponses. Il raconte que l'ange gardien de Vera l'a surpris en venant à son bureau le mercredi matin. Il travaillait alors avec deux hommes de confiance : son avocat principal et son secrétaire. Le vieil homme tenait à raconter son aventure des deux nuits précédentes. Il était certain d'avoir fait en sorte que jamais on ne puisse identifier le cadavre et voulait que son patron le sache.

— Nous nous sommes regardés, mes hommes et moi, surpris d'entendre le vieil homme. Jamais il ne nous avait autant parlé. Jamais, par ailleurs, nous ne l'aurions jugé capable de telles initiatives. Nous n'étions pas forcément à l'aise avec ses choix, mais comprenions qu'il était immensément soulagé à l'idée qu'il ne nous causerait pas d'embarras. Quand même, j'ai eu la volonté immédiate de protéger mon vieil employé s'il advenait que vous – j'entends la police – découvriez son rôle dans la fin tragique de Kahn. Le professeur nous avait dit qu'il résidait au Hyatt. Nous décidons alors de faire fouiller sa chambre avec en tête deux préoccupations : comprendre qui était réellement cet homme, pour expliquer son comportement chez nous, et tenter de compliquer votre travail, Aglaé, je veux dire le travail de ceux qui devraient élucider le mystère de

la disparition du professeur. Niko nous a facilité la tâche en nous donnant la clef magnétique de la chambre qu'il avait trouvée dans les effets de Kahn. Il nous semblait évident que la police viendrait enquêter au domaine puisqu'elle finirait bien par savoir que le professeur était venu chez nous ce lundi-là. Il nous est venu l'idée de dérober quelque effet ayant appartenu au professeur pour nous en servir comme leurre et conduire la police sur de fausses pistes.

— C'est Niko qui est allé fouiller la chambre au Hyatt ?

— Mais non, qu'allez-vous chercher là. Pour ce genre de travail, mes gens requièrent le concours de spécialistes. Montréal ne manque pas de détectives privés... Celui dont nous nous servons occasionnellement est un autre de ces professionnels qui me coûtent diablement cher, mais c'est un artiste en son genre, d'une discrétion absolue.

— Niko participait-il à vos discussions ?

— Niko ? On voit bien, Aglaé, que vous ne connaissez pas cet homme. Niko ne dit rien, ne dit jamais rien. C'est un homme d'infiniment peu de mots... C'est pourquoi, je me répète, sa longue confession nous a tant surpris ce mercredi-là.

— Je comprends qu'il était avec vous quand vous avez discuté de cette infraction à l'hôtel du professeur ?

— Oui.

— Vous l'avez fait ?

— Fouiller la chambre ? Oui. Dérober un des bagages de monsieur Kahn, oui. À ma connaissance, tout ça s'est passé le mercredi en fin d'après-midi.

— Savez-vous ce qui a été dérobé ?

— Je vous l'ai dit, un sac de voyage. L'idée était de le garder en réserve pour le cas où la disparition de Kahn engendrerait une enquête de la police. Or, tout s'est précipité dès le lendemain, souvenez-vous. Ce soir-là, le jeudi donc, une charmante policière, vous Aglaé, met tout le Québec en haleine en déclarant à la télé que la Sûreté du Québec a identifié les cendres retrouvées dans une voiture incendiée comme étant celles du professeur René Kahn. La nouvelle nous prend totalement par surprise tant Niko nous avait convaincus que jamais on ne pourrait identifier le cadavre qu'il avait brûlé. Et voilà que le lendemain Pavel nous annonce sa visite avec la même policière. Il devient urgent de vous mettre sur d'autres voies d'explication à la disparition du Français. Vous avez évoqué vous-même devant la presse la piste de Duilio Calliero. Nous décidons le vendredi matin, mes hommes et moi, de tenter de compromettre un des proches de ce monsieur Calliero en faisant en sorte que la police retrouve à Laval le sac de Kahn que nous avons subtilisé à l'hôtel. Nous mandatons le même détective à cet égard, et là, je ne peux vous en dire plus, car très honnêtement j'ignore ce qui a suivi.

— Et Niko participe à la décision ?

— Non. Mais c'est lui qui va faire le lien avec le détective privé. Pour une raison très simple : il nous quitte tous les vendredis soir pour une visite hebdomadaire à Montréal. C'est donc lui qui portera le sac à notre contact montréalais. Mais, bien évidemment, ce n'est pas lui qui négocie avec le détective. Il agit juste en postier, en livreur, si vous préférez.

— Quand part-il ?

— Vers quinze heures, j'imagine, comme d'habitude.

— Monsieur Khalil, avez-vous entendu parler du meurtre de Rocco Favatta ?

— Mais oui, par la presse.

— Et vous n'en savez rien d'autre ?

— Ma foi non... Vous m'intriguez.

— C'est à l'endroit où il a été tué que l'on a retrouvé ce sac que vous avez fait dérober.

— Là, vous me perdez complètement.

Cette histoire de sac de voyage m'embête. Il y a là quelque chose que je ne comprends pas. Mais je ne veux pas aborder cet autre pan de l'enquête avec Antoine Khalil, rien ne me laissant *a priori* soupçonner que ce rebondissement en quelque sorte « lavallois » de l'affaire le concerne. Je n'arrive pas à concevoir qu'un lien direct puisse être établi entre le puissant homme d'affaires et le meurtre du chauffeur des Calliero. Ce qui n'est pas, bien sûr, le cas de Niko. J'y reviens en croquant une dernière pâtisserie. L'anar-milliardaire peut-il me dire comment réagit l'homme de confiance de son épouse ? Est-il toujours dans la propriété ? Un jour ou l'autre, il faudra que je le rencontre et recueille son témoignage. Comment mon hôte suggère-t-il que nous procédions ? Devant l'évidence de mon intérêt pour son vieux serviteur, je sens de nouveau plus de résistance chez monsieur Khalil.

Nikola Goubovski, me dit-il, *est toujours dans le domaine du lac Zohra, mais il accuse le coup. C'est un vieil homme, un vieil ami aussi, je vous l'ai dit, que je ne veux pas voir inquiété. Qu'a-t-il commis de mal, finalement ? Il a arrêté quelqu'un qui s'apprêtait à commettre un acte illégal, l'a contraint et l'a mordu au pouce, ce qui n'a jamais envoyé personne à la potence, quand même! Pour le reste, il s'est débarrassé du corps, ce qui ne se fait pas, certes, mais qui là encore s'explique et ne justifie pas une action très punitive de la part de la justice. Je vous le dis bien simplement, Aglaé, je ferai tout en mon pouvoir pour protéger cet homme. Je pars du principe que vous en savez désormais autant que moi sur cette histoire. Je sollicite votre compréhension et, j'espère, celle de la Sûreté du Québec. Un étranger s'est introduit chez moi sous de faux prétextes, il y a été pris pour un voleur par un serviteur trop zélé, sans doute, mais d'une honnêteté dont je me porte garant. C'est le professeur lui-même qui a choisi de mettre fin à ses jours. Tout ça est malheureux, un horrible malentendu, mais les responsabilités du drame ne peuvent, en toute logique, être imputées au seul pauvre Goubovski.*

Antoine Khalil affirme ensuite être prêt à considérer le versement d'indemnités à ceux qui s'estimeraient victimes de ce qui s'est passé dans sa propriété. Enfin, dernier argument de l'homme d'affaires: *Je ne crois pas,* me dit-il, *que ces gens des services secrets qui rôdent derrière cette sombre histoire tiendront à ce que leur rôle soit mis de l'avant et connu du grand public. Je vous en prie, Aglaé, ayez l'amabilité de le vérifier auprès de qui vous jugerez à même d'évaluer ce point et reparlons-nous. N'en doutez pas, ma porte vous sera toujours ouverte, puisque je vous considère avant tout comme une bonne amie de mon fils.*

Et sur ces excellentes paroles et quelques autres généralités, nous nous quittons. Pour moi, mon enquête sur la mort de René Kahn est pratiquement résolue… C'est à pied que je reviens à mon appartement. Je ressasse tout ce que m'a dit cet homme et je réalise que je partage assez son opinion. Les gens des services secrets vont devoir concéder qu'ils ont été, en quelque sorte, déculottés par un vieux serviteur suspicieux. Leur tentative d'entrer sous de fausses représentations dans une propriété privée a échoué sur toute la ligne et je doute, moi aussi, qu'ils souhaitent que la presse fasse ses gros titres avec ce lamentable échec. À la première heure demain, comme une bonne employée, je confierai tout ce que je sais de cette histoire à mon bon supérieur hiérarchique, le commandant Gérard Perreault. Tout cela, pensai-je alors, sent la voie de garage, le classement sur tablette, l'oubli… Comme on peut se tromper !

◆

C'est donc avec un plaisir tout neuf que j'entre le lendemain matin, jeudi 9 octobre, au bureau de mon patron, qui m'attend avec anxiété. Il veut savoir. Ai-je rencontré Pavel Khalil à son retour de Californie ? Vais-je retourner dans l'Outaouais ? *Il faut faire vite*, m'affirme-t-il. Il s'engage désormais à m'obtenir d'urgence un mandat de perquisition, si je le juge nécessaire. Je le toise en souriant et lui lance : *Mais enfin, pourquoi cette fébrilité, mon commandant ?* Je dois me retenir fort pour ne pas ajouter : *Faut-il absolument que j'entre avec votre Despinet et sa trousse de plombier-bidouilleur dans le bureau de monsieur Khalil avant que n'y pénètrent après-demain Bill Gates, George Soros et Warren Buffett ?* Je choisis plutôt de continuer de jouer ce rôle dans lequel il m'a campée depuis le début de cette histoire, celui de la niaiseuse qui ne comprend rien à la grosse manœuvre que l'on trame derrière elle. Et, moi qui vous ai confessé, monsieur Plamondon, ne pas aimer jouer la comédie, eh bien, une fois n'est pas coutume, je m'amuse comme une petite folle.

Avec le plus grand sérieux, je raconte donc à mon *boss* que j'ai rencontré Antoine Khalil à Montréal et que j'ai validé avec lui les hypothèses de mon enquête. Le professeur français René Kahn était en réalité l'agent d'un groupe occulte ou d'une puissance étrangère qui l'avait mandaté pour aller installer un système d'écoute électronique dans le château fort de l'homme d'affaires canadien. L'espion a été identifié par un vieux garde du milliardaire et arrêté pour être reconduit aux grilles du domaine. Craignant pour sa sécurité, le professeur, sans doute un piètre homme d'action, a été pris de panique et a choisi de mettre fin à ses jours. Mon hypothèse est qu'il a attenté à sa vie en martyr de la cause, pour ne pas livrer à la police le nom de ses commanditaires. Un médecin appelé sur place a procédé à l'examen du corps et a confirmé le suicide. Son rapport existe, et Antoine Khalil en donnera une copie à la police. Le même vieux garde, un employé réputé un peu rustre, a choisi de son propre chef, sans l'aval de ses patrons, de débarrasser la propriété du corps de l'intrus dans les circonstances que l'on connaît désormais. Monsieur Khalil entend protéger cet homme, un fidèle serviteur de la famille depuis plusieurs décennies. Le milliardaire s'opposera par tous les moyens en son pouvoir à l'arrestation du vieillard. Il entend par ailleurs porter officiellement plainte en justice pour que l'enquête sur la mort du professeur Kahn porte également sur l'identification de ceux qui lui donnaient des ordres. Je suis avisée à cet égard que ses avocats souhaitent disposer d'une opinion préliminaire officieuse sur la suite que la direction de la Sûreté du Québec a l'intention de donner à l'affaire avant de déposer leur plainte officielle. Dans l'état de la situation, je considère mon enquête comme à peu près close et demande de nouveaux ordres pour savoir comment orienter mon action dans le dossier, en relation avec mon collègue Guy Mayotte, chargé de l'enquête Favatta.

Perreault m'écoute sans me regarder en jouant avec la souris de son ordinateur. Le moins que l'on puisse dire, c'est qu'il est décontenancé. Il finit par me lâcher de vagues compliments avant de me demander de garder mes conclusions pour moi jusqu'à nouvel ordre. Il a l'air dépassé, bafouille un peu, hésite à émettre ses consignes. Il souhaite, me lance-t-il, après avoir longuement mouché un nez pas si encombré que cela, disposer rapidement d'un bref rapport préliminaire qui lui permettra de répondre aux questions des instances intéressées par le dossier. Il faut en dire un peu plus, me dit-il. On n'y échappera pas, cela va prendre des noms. « Ces gens-là » – c'est le terme qu'il emploie – ne se contenteront pas de généralités. Même pour les procureurs de la DPCP[7], ajoute-t-il, il faut un plus grand degré de précision. *Attention, cela dit, avec cette histoire d'espionnage, capitaine Boisjoli. Restez allusive. Nous n'avons pas le mandat d'enquêter en amont du meurtre de Kahn. Le sujet est pour nous très délicat*... Ben voyons...

---

7 DPCP : Direction des Poursuites Criminelles et Pénales.

Il continue de réfléchir façon patinage de débutant, pas sûr de lui, mal à l'aise. *Ce Khalil est très fort. Il nous tient par les couilles,* concède-t-il, oubliant que je ne suis pas très concernée par ce « nous » inclusif. *Il va « nous » falloir des munitions... Vous avez, j'imagine, plus de détails sur la façon dont s'est déroulée cette histoire. Il va falloir les donner. Savez-vous le nom de l'individu qui s'est chargé de brûler le corps ?* Je confirme : Nikola Goubovski. *Il faudra l'indiquer. S'agit-il du même homme que sur la photo prise par l'appareil du chasseur ?* Je confirme à nouveau. *C'est peu de choses, mais enfin... Espérons que ça suffira à calmer les humeurs. Tout le monde est mal pris avec cette affaire. Et moi le premier, n'en doutez pas !*

Voudrait-il en plus que je le plaigne ? Toute animosité envers moi apparemment tombée, le bonhomme a l'air avant tout dépité, emmerdé. Pour un peu, je le prendrais en pitié. Ma compassion est fugace. Je n'oublie pas que cet homme continue de me tenir pour la reine des demeurées, ne se croit même pas obligé de reconnaître que bien sûr il était – depuis quand ? – au courant de la véritable mission du professeur Kahn. Pouvait-il ne pas l'être ? J'y pense un moment en le regardant branler du chou avec morosité et la réponse est « non ». Aussi niais soit cet homme, il a été mis dans le coup et continue de me cacher ce qu'il sait.

Je retourne à mon bureau et rédige ce bref rapport dont je vous joins une copie, monsieur Plamondon, identifié « Document n° 9 ». Je pense que son importance est capitale pour la compréhension du reste de mon histoire.

Document n° 9

Rapport préliminaire du capitaine Aglaé Boisjoli dans l'enquête sur la mort du citoyen français René Kahn

Le texte soumis ici en date du jeudi 9 octobre à la demande de mon supérieur, le commandant Gérard Perreault, est un résumé partiel des premiers résultats de mon enquête concernant la mort de René Kahn. Cette enquête, je le signale, n'est pas terminée, mais nous y voyons dorénavant suffisamment clair pour comprendre la façon dont le professeur français est mort au Québec le lundi 29 septembre 2014.

Sous le prétexte mensonger de procéder à des recherches sur l'écrivain Louis-Ferdinand Céline, le professeur a été reçu dans la propriété privée de l'homme d'affaires Antoine Khalil. Nous n'avons pas enquêté sur les véritables mobiles du visiteur, mais nous estimons que le citoyen français était mandaté par des adversaires politico-économiques du magnat canadien de l'aluminium pour procéder chez lui à l'installation subreptice d'un système d'écoute électronique.

René Kahn a été surpris dans ses manœuvres par un vieux gardien de la propriété qui, le prenant pour un voleur, l'a brutalisé et enfermé dans sa chambre en attendant les ordres de ses patrons. Pris de panique, le professeur a alors absorbé une substance toxique sous forme de capsule. Il est mort sur-le-champ. Le suicide a été constaté par un médecin appelé dans la propriété. (Ce document sera joint au dossier final de l'enquête.)

Nikola Goubovski, l'homme qui a procédé à la capture du professeur dans le bureau de monsieur Khalil, a cru bon d'éviter tout problème à ses employeurs. De son propre chef, il s'est débarrassé dans un lac voisin du véhicule de location du défunt. Il a par la suite amené le cadavre dans son véhicule personnel, un camion Dodge Ram, de type van, jusque dans la région de Montpellier, à peu près à mi-chemin entre le lac Meech et Montréal. Il a volé une voiture Ford Escort dans le village de Ripon, a chargé le corps dans le coffre et a incendié le véhicule sur un sentier forestier près du Crique-à-la-Roche, où nous l'avons retrouvé le mercredi matin, soit le 1er octobre. Goubovski est retourné ensuite dans la propriété des Khalil, qui est son lieu de résidence permanent.

Je mentionne ici des points troublants : un camion correspondant à la description de celui de Nikola Goubovski est signalé à proximité du lieu où un homme du nom de Rocco Favatta a été tué durant la nuit du 3 au 4 octobre. On a trouvé le portefeuille de René Kahn dans la poche de ce Favatta et on a découvert le sac du professeur près du lieu où Favatta a été exécuté. Enfin, les empreintes digitales du professeur Kahn ont été relevées dans la voiture de Favatta. Je n'ai pas jusqu'ici d'explications dûment confirmées à ces constatations. Je poursuivrai à cet égard mes recherches en collaboration étroite avec mon collègue Guy Mayotte, chargé de l'enquête Favatta.

Nikola Goubovski est d'origine russe, naturalisé canadien en 1965. Il a été gravement blessé à la tête en 1976 dans un accident de voiture et en a gardé, nous dit-on, de lourdes séquelles qui nous laissent penser qu'il n'a pas tout son jugement. Je précise que je n'ai pu rencontrer monsieur Goubovski durant cette enquête. Je tiens l'essentiel de cette histoire de la bouche de son patron, Antoine Khalil.

On notera que monsieur Khalil souhaite protéger son vieux serviteur et se déclare déterminé à s'opposer à toute procédure judiciaire à son encontre. Il estime que son employé a agi en citoyen responsable mis en situation d'opposer une force raisonnable à la commission d'un acte illégal dans une propriété privée. Il déclarera que cet homme ne peut être tenu responsable du suicide tout à fait imprévisible de l'individu qu'il avait maîtrisé. Les avocats d'Antoine Khalil souhaitent à cet égard une entente avec le Directeur des Poursuites criminelles et pénales, auprès duquel ils envisagent le dépôt d'une requête contre les mandataires de l'introduction mensongère de René Kahn dans un domaine privé.

Mentionnons enfin qu'Antoine Khalil s'engage à dédommager toutes les personnes lésées ou s'estimant lésées dans cette affaire, la compagnie de location de l'auto du professeur, le propriétaire de la Ford Escort incendiée, etc. Il n'est pas fermé, m'a-t-il signalé, à la possibilité de compenser si requis la famille de monsieur Kahn, la malheureuse victime de ce que le milliardaire qualifie de « fiasco ».

Il est midi quand je termine mon rapport. Il fait très beau dehors et je décide d'aller prendre l'air pour me changer les idées. Et c'est seulement à ce moment-là, monsieur Plamondon, au cours de cette promenade, que je vais entamer le court processus de réflexion qui va m'amener à quitter la police. Cela commence par des interrogations de conscience tandis que je déambule au soleil en direction du fleuve: suis-je loyale envers mon employeur? Ai-je bien respecté mon code de déontologie? Sensible comme je le suis à l'aura des Khalil, père, mère et fils, ai-je été complaisante à leur endroit dans la présentation résumée que je viens de faire de cette affaire? Ai-je pris trop vite pour exactes les explications du milliardaire? Je n'ai pas mentionné l'agression de Goubovski lorsqu'il a mordu le pouce du professeur. Je n'ai pas non plus évoqué le vol du sac du professeur dans sa chambre d'hôtel commandé par Antoine Khalil. Je suis consciente qu'un grand pan de l'affaire échappe encore à ma compréhension. Mon rapport est loin d'être final. C'est l'attitude de Perreault et celles de ces agents de l'ombre qui l'entourent qui en fait me perturbent, je le sens bien. En m'excluant de leur jeu, ces hommes m'ont en quelque sorte poussée dans le camp d'en face. J'ai toujours jusqu'ici pratiqué mon métier d'enquêtrice avec des hommes d'une éthique irréprochable, qui ne trahissaient pas le respect que je leur portais et sous lesquels je travaillais avec confiance. Ce n'est pas ce que je vis dans le dossier Kahn-Favatta. Ce climat de communication malsain avec les miens m'agresse moins qu'il me démotive. Je réalise que je m'ennuie. Oui, il m'a été fort plaisant de jouer avec moins malin que moi et de finir par comprendre par moi-même ce que l'on me cachait. Oui j'ai aimé, d'une certaine façon, déceler la balourdise de mon patron et m'amuser à la confondre. Mais où vais-je, avec ces constats, j'entends à long terme ?

Et c'est là, je me répète monsieur l'inspecteur, que l'idée de tout laisser tomber et de démissionner de la Sûreté a commencé à m'effleurer. Je n'ai jamais eu l'assurance de la fille certaine d'avoir choisi le bon métier en entrant à la Sûreté et en grimpant dans sa hiérarchie. Je suis psychologue par goût, vocation, formation... policière par désœuvrement à la fin de mes études et capitaine un peu par chance, me semble-t-il, parce que certains de mes supérieurs ont cru en mes capacités. Moi, je n'ai jamais cru en rien du tout et certainement pas en ma destinée d'officier de la SQ. Rien d'impulsif ici, vous le constatez, mais le résultat d'un début de lassitude, du désenchantement, le constat auquel j'aboutis de n'être vraiment pas grand-chose dans la machine policière et d'y perdre mon temps. Vous savez, j'aurai quarante-deux ans à la fin du mois de mai prochain. Le début de la quarantaine est une période où il convient de s'interroger. Suis-je sur la bonne voie pour prétendre un jour, heureuse, utile, sereine, avoir bien mené ma vie ?

Quitter la police, exercer un autre métier, l'idée ce midi-là ne fait encore que m'effleurer l'esprit et je ne m'y attarde pas. Non, à cette heure, ce qui me préoccupe vraiment concerne surtout mon éthique, cette question qui me taraude: ai-je bien agi dans la conduite de l'enquête Kahn? À force de ressasser les pour et les contre, je finis par ressortir à peu près intacte du mini-procès qui se joue dans ma tête. Ce que je tais essentiellement, dans ce rapport que je viens de soumettre, c'est ce que je sais de l'implication des services secrets français, israéliens et canadiens dans le montage du coup fourré ayant mené au suicide de Kahn. Mais ce n'est pas une dissimulation coupable de ma part, au contraire, juste un respect plus ou moins assumé des règles du jeu que l'on a pratiqué au-dessus de moi. Je suis en fait la preuve vivante – moi que l'on n'a pas jugé bon de mettre au courant du subterfuge Kahn – que l'on souhaite une certaine discrétion dans l'évocation de cette histoire. Je ne parle pas non plus des doutes que j'ai concernant la participation de Nikola au meurtre de Rocco. Quand même, je mentionne la présence de son camion vu par des témoins dans la Petite Italie. Puis-je en dire beaucoup plus? Pas vraiment à cette étape de mon enquête et de celle de Guy Mayotte, alors que nous n'avons aucune certitude quant au motif des assassins de Favatta et que bien des questions restent en suspens. Mais à part quelques omissions, tout ce que je raconte dans mon résumé n'est que la stricte vérité, ce que je décode jusqu'ici de l'affaire. Disons que oui, je suis un peu arrangeante, et ce, pour les deux camps. Le constat me trouble plus qu'il m'ennuie. Je me sens un peu trop complaisante, maîtrisant mal la situation. Je n'aime pas ce que je vis. Le voilà expliqué ce début de lassitude, monsieur Plamondon.

À mon retour au bureau, deux pages de fax attirent mon attention. Une fiche de transmission y tient par un trombone. Mon *boss* m'y signale que le fax vient de lui être transmis par Jean-Claude Joby, en réponse à une demande officielle de renseignements sur Goubovski que lui, Perreault, lui a envoyée. Aurais-je dû me surprendre, monsieur Plamondon, que ce ne soit pas moi, comme responsable de l'enquête, qui aie procédé à cette requête ? J'avoue ne pas m'être posé la question sur le moment et m'être contentée de m'étonner de la rapidité des gens des services secrets français. Il n'y a pas cinq heures que j'ai lâché le nom de Nikola Goubovski dans le bureau de Perreault, pas deux heures que mon rapport mentionnant ce nom par écrit a été remis à mon supérieur, et déjà le responsable de la sécurité des missions diplomatiques françaises au Canada est en mesure de nous envoyer deux pages de la copie de l'évaluation militaire de l'ex-légionnaire ! Chapeau les Français !... J'ajoute, monsieur l'inspecteur, que j'aurais aimé vous joindre une copie de ces deux pages de présentation du caporal Goubovski, mais je ne peux que constater qu'elles ont disparu du dossier que j'avais compilé avant mon départ. Je n'en tire aucune conclusion et vous laisse à vos réflexions à cet égard.

Dommage en tout cas que vous ne puissiez consulter ces informations, que je vous résume au meilleur de mes souvenirs. Le caporal Goubovski ayant été le récipiendaire d'une prestigieuse décoration militaire française, la « médaille des braves », nous avons droit à la copie du formulaire rempli à l'occasion par son supérieur. Une présentation complète du « sous-officier aux faits d'armes exemplaires ». Les pages sont entièrement manuscrites et parfois annotées d'une écriture différente en marge. On y voit la photo grandeur timbre-poste de Nikola en uniforme sous le képi blanc, dans la jeune vingtaine. Tête rectangulaire, osseuse, très brun, forte moustache, l'air d'un dur, le soldat ne sourit pas sur le cliché.

Il est né, dit la note de présentation du médaillé militaire, en 1931 à Saint-Pétersbourg, d'un père inconnu et d'une mère danseuse de ballet. Il rejoint sa mère en France à seize ans et s'établit avec elle dans la région de Monte-Carlo. Il frappe à la porte de la Légion à dix-neuf ans. Il est immédiatement envoyé rejoindre le Corps expéditionnaire français en Extrême-Orient, où il s'illustrera pendant toute la durée de la guerre d'Indochine. Le formulaire mentionne ensuite les différentes affectations du légionnaire et leur durée. Son certificat de démobilisation est signé au printemps 1955, à l'expiration des cinq années de son contrat d'engagement. C'est, mentionne une note signée du capitaine recommandant que lui soit remise la décoration la plus prestigieuse de l'armée française : *un spécialiste de la lutte contre la guérilla, un homme ignorant la peur, qui a su au risque de sa vie défendre ses camarades et s'acquitter avec brio des missions les plus difficiles que l'on puisse confier à un soldat*. Quelques mots d'une autre main, à côté du témoignage d'estime du capitaine, font un peu tache sur le concert d'éloges. *Nettoyeur de tranchées, oui ! zigouilleur !* est-il écrit, comme si un témoin de l'époque manifestait sa désapprobation devant l'appréciation du capitaine… et l'attribution de la médaille.

Je reste un moment songeuse et tape les mots « nettoyeur de tranchées » sur Google. Je frémis en lisant ce qu'étaient ces soldats de l'ultime et en voyant les photos du type d'armes qu'on donnait à ces hommes pour qu'ils accomplissent leur boulot. Bien sûr, il ne fallait pas, pendant la progression des troupes en terrain conquis, que des ennemis blessés puissent tirer dans le dos des soldats poursuivant l'assaut. Alors les « zigouilleurs » entraient en scène et « nettoyaient » tout ce qui grouillait, râlait et vivait encore au fond des tranchées, dans les trous de mines et sur les champs de bataille… Comment ne pas penser à la gorge béante de Rocco Favatta…

J'appelle Guy Mayotte et nous échangeons un bon moment sur nos deux affaires. Ses témoins de la Petite Italie ne sont pas capables de préciser si la fourgonnette bleue était bien un Dodge. Mais ils confirment que le petit camion dont ils ont constaté la présence ressemble à celui de la photo qu'on leur montre d'un modèle Ram. Je lui présente mon énigmatique Nikola, qui pourrait bien se qualifier, en dépit de son grand âge, comme tueur potentiel de son égorgé de Laval. De son côté, Mayotte en sait un peu plus sur la soirée de Rocco, ces heures pendant lesquelles on l'a perdu de vue avant que l'on signale sa présence au bar de danseuses du boulevard des Laurentides. Un constat d'infraction a été signifié vers minuit contre son Jeep stationné dans une zone réservée de la rue Laurier, dans l'ouest de Montréal. Les enquêteurs envoyés sur les lieux concluent qu'il est resté environ quatre heures dans un appartement voisin à jouer aux cartes. Un témoin, la caissière du restaurant devant lequel était stationné le Grand Cherokee noir, confirme avoir vu le véhicule arriver et son chauffeur en sortir vers vingt-deux heures. Elle reconnaît Favatta sur les photos qu'on lui présente. Fait à noter, cette femme affirme avoir remarqué vers vingt-trois heures un autre homme triturer longuement la serrure arrière du véhicule, jusqu'à l'ouvrir, y glisser un sac et s'en aller. Elle aurait oublié l'incident, mais là, puisque la police enquête sur ce Jeep...

— *T'a-t-elle décrit l'homme en question?* que je demande à Guy.

— *Oui... Pis c'est pas ton grand maigre âgé, légèrement voûté, avec un bandeau sur l'œil.*

— *Ah non?*

— *Pas du tout, un petit gros à lunettes du genre quidam qu'on oublie à peine on l'a vu...*

J'ai essayé de ne pas trop manifester ma déception. On se promet de continuer à se tenir au courant, Mayotte et moi. Je raccroche. Je réalise une autre fois que bien des choses me manquent pour comprendre cette affaire. Il est alors presque dix-sept heures et je n'ai plus grand-chose à faire au bureau. Je m'apprête à m'en aller avec l'envie d'organiser une soirée de filles pour me changer les idées. Je passe deux ou trois coups de fil. Zéro pour la question. Personne de disponible et je rentre seule chez moi.

Bien me prend de rentrer tôt. À peine ai-je franchi le pas de ma porte que le téléphone sonne et j'ai Mollon au bout du fil. On parle une solide demi-heure tous les deux. Je le mets au courant de tout ce qui s'est passé dans mon affaire. Il me complimente pour ma perspicacité. Ce que je lui dis de ce que j'ai déduit concernant René Kahn, le *met sur le cul!* Il a fouillé sur le professeur: *Rien, mais alors rien du tout,* tonne-t-il, *pour laisser penser que cet homme-là en croquait du côté du Mossad! Chapeau, fille, car en plus, quelque chose me dit que tu es dans le vrai!*

— Comment ça?

— Eh bien, figure-toi que j'ai fait un peu gratter sur ton sorbonnard et son voyage au Québec. Et on a trouvé que son projet conjoint de recherche Sorbonne-McGill portant le nom: « Dossier Céline: recherches californiennes sur Elizabeth Craig » bénéficie d'un financement spécial du service de la Communication du ministère français de l'Économie et des Finances, comme par hasard. Et pas que ça, l'autre moitié du financement vient d'une fondation de Tel-Aviv réputée comme l'un des paravents philanthropiques du Mossad.

— Bingo!

— Nous, on dit « Dans le mille! »

— Va pour « dans le mille »...

— Ça prenait bien toi pour qu'on découvre que des Juifs financent des recherches universitaires sur un antisémite aussi notoire que Céline. Hé que t'es bonne!

Ce Mollon-là, depuis que je le connais, n'a jamais perdu une seule occasion de me complimenter. J'ai beau lui répondre ce soir-là: *Mais c'est grâce à toi, à ce que tu m'as dit de Joby et surtout de Despinet que j'ai compris. C'était pas sorcier!* Il continue de me trouver la meilleure « enquêtrice » du monde entier et, ma foi, je l'écoute et prends ses compliments. C'est aussi une constante que les éloges de cet excellent officier de police m'ont toujours fait un bien fou.

Quand c'est à son tour de me dire ce qu'il a à m'apprendre, il commence par s'excuser, sa pêche n'est pas miraculeuse. Il a quand même découvert qu'Antoine Khalil était effectivement *dans le collimateur* des services secrets financiers français, essentiellement pour ses actions en Afrique où les barbouzes hexagonales ont gardé de très solides réseaux d'information. Il fatiguerait beaucoup de monde dans certaines élites politiques d'États d'Afrique noire et du Moyen-Orient proches diplomatiquement de la France. *De plus,* d'affirmer Mollon, *ton Khalil serait mêlé d'assez près à un scandale de corruption au Bahreïn touchant à l'aluminerie Alba, une énorme entreprise d'État. On me dit que beaucoup de gens seraient pas mal intéressés ces temps-ci à savoir ce que ton bonhomme raconte le soir quand il s'assoit devant sa soupe. Bon, faut aussi que tu saches, fille, si tu ne le sais pas encore, qu'il y a sur le côté occidental de cette bonne planète deux types de milliardaires : les sionistes et les pas sionistes, et les deux groupes ne s'aiment pas trop et ont assez souvent l'occasion de se piler sur les orteils. Je ne te dirai pas qui des deux a généralement raison, – bordel! Je n'en ai pas la moindre idée! – mais faut que je te dise que ton Khalil est du groupe non sioniste, réputé davantage anticonformiste, plus à gauche, plus agressif envers l'ordre établi, plus dangereux pour beaucoup. Alors des ennemis, ton bonhomme, il en a, crois-moi! Et des solides! Je t'assure, moi, que si le Mossad lui court aux fesses, je n'aimerais pas être à sa place, tout multimilliardaire soit-il. Ces gens des services secrets d'Israël ne rigolent pas, mais alors pas du tout!*

Et là, notre discussion s'est achevée sur un drôle de tour. Monsieur Plamondon, j'ai pris l'engagement de tout vous dire de cette histoire et je m'y tiens et m'y tiendrai jusqu'au bout. Reste qu'arrivée où j'en suis dans la narration de cette « Affaire Céline », je vais être amenée à aborder des sujets sur lesquels il me semble qu'une certaine discrétion va de soi. Et cela commence avec Mollon qui me dit ce soir-là: *Écoute, Aglaé, il se trouve que, par le plus grand des hasards, je connais à Montréal quelqu'un du Mossad avec lequel j'ai vécu de drôles de trucs dans le passé. Ça a créé des liens de sang à vie entre nous. C'est aujourd'hui un de mes excellents amis que je rencontre presque chaque fois qu'il vient en France, et il y vient souvent. Ces gens-là, les agents plus ou moins dormants, il faut que tu le saches, sont des individus par définition et nécessité vitale parfaitement secrets. Je ne connais pas le degré d'activité actuel de mon ami. Peut-être est-il aujourd'hui sur la touche. Je ne sais pas, mais quelque chose me dit qu'il a encore voix au chapitre. Tu me racontes que ton Kahn pourrait avoir accepté une mission du Mossad au Québec. Laisse-moi essayer de gratter un peu ça avec lui. J'aimerais pouvoir t'aider davantage. Tu as droit à des explications. Je ne te garantis vraiment rien du tout, mais ne t'étonne pas si quelqu'un te propose dans les prochains jours de te rencontrer en me citant comme référence.*

J'ai tenté de lui dire qu'il ne fallait pas qu'il se donne cette peine, que je ne voulais surtout pas profiter de son amitié, que de toute façon l'enquête René Kahn me semblait destinée par mes supérieurs à prendre le chemin des oubliettes, ce fut *comme pisser dans un violoncelle* – de nouveau du Mollon dans le texte. Il me laisse bientôt sur quelques autres bons mots de son cru et un moral grâce à lui au top.

Oui, cet homme sait me mettre de bonne humeur. Je me relaxe après le coup de fil. J'expédie vite un souper de fortune, prends ma douche et me glisse entre les draps devant la télé. Un grand type maigre et chauve m'explique que les investissements canadiens directs dans les paradis fiscaux ont totalisé cent quarante et un milliards de dollars en 2011. Cent quarante et un milliards ! Je devrais être outrée, mais j'écoute d'une oreille distraite. Pour combien comptent dans cette somme les placements d'Antoine Khalil ? La réponse m'importe si peu qu'en fait je m'assoupis bientôt devant le journaliste d'*Enquête* et c'est le téléphone qui me tire de ma torpeur. Au bout du fil, mon *boss*. Je passe proche d'ignorer l'appel, mais c'est la curiosité qui l'emporte : que me veut-il à cette heure-ci, celui-là ? M'informer que le capitaine français Jean-Claude Joby me prie d'accepter son invitation à déjeuner avec lui le lendemain matin. J'hésite. Perreault insiste : les bonnes relations internationales de la SQ seraient en péril si je refuse. Et je finis par accepter d'assez mauvaise grâce, non sans m'assurer que Despinet ne sera pas de la partie. Lui, le plombier magouilleur, le boucanier malsain, je ne veux plus le voir. Donc à huit heures le lendemain à l'Anecdote, rue Rachel ? Je promets : j'y serai.

Je raccroche, éteins la télé et réfléchis. Je sens que le sommeil ne reviendra pas très vite. Comment ne pas penser à Mollon, qui vient de me promettre que quelqu'un allait chercher à me rencontrer ? Joby ? Pas possible. Mollon ne connaissait pas Jean-Claude Joby cette première fois, trois jours plus tôt, où je lui ai mentionné le nom du responsable de la sécurité des missions françaises au Canada. Mais les espions n'ont-ils pas plusieurs identités ? Je me rends compte que je ne connais rien, mais alors là strictement rien, du monde des agents de renseignements, au Québec, où il doit bien en exister, au Canada et à plus forte raison ailleurs dans le monde. Je suis intriguée. Oui, j'irais avec une certaine curiosité à ce déjeuner du lendemain matin.

Plus sommeil. Vais-je rallumer la télé ? Non, car le téléphone sonne à nouveau. Je ne suis pas plus sûre d'avoir envie de répondre que tout à l'heure avec Perreault et jette un regard sur l'afficheur. Un nom : Pavel Khalil. Eh oui, monsieur Plamondon, vous devinez juste, mon petit cœur de femme se met soudain à battre un peu plus vite. Je décroche et mon rythme cardiaque ne retombera pas de sitôt. Nous entamons une conversation qui durera une bonne heure, Pavel et moi, et vous comprendrez que cette fois, monsieur Plamondon, je ne sois pas prête à vous en narrer tous les détours. Sachez, cela dit et pour ce qui concerne notre histoire, que Pavel est au courant par sa mère de ce qui s'est passé le lundi dix jours plus tôt à la maison de ses parents. Il connaît désormais le rôle joué par celui qu'il appelle Niko dans la disparition de René Kahn. Il est effaré. Ne comprend pas grand-chose à ce qui a bien pu se passer. Il me demande s'il peut m'être utile dans les circonstances et je prends la balle au bond. « Oui ! » lui dis-je, j'aimerais rencontrer Nikola Goubovski et connaître de sa bouche sa version des faits. Or, je sais qu'Antoine Khalil ne souhaite pas qu'une telle rencontre ait lieu. Comme de mon côté il n'est pas question à ce stade de l'enquête que je demande un mandat officiel de recherche, d'amener ou de perquisition, une éventuelle discussion ne serait possible qu'avec l'intervention de Pavel. Qu'il s'assure que je sois reçue demain au domaine si j'y viens, seule, dans le but de rencontrer l'ange gardien de Vera. Une telle rencontre me permettrait, comme policière, de boucler la boucle et, dans la mesure où je jugerais convaincant le témoignage de Niko, d'émettre en toute responsabilité la recommandation de renoncer à quelque poursuite pénale ultérieure contre lui. Pavel me promet d'essayer. Hélas ! me mentionne-t-il, lui ne pourrait cette fois être du voyage puisqu'il a des engagements incontournables le lendemain. Et nous parlons d'autres choses…

Ce n'est que bien plus tard ce soir-là, notre conversation à Pavel et moi depuis longtemps terminée, que je me souviendrai que le surlendemain, Antoine Khalil a prévu de recevoir chez lui plusieurs des hommes les plus riches et influents de la planète. Et je me dis qu'après ce qui vient de se produire dans ce domaine, ce serait me faire vraiment grande confiance que de me recevoir moi, la policière, la veille d'un tel événement…

◆

Petit-déjeuner décevant avec le capitaine français le vendredi matin. Je marche en sortant de l'Anecdote et me questionne sur ce qui a bien pu justifier la hâte mise par cet homme à me rencontrer. Que me voulait-il au juste ? Me remercier pour mon efficacité dans cette enquête, m'a-t-il affirmé en m'accueillant. Tu parles, Charles (dirait Mollon) ! J'en suis à me demander s'il ne voulait pas tout bonnement me « cruiser ». Il n'est pas vilain homme et, à l'évidence, il le sait. Mais bon, il doit avoir passé depuis un bon moment la cinquantaine et ce n'est pas là le créneau d'âge où je recrute mes amants. Tenez-vous-le pour dit, monsieur Plamondon. Quel âge avez-vous, incidemment ? Non, non ! N'envisagez pas de me répondre. Je m'amuse. Revenons aux choses sérieuses…

Il m'a parlé d'un peu tout, ce Joby : de Montréal qu'il préfère aux autres villes canadiennes où il est appelé à travailler, de son passé militaire en Afrique, de la légion étrangère et, bien sûr, de Nikola Goubovski. Il souhaite, me dit-il encore, connaître mon opinion sur la suite que la Sûreté du Québec donnera à l'enquête : poursuites judiciaires, ou non, contre le serviteur, ou le propriétaire, du domaine ? Je le sens tourner autour du pot comme s'il hésitait à aborder le véritable but de son invitation. Je crois qu'il y vient quand il me demande, mine de rien, comment j'ai eu la perspicacité de découvrir que le professeur Kahn était en réalité venu pour espionner les Khalil. Qu'est-ce qui m'a amenée à penser que l'universitaire de renom souhaitait pirater les communications du milliardaire ? Avais-je retrouvé le système de « bidouillage » que le professeur aurait essayé d'introduire dans le bureau du maître des lieux ? Je reste allusive, sans mentionner ma rencontre privilégiée avec le magnat de l'aluminium ni, bien évidemment, l'aide de Pierre Mollon. Ai-je rencontré Goubovski ? Non, mais j'espère pouvoir le faire bientôt… Croyant qu'il a vidé son sac, je vais me lever pour prendre congé quand il me demande : *Votre supérieur hiérarchique, le commandant*

Perreault, vous avait-il avisée que les services secrets canadiens s'intéressaient de près à Antoine Khalil? Je lui réponds que « non », et c'est là que cet homme va m'étonner. Il secoue la tête et me déclare quelque chose comme: *Madame, c'est une chose que je tenais à vous dire ce matin. Je ne crois pas que nous aurions agi ainsi en France avec un officier de notre police nationale. Je vous aurais, quant à moi, donné plus d'informations sur ce que nous savions de René Kahn avant de vous envoyer enquêter sur son assassinat. Voilà, votre supérieur n'en a pas décidé ainsi et je voulais que vous connaissiez ma désapprobation à cet égard.*

Je le quitte en lui serrant la main à la française... sans plaisir ni déplaisir à poser le geste. Cet homme a senti le gâchis de ma relation avec mon patron et, à sa façon, me manifeste sa solidarité. Il déplore que l'autre m'ait prise pour une demeurée et me le dit. Ma foi, sa compassion me touche. Est-ce uniquement pour me la manifester qu'il a tenu à me voir? C'est ce je me demande en arrivant à mon bureau et c'est une chose que je n'ai pas tirée au clair. Je n'ai jamais revu Jean-Claude Joby. Pas plus que Patrice Despinet, du reste.

Un message enregistré de Pavel m'attend sur ma boîte vocale. On m'ouvrira si je me présente au poste de garde de la maison de ses parents dans la journée. Que je demande Vera. Elle veillera en personne à ce que je puisse parler avec Nikola. Antoine, le père, a donné son accord mais n'aura pas le temps de participer à la rencontre. Un mot ensuite, sur un ton différent, pour me dire qu'il a bien apprécié notre conversation de la soirée précédente. Il m'invite le surlendemain, dimanche en après-midi, à l'accompagner pour assister au concert d'une pléiade d'artistes locaux dans le cadre de la Tournée bleu Terre de David Suzuki. On annonce Vigneault, les Cowboys Fringants, Paul Piché, des artistes que j'aime bien. Je donne mon accord de principe. Nous pourrions ensuite souper ensemble, me propose-t-il. Ma foi, pourquoi pas ?

Je me fais préparer une voiture banalisée et, vers dix heures, pars une troisième fois en une semaine pour le lac Zohra. Miracle, la grille s'ouvre devant moi à peine m'y présenté-je. Un peu passé treize heures, je suis dans le salon où madame Mamizou, avec des attentions de grand-mère gâteau, me sert une collation et un thé. Je n'y suis pas depuis cinq minutes que la porte s'ouvre. Vera entre, assise dans sa chaise roulante. Un homme la pousse : il est âgé, grand, maigre, légèrement voûté, le faciès anguleux d'un dur. Un bandeau couvre son œil droit. Vera me le présente : « Mon grand ami, monsieur Nikola Goubovski, Nik. »

Ce vieillard ne sait pas sourire. Je le remarque aussitôt. Il reste sérieux et raide comme un hallebardier de théâtre derrière le fauteuil de Vera, qui doit insister – en passant même au russe – pour qu'il finisse par s'asseoir avec nous. « S'asseoir » n'étant probablement pas le meilleur mot pour décrire la façon dont il tend son séant au-dessus de la chaise. Il est plutôt comme accroupi, les cuisses contractées, et donne l'impression de ne pas porter sur le siège dont il pourrait se lever comme mu par un ressort. Je le dévisage avec une curiosité de fillette au musée Grévin tandis que Vera poursuit les présentations d'une voix posée et chantante. Les traits de ce Nikola sont taillés au couteau. La vieillesse les a émaciés en accentuant sans doute leur rudesse. Il est resté noir de crin, comme s'il se teignait. Le sourcil gauche (le seul que l'on voit) est hérissé de poils fournis et drus. Le visage est comme scalpé par une longue cicatrice partant du coin extérieur de l'œil droit et se perdant dans la brosse de cheveux haut semés, juste au milieu du front. Elle est presque parallèle à celle que trace sur la peau blanche le cordon du bandeau de cuir noir qui, partant du côté intérieur de l'œil, remonte presque à la verticale vers le sommet du crâne.

Brusquement, je suis consciente du silence. C'est à moi de parler. J'ai tant pensé à mon affaire dans l'auto en venant au domaine que ce devrait être facile, mais non. Ce couple disparate devant moi me déroute un peu. J'hésite sur le ton à employer. Je comprends, lancé-je, que ce qui est arrivé au professeur René Kahn est avant tout un accident, enfin un concours de circonstances malencontreux, comme on dit. Mais bon, j'aimerais que monsieur Goubovski me donne lui-même sa version des faits.

L'homme devant moi grimace, hésite, regarde Vera, qui l'encourage de hochements de tête et de sa voix persuasive: *Tu n'as rien à te reprocher, Nik. Tu as cru bien agir. Fais confiance à madame Boisjoli. C'est une amie de Pavel. Elle ne te veut pas de mal!* Cette femme s'adresse au vieillard, ne puis-je m'empêcher de noter, comme elle sermonnerait un enfant de dix ans qui aurait commis une grosse bêtise… Et, comme un enfant, on dirait que le vieux soldat sombre et tourmenté répugne à admettre, à se confier, à avouer, à plaider sa cause.

Il fait obstinément « non » de la tête et du haut du corps, croisant et décroisant ses fortes mains calleuses. Il sera long avant de sortir un premier mot de la voix grave et pressée de quelqu'un qui parle pour convaincre… mais n'est pas convaincant. Le ton est haché, mal assuré. L'unique œil du borgne cligne de façon spasmodique quand il s'exprime. Il dit peut-être vrai – et je crois qu'il dit vrai – mais il semble mentir tellement il paraît mal à l'aise. Il y a des gens comme ça. Il donne l'impression de ne pas savoir se défendre, de répugner à le faire, et sa maladresse me rejoint, me touche. Je ne me sens pas comme une policière interrogeant le témoin important d'une enquête, mais plutôt comme une psychologue à l'écoute d'un individu victime d'introversion maladive ou d'un traumatisme affectant sa capacité de s'exprimer. Pour un peu, l'envie me viendrait de l'aider, de lui mettre les mots dans la bouche. Je m'en garde.

Il finira par s'expliquer en quelques phrases courtes : oui, il a surveillé le visiteur depuis les fenêtres du jardin, une habitude, une routine. Et Vera de se croire obligée de me mettre en contexte : *Vous savez, madame Boisjoli, mon ami est un inquiet. Je l'ai toujours connu ainsi. Mais c'est encore plus vrai depuis la mort de Maman. Vous êtes au courant, n'est-ce pas, de toutes les conséquences tragiques que cet événement a eues pour nous. Depuis, je crois que mon ami Nik s'est juré que jamais rien ne me menacerait plus. C'est mon garde du corps et, croyez-moi, je me sens avec lui comme la plus protégée des femmes ! Bien sûr qu'il en fait trop. Que voulez-vous, il est ainsi. C'est un Russe, un vrai, un descendant de cosaques, un excessif…*

Ce lundi-là, il observe le Français bedonnant à lunettes à qui l'on a ouvert les portes du bureau de sa patronne. Il ne sait pas ce que l'étranger cherche. Il ne le perd pas de vue pendant que l'autre feuillette des albums de photos que l'on a disposés à son intention sur une table. Il ne le lâchera pas non plus de l'œil dans le bureau du *boss*. Et bientôt, le borgne s'étonne en constatant que l'homme semble se désintéresser du dossier qu'il consulte et lance des regards de gauche à droite, comme pour s'assurer qu'il n'est pas surveillé. Il ouvre un tiroir et y entre la main en tâtonnant. Est-il en train de voler? Nikola surgit dans le bureau, lui plie le bras dans le dos, et l'emmène *manu militari* chez lui, dans sa chambre, où il veut l'obliger à parler. Le gros homme sanglote et se tait. *Je l'ai mordu au pouce, à la base de l'ongle,* dit le vieux garde sans manifester de sentiment. *Un vieux truc. C'est douloureux comme une gerçure. Mais c'est pas grave. On en guérit vite. Je ne voulais pas le blesser. Juste qu'il dise ce qu'il voulait voler et pourquoi. Il n'a pas parlé. Je l'ai jeté à terre, attaché et suis allé voir madame Khalil. Quand je suis revenu, il était mort.*

Le reste, je le sais déjà, mais j'écoute le vieil homme raconter d'une voix mal assurée, son œil unique ne nous fixant jamais ni Vera ni moi. Et je sens que ce qu'il dit est vrai : la voiture volée, l'incendie, les lieux, les heures, tout coïncide. D'autres détails m'intéressent. A-t-il gardé des effets du professeur ? La réponse est « non ». Son attaché-case, le sac ou la mallette qu'il avait avec lui ce jour-là ? « Non, tout a brûlé. » Son portefeuille ? Cette fois, c'est « oui ». Pourquoi ? Pas de réponse. Pour le donner à Antoine Khalil ? Pas de réponse. L'avait-il donné à son patron ? Réponse : « Non. » Pourquoi ? Pas de réponse. Qu'a-t-il fait à son retour au lac Zohra ? Il confirme s'être expliqué le mercredi matin devant son patron et deux de ses conseillers. Il était sûr alors que jamais on ne retrouverait le corps du suicidé. Quand même, monsieur Khalil et les deux autres parlent de le protéger. Là, je ne le laisse pas s'esquiver. « Comment ? », je lui demande assez brusquement. Il hésite et concède :

— Ils veulent fouiller la chambre d'hôtel du type, trouver des affaires…

— Et vous leur donnez la clef de la chambre de Kahn.

— Oui.

— Vous venez de me dire que vous n'avez gardé aucun effet de Kahn.

— La clef était une carte magnétique. Je l'ai trouvée dans le portefeuille.

— Mais vous ne parlez pas du portefeuille à monsieur Khalil ?

— Non.

— Pourquoi ?

— Comme ça !

Et le bonhomme se ferme. Vera nous regarde, surprise par le ton plus vif que vient de prendre la conversation. Je décide de calmer le jeu. J'ai tout le temps désormais devant moi. En réponse à mes questions, il concède : Il est dépassé par les événements. Il a commis une grosse erreur en usant de force excessive envers l'invité de ce terrible lundi. Il ne veut surtout pas causer quelque ennui aux Khalil. Ce fut une énorme déception pour lui de constater que la police avait découvert l'identité du mort du Crique-à-la-Roche.

Il se tait, voudrait s'en aller, nous laisser là, sa maîtresse et moi, devant le thé que Mamizou vient réchauffer dans nos tasses. Il quête le regard de Vera comme le ferait un chien à l'heure d'aller pisser. Je lui demande de nous raconter sa journée du vendredi. Il s'y plie de mauvaise grâce, concède être allé ce jour-là à Montréal. Vera, empathique, décide de l'aider un peu. *Vous savez,* dit-elle, *Niko découche depuis toujours le vendredi soir. Nous savons désormais où il va. Avant, c'était un peu le jardin secret de notre vieil ami. Mais, depuis deux ans, nous le savons assagi. Monsieur Goubovski est le grand-oncle d'une charmante jeune Française étudiante à l'Université de Montréal. C'est elle qu'il va voir. Il nous quittera du reste tout à l'heure. Son vendredi soir, c'est désormais immuable, il le passe avec Sylvy, Sylvy avec un Y, eh oui, c'est ainsi.*

— *Ce que vous avez fait la semaine dernière?* que je demande au borgne.

— *Oui.*

— *Mais vous aviez aussi une mission pour monsieur Khalil, non?*

— *Oui.*

— *Donner un sac à quelqu'un, n'est-ce pas?*

— *Oui.*

De nouveau, Vera s'inquiète. Nous parlons là de choses qu'elle ne sait pas. Je poursuis en fixant le grand vieillard.

— *Saviez-vous ce qu'il y avait dans ce sac?*

— *Il était vide.*

— *Saviez-vous à qui il appartenait?*

— *Non.*

— *Y avait-il des initiales près de la poignée?*

— *Oui.*

— *Lesquelles ?*

— *R.K.*

— *Comme dans René Kahn, n'est-ce pas ?*

Il ne répond pas. Je crains qu'il ne se bute définitivement. Vera aussi, sans doute, qui se croit à nouveau obligée d'intervenir. *Il faut répondre, Nik*, dit-elle. *Il faut dire ce que tu sais*. Je remercie. Je n'en ai plus pour longtemps à ennuyer monsieur Goubovski, leur dis-je. Une dernière question seulement.

— *Décrivez-moi l'homme à qui vous avez remis le sac…*

— *Petit, gros…*

— *L'air de rien, n'est-ce pas ? Le genre d'homme que l'on croise et que l'on oublie. C'est bien ça ?*

— *Oui*.

Je me renfonce sur ma chaise. Ils me regardent, intrigués tous les deux. L'essentiel de l'affaire est désormais assez clair en moi. Mon histoire se tient. Ai-je à leur raconter ? J'hésite. J'éprouve une sympathie spontanée pour ces gens : cette grande dame infirme sublime, compréhensive, attachante et le vieux guerrier fatigué, mal outillé psychologiquement, pris contre son gré dans une spirale meurtrière. Je regarde les avant-bras musculeux du borgne, des outils de guerre. Je repense à ce que j'ai lu et vu la veille concernant les « zigouilleurs » et ne cesse de fixer les mains de l'ex-légionnaire, des mains de professionnel de la mort. Sur le Net, j'ai vu la photo d'un autre « nettoyeur de tranchées », un Noir placide à l'air absent, hagard, une machette au bout du bras… le bras de la mort. Je me secoue et je plonge. *Excusez-moi, madame Khalil, mais il faut que j'en aie le cœur net. Vous, monsieur Goubovski, écoutez-moi.*

Si je me trompe un peu, vous me corrigerez quand j'aurai fini mon histoire. Si je me trompe du tout au tout, nous oublierons ça tous les trois.

Vendredi dernier, vous savez ce que vous faites en allant rencontrer votre petit gros. Vous savez ou vous devinez qu'il s'agit de ce détective privé dont on a parlé devant vous. C'est lui qui va devoir brouiller la piste de Kahn en plaçant le sac que vous lui avez remis dans un endroit tel que la police en le trouvant portera ses soupçons ailleurs qu'au domaine du lac Zohra. Vous donnez donc le sac à cet homme, mais vous vous sentez tellement responsable des problèmes qui menacent vos bienfaiteurs, vous voulez tant que tout se règle au mieux pour les Khalil, que vous ne vous éloignez pas et vous suivez le détective, bien décidé à vous assurer de la réussite de sa mission.

Ce soir-là, vous ne verrez pas votre petite-nièce Sylvy. Mais vous voyez cet homme, que vous avez suivi à la trace, placer le sac de voyage dans un Jeep noir. Le détective s'en va. Il part alors, je suis bien placée pour vous le dire, mettre une lettre anonyme à mon intention sous les essuie-glaces d'une voiture de police stationnée à Laval. On lui a expliqué que les soupçons devaient se porter dans cette ville et toucher particulièrement l'entourage de Duilio Calliero, l'entrepreneur en construction. Le détective a bien travaillé. La voiture qu'il a piégée en y introduisant le sac est celle du chauffeur de Calliero. Il n'a plus qu'à me faire savoir où chercher… Mission accomplie. Mais vous décidez de vérifier que tout va se passer comme prévu et vous collez désormais à ce véhicule noir, un Grand Cherokee.

Vous ne le quitterez pas de la nuit, depuis la rue Laurier jusqu'à Montréal-Est en passant par ce bar de danseuses de Laval d'où le chauffeur de la Jeep part avec une prostituée qu'il raccompagne chez elle aux petites heures du matin. Vous êtes encore là quand cet homme revient dans la ruelle de la Petite Italie où il a laissé son véhicule. Ici, monsieur Nikola, je vais improviser un peu. Voilà, je crois que cet homme – il s'appelle Rocco – trouve alors le sac à l'arrière de sa voiture et s'en débarrasse en l'envoyant dans une poubelle. Le plan d'Antoine Khalil s'effondre, ce que vous craigniez. À tout hasard, vous vous êtes muni d'armes blanches. Je sais qu'il y en a plein votre camion et vous intervenez. C'est une idée fixe pour vous : il faut compromettre cet homme. Le détective a échoué. À vous de prendre le relais. Et vous sortez de l'ombre où vous vous dissimuliez et faites face à Rocco. Votre adversaire est un colosse qui enfile son poing américain et toise sans crainte le vieillard devant lui. Il ne vous connaît pas et va en mourir. Le combat corps à corps, c'est votre rayon. J'imagine que certains gestes ne s'oublient pas quand on les a souvent pratiqués. Le temps de le dire, Rocco est assis à l'avant de son auto, la gorge tranchée d'une oreille à l'autre. Vous glissez le portefeuille du professeur dans la poche de Rocco. Vous avez Laval en tête, la ville de la mystification évoquée par Antoine Khalil, associée à tous vos plans, et vous y retournez. Où laisser le Jeep et son contenu ? Pourquoi pas à ce bar de danseuses que fréquente votre victime ? Vous partez au volant du Cherokee en laissant votre propre camionnette dans la Petite Italie, où vous la récupérerez un peu plus d'une heure plus tard. Dans la matinée, vous êtes de retour ici. Je ne me trompe pas trop, n'est-ce pas ?

Ils se taisent. Nikola Goubovski a la tête baissée et ne bouge pas d'un muscle. Vera montre un calme parfait dans les circonstances et pourtant j'ai bien vu qu'elle a suivi avec incrédulité et effroi toutes les étapes de ma démonstration et saisi la gravité des faits dont j'accuse son homme de confiance. Elle ne s'affole pas. C'est elle qui va briser le silence en me demandant :

— Aglaé, me permettez-vous de vous appeler Aglaé ? Merci. Trois questions s'il vous plaît. D'abord, tout cela nous arrive, n'est-ce pas, à cause de la visite de ce monsieur Kahn. Antoine m'a expliqué qu'il était en quelque sorte en mission pour je ne sais quel groupe de ses ennemis et que c'est vous qui aviez découvert les véritables intentions qu'avait ce Français en venant chez nous. Expliquez-moi, voulez-vous, qui était vraiment cet homme. Je l'avais trouvé tellement agréable. Jamais, au grand jamais, je n'aurais craint de lui un comportement aussi inexplicable !

Nikola Goubovski se redresse. À l'évidence, lui aussi souhaite m'écouter raconter l'histoire de l'homme qu'il a mordu au pouce. Je m'exécute. Tout y passe ou presque : le meurtre de la fille du professeur par des terroristes, son acceptation sans enthousiasme d'une mission secrète pour Israël et la France, ses deux patries, le subterfuge imaginé pour tromper Pavel et son père avec l'émission de Radio-Canada, le but qu'il avait de placer un système de piratage électronique dans le bureau d'Antoine pour enregistrer ses conversations avec ses amis milliardaires. Les deux m'écoutent, les yeux ronds, le vieil homme avec l'air concentré et buté de celui qui peine à suivre, elle, pendue à mes lèvres comme si je lui narrais l'invasion du village voisin par une cohorte de créatures extraterrestres.

— *Maintenant, puis-je savoir,* de poursuivre Vera, *ce qui vous permet de supposer que Nik aurait tué cet Italien ?*

— *On a vu un camion semblable au sien sur les lieux du crime. Le reste de ma preuve n'est que déductions... C'est un as du combat à l'arme blanche qui a tué ce Rocco et monsieur Goubovski a cette réputation...*

— *Je vois. Et parlons de ce qui pourrait arriver à Nik,* poursuit Vera. *Allez-vous l'arrêter et le juger ?*

— *Nous n'en sommes pas là. Mais ce sont des choses possibles selon l'évolution de l'enquête Favatta.*

— *Nik ne supportera pas d'être incarcéré, il faut que vous le sachiez.*

— *Il est loin d'être dit qu'il sera inculpé, condamné et à plus forte raison incarcéré. Votre mari a d'excellents avocats. Je crois que la légitime défense pourra être invoquée dans un tel cas : un vieillard fait ce qu'il peut pour sauver sa peau devant un costaud de cinquante ans de moins que lui muni d'une arme prohibée dont un seul coup peut entraîner la mort. Entre le vieux légionnaire et son couteau et le jeune colosse mafieux au poing américain, j'ai bien l'impression que l'opinion publique se rangera du côté de monsieur Goubovski. La justice en tiendra compte.*

— *Que proposez-vous ?*

— *Rien dans l'immédiat. L'enquête sur l'assassinat de ce Favatta n'est pas de mon ressort. Mais vous comprendrez que je n'ai pas le choix et que je vais informer le collègue qui la pilote de mes suppositions. Mais ce ne sont jusqu'ici que des spéculations. Tout ce que je viens d'avancer devant vous n'est qu'une suite de présomptions mises bout à bout. L'hypothèse tient par raisonnement mais n'est pas étayée de preuves véritables. Mon confrère jugera-t-il qu'il a assez d'éléments pour demander un mandat d'arrêt? Bien honnêtement, j'en doute. La justice voudra interroger monsieur Goubovski en bonne et due forme. Votre mari m'a prévenue que ses avocats ne le permettraient pas.*

Et c'est sur ces mots, de mémoire, que nous nous quittons eux et moi. Vera me surprend, quand je me lève et la salue, en m'invitant à une accolade: elle m'ouvre les bras et je me penche pour l'embrasser avec un naturel qui m'étonne, moi la première. Je dis « Au revoir » au vieil homme, qui reste tête baissée et se contente de bouger la main. Je ne recroiserai pas le regard sévère de son œil unique.

Ai-je de nouveau joué inconsidérément avec mon code de déontologie? Suis-je allée trop loin dans l'expression de mon empathie pour Nikola Goubovski? Saurais-je me justifier si l'on m'accusait d'avoir à tort dévoilé les détails de ma preuve à des témoins de mon enquête? Ce sont des questions qui, à nouveau, me préoccupent durant mon voyage de retour vers Montréal. Des questions que je vous pose à vous aussi, monsieur l'inspecteur, maintenant que je ne me sens plus membre à part entière de la Sûreté. Jusqu'où un enquêteur a-t-il le droit d'être franc et naturel avec un suspect sans déroger à l'éthique? Pouvons-nous nous dissocier à l'occasion du reste de la machine policière et vivre nos humeurs, nos sentiments, suivre notre propre jugement dans le cadre d'une enquête ? Un policier peut-il essayer de comprendre et d'excuser avant le juge un individu qu'il traque ? Je me doute que les réponses penchent vers le non, bien sûr, mais comment, à chaud, éviter le piège ?

Je ne sais si j'aurai l'occasion de discuter un jour de vive voix avec vous, monsieur Plamondon, de ces sujets délicats. Toutefois, un constat m'apparaît évident ce vendredi-là au volant de mon auto, à l'heure que je crois à tort être celle de la fin de cette affaire. Quelque chose chez ces gens si vite croisés, les Khalil (les trois), Nikola et même Mamizou, à la réflexion, m'a touchée. Leur simplicité sans doute, leur ouverture aussi, et dans le cas du vieux légionnaire une espèce de fidélité de chien d'aveugle – ou de chien de guerre après tout – qui m'a semblée authentique. Les miens ont voulu les leurrer, comme ils m'ont trompée, moi la première. Dès lors, et j'y reviens, je me sens poussée à donner l'heure juste aux gens du lac Zohra. Tout cela me semble relever d'une logique d'équilibre dont ma conscience professionnelle peut s'accommoder. La trahison larvée de mon patron, sa méprisable propension à me prendre pour une idiote, les cachotteries des hommes des services secrets qui ont cru me manipuler : cela me révulse et provoque en moi, par contrepoids, cette attirance pour le camp d'en face. Bref, je suis encore alors en paix avec moi-même et pourtant je suis à trois jours de « sacrer » là ma carrière policière…

◆

Le lendemain, samedi, je n'ai rien au programme et m'en félicite. Je dors jusqu'à dix heures puis passe la fin de la matinée chez une copine esthéticienne qui me sort le grand jeu: depuis le nettoyage facial de mes points noirs sur le nez jusqu'à l'éradication des poils superflus de mon triangle pubien en passant par l'épilation de mes sourcils de vamp, la manucure de mes doigts de fée et le massage de mes doigts de pieds. Je sors de là comme une toute neuve, ou presque, et file à mon club de gymnastique où je fais travailler la fille jusqu'à ce qu'elle n'en puisse plus guère. Courses, agrès, tapis, poids: elle donne tout ce qu'elle a. Trois dizaines de longueurs en piscine après ça, sauna finlandais alterné six fois avec des douches froides et je termine l'après-midi brûlée, avec une faim de coyote.

Je repasse chez moi avant d'aller finir la soirée dans un restaurant ami où j'ai retenu ma place le matin. Mais, changement de programme, je trouve sur mon répondeur un message de Pavel qui me demande de l'appeler au plus tôt. Je suis surprise. C'est demain que l'on a prévu de se voir, nous deux, ce qui, vous l'avouerai-je, ô monsieur Plamondon l'indiscret, n'est pas totalement étranger aux efforts consentis par notre héroïne pour paraître à son meilleur. Restons sérieux. La voix de Pavel sur l'enregistrement semble assez soucieuse. Il me vient à l'esprit qu'il va annuler notre rencontre du dimanche.

Je l'appelle. Effectivement, le moins que l'on puisse dire est que mon prince charmant n'a pas l'air en grande forme. Je crois comprendre, sans trop savoir pourquoi, qu'il s'inquiète pour sa mère. Il me propose de venir les rencontrer, elle et lui.

Quoi? m'étonné-je. *J'ai laissé votre mère hier au domaine du lac Zohra!* Oui, et là, elle vient de se faire amener chez son fils et demande à me voir. Nous nous entendons pour dix-neuf heures. Où? Il semble gêné de suggérer son appartement, sa mère répugnant à sortir en ville. *Je vais commander quelque chose et nous pourrons souper ensemble, si vous le souhaitez*. Je le souhaite. J'ai faim et pas à peu près et ne me gêne pas pour le lui signaler. Il me donne son adresse rue du Musée. J'ai une heure à tuer. J'annule ma réservation au resto et, comme le mercredi pour le père, je me fais belle pour le fils… et sa mère.

Je suis chez Pavel à l'heure dite. L'air d'automne a fraîchi. Il me débarrasse de mon anorak avec des mouvements guindés, pas très naturels, me demande où je me suis garée, craignant que je ne reçoive une contravention. Un classique dans sa rue. Pas de problème, lui dis-je, j'ai marché. Il a l'air embarrassé, cherche ses mots. L'idée m'effleure à ce moment qu'il est peut-être homosexuel, au fond. Je ne sais pas pourquoi je vous raconte cela, monsieur Plamondon, mais c'est ce qui me passe par la tête alors et je continue de tout vous dire, ou presque, c'est notre entente.

Son appartement au second de quatre étages d'un immeuble hyper cossu me semble superbe. Je n'ose le regarder avec trop d'intérêt pour ne pas manifester une curiosité intempestive dans les circonstances. Du cuir, des boiseries couleur acajou, de lourdes tentures aux fenêtres, des tableaux que je reconnais de maîtres, c'est un peu trop sombre, presque austère, pour faire garçonnière genre piège à filles. On dirait l'intérieur d'un vieux couple aisé ou peut-être, après tout, celui d'un professeur de littérature française du XVIIIe siècle de McGill. Partout sur les tables basses, le bureau ou les murs, des livres et des revues. Et puis de l'équipement électronique de pointe. Sur une grande table que je dirais de noyer noir, une bouteille de champagne et trois flûtes avec plusieurs plateaux de bouchées ma foi fort alléchantes que je jurerais sorties des mêmes ateliers culinaires que celles servies par le père trois jours plus tôt au Ritz.

Vera est là qui m'adresse un salut de la tête, soucieuse, assise dans son fauteuil de paralytique près d'une grande baie vitrée donnant sur le Musée des beaux-arts. La beauté de ses traits me saisit à nouveau. Le visage de cette infirme est émouvant, magnifique. Des images de Yevgeniya me reviennent. Quelle famille, décidément. En présence de sa mère, Pavel se dégèle un peu, nous sert un verre de champagne, qui, à la différence de celui d'Antoine, est rosé. Il m'invite à m'asseoir, à me restaurer, ce que je fais de bon cœur. Dieu sait que je ne souhaite pas donner à ces gens-là l'image de la fille qui se jette sur la nourriture, mais, je l'ai dit, j'ai faim. Il m'accompagne. Vera ne parle pas, ne boit pas, ne mange pas. Elle affiche un sourire figé, semble ailleurs. Son fils papillonne un peu et c'est moi qui vais finir par lancer la conversation, la vraie.

— Madame, Pavel m'a dit que vous souhaitiez me rencontrer ?

— C'est vrai, Aglaé. Je suis horriblement inquiète.

— Eh bien, je vous écoute.

— Nikola a disparu. Il a quitté le domaine hier et nous sommes sans nouvelles de lui depuis.

— Il est parti à quinze heures comme prévu ?

— Oui, comme tous les vendredis.

— Cela ne fait qu'un peu plus de vingt-quatre heures d'absence. Vous attendiez son retour cet après-midi ?

— Oui. Il revient toujours à treize heures le samedi.

— Ce n'est un retard que de quelques heures. Ne vous inquiétez-vous pas un peu rapidement ?

— C'est que, voyez-vous, il n'est pas arrivé hier soir chez sa nièce. Cette jeune femme m'a appelée ce matin pour me demander des nouvelles de son grand-oncle. Et voilà. Cette disparition, ce silence, cette absence d'explication : ce n'est pas lui !

— Il sort peu de la propriété m'avez-vous dit ?

— À part sa traditionnelle sortie du vendredi, il ne nous quitte jamais que pour aller chasser ou pêcher. Encore ne va-t-il pas bien loin et ne reste-t-il pas longtemps parti. Sa vie est au lac Zohra.

— Saviez-vous où il allait le vendredi avant l'arrivée de sa nièce au Québec ?

— Pas vraiment. Je ne crois pas qu'il ait eu une amie. Cet homme ne se serait pas senti disponible pour vivre une liaison durable avec une femme. Sans doute rencontrait-il des professionnelles du sexe. Je ne peux trop m'aventurer à cet égard. C'était, je me répète, son jardin secret. Il devenait écarlate lorsque l'on abordait le sujet et fuyait à la première question…

— Mais, changement depuis deux ans…

— C'est ça, nous savons qu'il va voir sa petite-nièce, Sylvy. Il fait les courses en chemin et lui prépare son repas ce soir-là. Ils soupent et restent ensemble jusqu'au lendemain. Il repart le samedi à dix heures et arrive au domaine pour treize heures.

— Et jamais, me dites-vous, il n'est revenu en retard.

— Jamais. C'est un homme de principe, de discipline, vous savez, rigoureux, ponctuel, prévisible.

Et Vera me parle de Nikola Goubovski. Je découvre qu'elle n'ignore rien du passé de son vieux protecteur. Peu à peu, elle se laisse prendre au jeu de la narration et me décrit longuement l'enfance difficile de l'ex-légionnaire. Il n'a jamais connu son père. Sa mère est une danseuse étoile du théâtre Mariinski de Saint-Pétersbourg qui parvient en 1943 à rallier à New York le Ballet international du marquis de Cuevas. Elle laisse ce faisant sur les bords de la Baltique ses deux enfants, Nikola, douze ans à l'époque, et sa jeune sœur, à de lointains cousins, des paysans incultes et rudes qui les élèvent à la dure dans des conditions d'une austérité épouvantable. La danseuse suit le marquis en France en 1947 et s'établit à Monte-Carlo, où elle parvient la même année à faire venir son fils et sa fille. Assez vite, le jeune Russe au français plus qu'approximatif tourne mal dans son nouveau pays d'adoption. Il ne veut pas aller à l'école, refuse tout stage d'apprentissage et ne cesse de se battre contre ceux qui le provoquent ou rient de son parler. Assez vite, ses talents pugilistiques le font remarquer par les truands de la place. Si jeune, il devient un homme de main redoutable du clan Guérini, les mafieux marseillais influents de la *French Connection*. Nikola trempe dans la contrebande de cigarettes et le racket de la protection. Il a une particularité acquise au fil de sa jeunesse « difficile » qui en fait l'un des employés en vue des frères Barthélemy, « Mémé », et Antoine

Guérini, les caïds les plus puissants à avoir dirigé la pègre marseillaise. C'est un as du couteau qui s'impose dans les rixes comme un bagarreur d'exception. *Le pauvre Nik, vous savez, n'a eu aucune chance dans sa jeunesse,* de compatir Vera. *À dix-neuf ans, c'était un jeune homme à jamais marqué par la violence, un corps couvert de cicatrices, l'esprit endurci dans le sens le plus brutal du terme. Une chance pour lui qu'il entre alors en catastrophe à la Légion étrangère. Il n'y a qu'ainsi qu'il pouvait survivre à ses ennemis et échapper à la justice... pas à la violence, hélas! Sa guerre en Indochine, je le sais, il la racontait à ma mère, a été atroce.*

— Il s'entendait bien avec Yevgeniya ?

— Mais oui. Figurez-vous même que, par le plus grand des hasards, ma mère avait croisé la sienne alors que cette excellente danseuse classique se produisait à New York avec la troupe de Cuevas. Et Yevgeniya, dont la mémoire pouvait être aussi sélective que phénoménale, se souvenait de cette femme et en parlait à l'occasion avec Nikola. Mais il existait entre eux deux une différence toute « russe », si je puis m'exprimer ainsi. Pour lui, elle restait la princesse, une femme à jamais inaccessible au roturier qu'il était.

— Il en était amoureux ?

— Sans doute au-delà de tout ce qui peut se concevoir. Mais jamais vous ne le lui feriez admettre.

— Vous pensez qu'il n'a jamais eu de femmes à lui dans sa vie ?

— Il n'en a jamais parlé. Depuis notre installation ici au lac Zohra, il vit avec nous en célibataire endurci. Ses virées du vendredi devaient, jusqu'à l'installation de sa nièce au Québec, lui permettre

de contrôler le flux de ses pressions sanguines, le pauvre ami.

— Comment était-il à son départ, hier ?

— Nous sommes restés ensemble un bon moment après que vous nous avez laissés, Aglaé. Il était complètement désemparé, anéanti. Il n'a rien voulu m'avouer et ça, ce n'est pas lui. Il faut que je vous dise, c'est assez délicat pour moi d'aborder le sujet, mais je ne suis pas du tout certaine que vous ayez vu juste quant à son rôle dans la mort de ce Rocco Favatta.

— Comment cela ?

— Je lui ai demandé : « L'as-tu fait ? » Il ne m'a ni regardé ni répondu. J'ai répété plusieurs fois ma question. Il s'est caché le visage dans ses mains pour ne pas m'affronter... et il a continué de se taire.

— Cela peut s'expliquer de bien des façons, non ?

— Non. Pas entre lui et moi. Mais il y a plus. Le meurtrier que vous décriviez hier, Aglaé, est un homme solide, un cérébral, qui prend des initiatives, analyse les situations, s'y adapte, tire des plans. Comment vous l'exprimer...? Je n'arrive pas à m'imaginer Nik, réfléchissant seul à Montréal au beau milieu de la nuit jusqu'à se débarrasser d'un cadavre de la façon plutôt tortueuse que vous avez évoquée. Tout ça, ce n'est pas lui. Se battre, oui, tuer, peut-être, mais tout le reste, avant et après la bataille, non, vraiment non. Nik était un pauvre vieil homme, devenu simple d'esprit, pas un stratège. Comment imaginer qu'il ait conçu des plans d'une telle logique trompeuse...

— Votre mari aussi a été surpris d'apprendre comment son vieux gardien avait su se débarrasser de l'auto puis du corps de Kahn. Force est d'admettre

qu'en situation d'urgence l'homme d'action en lui savait réagir...

— Croyez ce que vous voulez, mais je ne vous suivrai pas sur cette voie. J'avais aussi essayé de le faire parler dans le cas de l'après-suicide de Kahn et il avait eu la même réaction d'affolement. Il était confus. « C'est pas moi... Je ne sais plus », balbutiait-il.

— Comment s'est terminée votre rencontre d'hier ?

— La seule chose qui lui importait, c'était ce complet désespoir à l'idée que la mort de Kahn puisse nuire à Antoine. C'est comme si, dans sa tête, tout s'était arrêté de fonctionner depuis que le professeur s'était enlevé la vie. Alors j'ai fait de mon mieux pour le rassurer. Mon mari est un sage, un prudent. C'est aussi un homme de grand pouvoir qui sait se protéger et protéger les siens, ceux de son clan. J'avais en mémoire ce que vous aviez dit de la non-évidence de procédures faciles contre mon vieux protecteur. Je vous ai cru. Mais le pauvre Nik, tout déboussolé, était loin de partager ma confiance.

— Il est parti avec son camion ?

— Comme toujours. Vous ne l'auriez pas fait conduire un autre véhicule !

Je fais honneur au buffet de Pavel tandis que sa mère continue de nous exprimer ses angoisses. Ses propos, mais surtout le ton avec lequel elle les exprime et les mimiques dont elle les accompagne, ne laissent aucun doute : cette femme meurt d'inquiétude. Elle me donne l'adresse de Sylvy, la petite-nièce de Nikola qui habite rue Milton. Je promets de la rencontrer et d'entamer dès le lendemain des recherches concernant le vieux légionnaire. Nous parlons encore un peu et puis je me sens de trop entre la mère et le fils, qui ne dit pas grand-chose. Je les laisse vers vingt heures. Nous convenons de nous rappeler le lendemain matin, Pavel et moi, pour confirmer notre sortie au théâtre de l'après-midi.

Cela me déroute à peine de passer par l'appartement de cette Sylvy en revenant chez moi depuis la rue de Pavel. Je trouve facilement l'entrée de l'immeuble de cinq ou six étages indiqué par Vera. Je cherche le nom de l'étudiante sur un panneau mural et trouve effectivement une Sylvy (avec un y) Brisefer au quatrième étage. Je sonne. Une toute petite voix me répond immédiatement. *Je suis policière,* dis-je, *et j'aimerais vous parler, Sylvy.* Pas de réponse, mais la porte s'ouvre avec un bruit d'essaim d'abeilles en furie.

Elle m'attend sur le palier et m'accueille en affirmant, mutine : *Bonjour, madame Boisjoli. Je vous attendais.* Je marque le coup avec un grand sourire. Je vous rappelle, monsieur Plamondon, que je ne m'étais pas identifiée.

C'est une jeune femme minuscule, chétive, qui ne pèse pas, et sans doute loin de là, ses quatre-vingts livres. Elle est souriante, rousse, des yeux immenses en amande, jolie certainement mais si pâle et semblant si faible ! Elle marche difficilement, en prenant appui de sa main osseuse sur le mur, et me conduit jusque dans son salon qui, manifestement, est la pièce où elle vit. Des photos de chat, des grandes, des petites, des affiches, partout sur les murs. Des livres, beaucoup de livres, un ordinateur qu'elle rallie, comme un bateau s'ancre à son quai. On sent que c'est là, devant l'écran, que se déroule l'essentiel de son existence. Dans un coin de la pièce, une table ronde avec deux couverts dressés. Devant l'une des assiettes, une forêt de boîtes, de tubes et de flacons de médicaments.

Un chaton suit partout la jeune femme et saute sur ses genoux à peine est-elle assise à son clavier. Elle écarte légèrement les jambes pour l'accommoder et l'animal se love en ronronnant dans son giron : à l'évidence sa place de prédilection.

Sylvy parle, ne cesse de parler, une mésange au printemps. Elle a les intonations d'une enfant de dix ans, mais ce qu'elle raconte est grave. Je ne suis pas là depuis cinq minutes que je sais déjà qu'elle a trente-deux ans – elle en paraît dix-huit – et qu'elle est atteinte d'une maladie dont elle ne survivra pas dix ans, selon ses médecins. Une vraie saloperie, le lupus. Imaginez qu'avec ça elle s'appelle Brisefer. *Tout un nom pour une malade chronique comme moi!* note-t-elle en souriant furtivement. Sylvy avec un « y » à la fin, c'est son choix à elle. Je ne le répéterai pas, mais sur son état civil, c'est bien marqué Sylvie avec un « e » final, *mais il y en a tant des Sylvie-avec-un-e*... Eh oui, elle est malade, mais qu'importe, elle a décidé de faire front et de vivre dans la bonne humeur le temps qu'il lui reste. Elle prépare une maîtrise à l'Université de Montréal, où elle parvient à se rendre quelques fois par semaine en taxi. Elle a d'excellents professeurs, ne s'ennuie pas de la France, où elle n'est pas retournée depuis deux ans, même en vacances... Peut-elle m'offrir un thé ?

Elle m'essouffle. Je n'ai pas pu placer trois mots depuis mon arrivée. Je refuse son thé, profite d'un moment où elle baisse le ton pour lui demander si la table dressée dans le coin l'était pour son repas du vendredi avec son oncle Goubovski. Elle confirme. Les médicaments? *Les ingrédients*, me répond-elle, *du cocktail quotidien qui me tient en vie*. Elle me semble moins inquiète que Vera quant à l'absence de son oncle. *Tonton Niko*, comme elle l'appelle, arrive d'ordinaire le vendredi vers dix-huit heures avec ses courses, avant d'aller chercher le pain et des gâteaux à la pâtisserie voisine au coin de Parc. Elle l'a attendu en vain la veille. Son grand-oncle, m'explique-t-elle, est le frère aîné de sa grand-mère maternelle, aujourd'hui décédée, qui lui parlait russe quand elle était petite fille – et pas malade, précise-t-elle –, dans son Marseille natal. On ne parle plus russe dans la famille Brisefer et Sylvy ne sait plus un mot de la langue de ses ancêtres slaves et déplore la perte de ses racines. Elle adore quand elle arrive à faire parler son grand-oncle dans la langue de Soljenitsyne. Un Soljenitsyne qu'elle étudie par ailleurs dans le cadre de sa maîtrise en littérature comparée à l'université. Cette jeune femme, me dis-je, ne doit pas souvent s'exprimer, rencontrer du monde. Elle se lâche quand elle a l'occasion de parler. Elle me saoule. Elle m'émeut aussi: si jeune, si vive, si enjouée et se savoir condamnée.

Mais en fait je me trompe et le réalise vite. La malade s'est soudain arrêtée de jacasser et le silence dure. Intriguée, je la fixe et vois ses yeux verts s'emplir doucement d'eau qui s'écoule bientôt sur ses joues creuses sans qu'elle fasse mine d'arrêter les grosses gouttes: *Vous savez, Aglaé,* me dit-elle doucement, *je sais très bien pourquoi vous êtes venue. Je ne reverrai jamais plus Tonton Niko, n'est-ce pas ?...*

— Comment ça ?

— S'il n'est pas venu hier, s'il n'a donné de nouvelles ni à moi ni à madame Vera, c'est qu'il est mort, souffle-t-elle. *Allez, dites-moi ce que vous êtes venue m'annoncer, je vous écoute...*

— Mais pas du tout, voyons! Il peut y avoir bien d'autres raisons à son absence! Ne pleurez pas comme ça!

Et je suis parfaitement convaincue de ce que je lui réponds alors. Il peut y avoir des dizaines d'explications possibles à la disparition d'un homme pendant à peine plus de vingt-quatre heures. Mais elle n'en démord pas et ses larmes continuent de couler sans bruit. Elle pose sa joue sur son poignet diaphane, écarte une mèche de cheveux tombant sur son front et me regarde, d'un coup muette, isolée dans son chagrin. Je ne peux m'empêcher de le noter: elle ressemble à son chat, sans doute la proportion prise par les grands yeux dans le si petit visage. J'essaie de la raisonner, de la réconforter. Je parle d'espoir et elle continue de me fixer, sans expression, ses yeux toujours pleins d'eau, si vulnérable, si perdue. Je comprends qu'elle jouait la comédie en parlant, parlant et parlant encore, pour retarder le moment d'affronter la réalité. Elle a dit qu'elle m'attendait: la femme-enfant croit que je suis venue lui annoncer la mort de son oncle.

— Moi non plus je ne sais pas où est votre oncle, Sylvy. Faites-moi confiance. Nous allons réfléchir ensemble. Il doit y avoir une explication à son absence.

Elle hausse les épaules et je la vois peu à peu changer d'attitude. Elle prend sur elle, s'essuie les yeux avec un Kleenex, se redresse de toute sa petite taille. Elle ne se laissera plus aller à pleurer devant une étrangère. D'un coup, je soupçonne qu'il y a de la volonté dans ce petit bout de femme malade. C'est d'une voix plus ferme et raisonnée qu'elle reprend la conversation.

— *Tonton Niko ne me laisserait jamais si longtemps à l'attendre sans me tranquilliser. Si vous le connaissiez un peu, vous n'en douteriez pas.*

— *Mais je l'ai vu encore hier, votre oncle. Il était tout sauf à l'article de la mort.*

— *Je sais que vous êtes allée le voir au lac Zohra. Il me l'a dit. Il m'a dit aussi que vous saviez comment René Kahn était mort et que vous aviez compris pratiquement toute l'histoire du sac de voyage, du détective et du portefeuille...*

— *Que vous connaissez vous aussi ?* Et là, je suis désarçonnée.

— *Oui. Comme je sais, bien sûr, que mon oncle a tué Rocco Favatta et comment il l'a fait. Autant que vous le sachiez, Tonton Niko n'avait aucun secret pour moi.*

Cette jeune femme me déconcerte. Que sait-elle au juste ? Nikola Goubovski, qui ne dit jamais rien – un homme de peu de mots – aurait choisi de conter ce qu'il vivait à sa nièce condamnée ? Et d'un coup j'entrevois la solution d'un des derniers points d'interrogation de mon casse-tête. Nous nous regardons toutes les deux longuement, Sylvy et moi, et je sens que nous sommes au diapason. Elle sait ce que je vais lui demander :

— *Le* Québec Bardamu's band, *c'est vous, n'est-ce pas, Sylvy ?*

— *Bien sûr.*

— Je comprends…

Ce sont les mots qui me viennent en réponse à son aveu si facilement concédé. Mais je comprends bien moins, en fait, que je réfléchis. Et le silence dure entre la jeune malade et moi. « Bien sûr »… bien sûr quoi ? Que son oncle analphabète n'avait pas la culture pour imaginer signer « Bardamu » une lettre anonyme ? Va pour la lettre. Mais « bien sûr » quoi encore ? Je me prends à regarder différemment la maigrichonne étudiante. Elle attrape quelques livres devant elle et me les montre avec un sourire espiègle. Sur toutes les couvertures, la photo de Louis-Ferdinand Céline, ici en gros plan, le visage énigmatique, fixant l'objectif, un foulard autour du cou, mal rasé, là, plus jeune, en strict costume-cravate, équivoque, impénétrable, l'air de se foutre du monde, ailleurs mal fagoté, vieilli, prophétisant, un doigt en l'air.

— J'ai beaucoup étudié Louis-Ferdinand Céline. Ce vieux salopard est de mes auteurs favoris. Je n'ai jamais rien lu de plus fort que Voyage au bout de la nuit. *C'est moi qui ai suggéré la lettre anonyme à mon grand-oncle quand il m'a dit que monsieur Khalil souhaitait détourner l'attention de la police et l'éloigner du lac Zohra. J'ai écrit cette lettre vendredi il y a huit jours tandis qu'il préparait notre dernier souper.*

— Il faut m'expliquer un peu mieux, Sylvy. Je suis votre amie. Je vous le jure, rien ne m'indique que votre grand-oncle soit mort et je veux l'aider si je le peux. Il faut me raconter ce que je ne sais pas.

— Vous savez beaucoup de choses, madame Aglaé. Chapeau, vous avez drôlement bien décodé

nos mystifications, à l'oncle et à moi. Tout ce que vous lui avez raconté hier devant madame Vera, tout ce que vous avez supposé, eh bien, je n'en reviens pas, c'est à peu près ça qui s'est passé.

— Expliquez-moi.

— Tonton Niko, vous savez, je l'aime profondément. C'est lui, faut que je vous le dise, qui m'a fait venir au Canada. C'est lui qui paie pour mes études, mon appartement, mes soins. Ma famille est très pauvre. Jamais je n'aurais quitté la France sans lui. Je ne le connaissais pas quand je suis venue ici il y a deux ans. C'est en le voyant tous les vendredis que, depuis, je l'ai peu à peu apprivoisé. Et puis il m'appelait souvent. Nous sommes devenus très proches. Il m'a tout raconté de lui. Je connais sa vie par cœur. Oh, n'allez pas imaginer que ses confidences étaient bien bavardes. Ce n'était pas l'homme des savantes analyses ni des longs discours introspectifs, mon grand-oncle. Mais il répondait à mes questions, et des questions, j'en avais.

— Arrêtez d'en parler au passé, Sylvy, gardez espoir !

— Vous ne pouvez pas comprendre…

— Il vous avait raconté ce qui s'était passé avec René Kahn.

— Bien sûr ! On est restés en contact les deux jours où c'est arrivé : le lundi, après le suicide du prof, et le mardi, jusqu'à ce que Tonton Niko se soit débarrassé du corps. Il avait un cellulaire dans son camion et je l'ai dirigé tout au long de sa cavale avec le corps du professeur. Mon grand-oncle – comment vous dire ? – avait besoin qu'on le guide, qu'on pense pour lui, qu'on lui dise quoi faire. Toute sa vie, vous savez, il a été conditionné à obéir aux

ordres. C'est comme ça un soldat. Vous voulez savoir quelque chose de drôle ?

— Dites…

— Eh bien, vendredi matin, le… attendez voir, le 26 septembre, j'étais parmi les étudiants en lettres à écouter la conférence du professeur Kahn à l'Université de Montréal.

— Quelle coïncidence !

— Eh oui. Et pourtant d'ordinaire je ne me sens pas bien forte le matin et j'évite les sorties avant midi. Mais là, je n'ai pas regretté. Ce prof Kahn était vraiment quelqu'un de passionnant et, d'ailleurs, ma première réaction quand Tonton Niko m'a parlé de ce qui était arrivé au lac Zohra, la morsure au doigt entraînant la peur et le suicide de Kahn, a été d'en vouloir à mon rustaud de grand-oncle d'avoir été si rude avec ce bonhomme que j'avais trouvé tellement agréable. Je ne comprenais pas ce qui avait bien pu se passer avec cette histoire du prof fouillant dans le bureau de monsieur Khalil. Quelque chose me dépassait. Quelque chose qui dépassait aussi complètement Tonton Niko. Tout le monde n'a pas votre perspicacité, madame Aglaé. Fallait le deviner, que le grand maître de la Sorbonne arrondissait ses fins de mois en faisant du renseignement.

— Ce n'était pas exactement ça.

— Je m'en doute un peu… L'oncle m'a expliqué comment vous aviez compris que le prof était en mission spéciale pour les services secrets israéliens et français. C'est passionnant. Vous savez, je suis aussi amatrice de bouquins policiers et de romans d'espionnage.

Elle se lève d'un coup et chancelle. Je crains qu'elle ne tombe. Le chaton saute en catastrophe de ses cuisses maigrichonnes en miaulant sa désapprobation. Elle va tant bien que mal jusqu'à une étagère et passe son doigt sur toute une collection de romans genre poche série-noire. Elle en prend un, le feuillette. *OSS 117!* me lance-t-elle. *Mon père avait toute la collection! C'est archi-nul, zéro, craignos, tartignole, minable, prévisible, illisible, risible, mais lui aimait ça!* Elle éclate de rire, cligne de l'œil, passe tout près de perdre une autre fois l'équilibre en accrochant un tabouret et revient s'asseoir devant son ordi.

— Et le vendredi suivant? Que s'est-il passé exactement ce jour où votre grand-oncle est venu à Montréal avec le sac de voyage de René Kahn?

— N'allez pas trop vite.

— Mais je ne vais pas trop vite.

— Oh que si! Voyez-vous, ô perspicace capitaine de la Sûreté du Québec, je suis prête à tout vous dire, et tant pis si vous m'envoyez aux galères pour ça.

— Qu'allez-vous imaginer maintenant?

— Je suis très sérieuse.

— Non, vous dites des bêtises.

— Croyez-vous? Attendez de savoir. Voyez-vous, il n'y a pas un seul jour cette semaine-là où nous ne nous sommes pas parlé, Tonton Niko et moi. Je vous l'ai dit, il avait besoin que je l'aide. Ce n'est pas médire de lui que de reconnaître que, côté « comprenette », comme on dit chez nous dans le Midi, ce n'était pas le cerveau le plus rapide de la planète. Il faut raconter les affaires comme elles

sont. C'est moi qui lui ai commandé de se débarrasser de l'auto louée du prof, de sortir le corps de la propriété en évitant de passer au poste de contrôle de la grille de ses patrons. Le moins de témoins possible, c'était mieux. Je suis restée en contact avec lui tout au long du jour et des deux nuits pendant lesquels il a trimballé le cadavre avant d'y mettre le feu. L'auto volée à Ripon, c'est moi aussi. Je lui ai dit de mettre dans le coffre le corps et tout ce qu'il avait d'effets personnels de Kahn, vêtements, lunettes, son gros attaché-case plein de bouquins. Fallait impérativement faire disparaître tout ce qui pourrait permettre à la police d'identifier le macchabée.

— Comment savez-vous qu'il y avait des livres dans l'attaché-case ?

— J'avais demandé à mon grand-oncle de vérifier tout ce que transportait Kahn avec l'idée de garder des affaires qui pourraient nous permettre de créer des fausses pistes, la même idée que monsieur Khalil. Tonton Niko a fait l'inventaire. C'est lui qui m'a parlé des trois gros vieux livres retenus ensemble par un ruban gris qui alourdissaient la mallette du prof.

Et je comprends alors qu'Elena Calliero ne récupérera pas son bien. Jamais, au grand jamais, le monde célinien ne saura si le truand Jean Lecluer, dit Jean le Tatoué, pouvait s'enorgueillir de l'amitié du grand Céline et s'il était le mystérieux contact montréalais de l'écrivain. Seul René Kahn a peut-être su. Un bref moment, je l'imagine, le professeur, ce dimanche soir-là, revenu de Laval dans sa chambre d'hôtel, dévorant les livres de bord du vieux truand français. A-t-il eu cette preuve dont il rêvait tant? Me vient alors l'espoir saugrenu que ce soit le cas, que cet homme ait eu une dernière joie avant de perdre bêtement la vie. Qui sait, peut-être est-ce parce qu'il avait trouvé ce qu'il y cherchait qu'il n'avait pas voulu se séparer des trois précieux volumes et avait fait avec eux l'ultime voyage en Outaouais. J'entends Sylvy poursuivre ses aveux. *J'ai décidé finalement de ne garder que le portefeuille du prof. Tonton Niko a mis le feu à tout le reste avec un maximum d'essence et a refermé le coffre avec un bâton. Bonne chance aux flics pour reconnaître le mort. J'avais lu une histoire comme ça dans un polar. On appelle ça l'« effet de chandelle ». Je me demande toujours comment vous avez pu identifier aussi vite les restes. Ça n'avait pas brûlé complètement?*

— Si, mais le professeur avait des prothèses en métal, un genou, des dents…

— Ah! c'est ça. Je me demandais. Voyez, j'étais la tête et mon oncle le bras agissant. Quand il est revenu au domaine du lac Zohra, c'est encore moi qui lui ai dit de coller à monsieur Khalil, son patron et ses avocats, pour voir ce qu'ils entendaient faire, à la suite du suicide inexplicable de Kahn. Tonton Niko, lui, serait retourné dans son jardin à biner ses salades pendant que les autres imagineraient comment réagir dans la situation. Je voulais savoir ce qui s'en venait pour pouvoir, moi aussi, l'aider au besoin.

Elle ne pleure plus, elle ne rit plus. Elle explique, veut être comprise. Son petit visage a pris une physionomie joliment décidée. Je la découvre sous un autre jour, maîtresse d'elle-même, énergique, résolue. Le ton de sa voix n'est plus celui d'une enfant. Elle poursuit:

— Je lui ai conseillé de ne pas parler tout de suite du portefeuille de René Kahn. Je pensais que cela pourrait peut-être nous servir. Quand il m'a appris qu'un objet serait dérobé dans la chambre d'hôtel du professeur et qu'un détective privé s'arrangerait pour mouiller Duilio Calliero, je lui ai commandé de s'organiser pour être celui qui donnerait l'objet en question au détective. Ainsi nous pourrions contrôler la suite des choses.

— Je vois.

— Et paf! ça marche. Arrive ce vendredi 3 octobre. Tonton débarque ici à dix-huit heures, comme à son habitude. Cette fois, vu les circonstances, c'est moi qui ai préparé notre repas à l'avance et nous mangeons tout de suite. En fait, il mange, moi, je réfléchis. J'ai trouvé dans le portefeuille de Kahn la carte de Tout le monde en parle *et la photo de la fille du professeur avec des traces de sang dessus.*

— Comment pouviez-vous savoir qu'il s'agissait du sang du professeur?

— Elle était dans ses mains, mon oncle me l'a dit, quand il a retrouvé Kahn empoisonné. Et je savais pour le pouce mordu au sang. Pas marrant, hein, le Tonton Niko quand il se fâchait! J'ai donc imaginé cette lettre à vous envoyer. Je vous avais vue à la télévision pendant votre conférence de presse, la veille. J'ai sorti la lettre sur l'imprimante que vous voyez ici et l'ai mise sous enveloppe avec la carte de Dany Turcotte et la photo ensanglantée. J'ai dit à mon oncle de passer par le journal La Presse *à*

un moment ou à un autre de la nuit pour y déposer l'enveloppe avec votre nom dessus. Une chose de faite. Il a ensuite téléphoné devant moi pour fixer rendez-vous à Jules Pichon.

— Le détective privé ? Un petit gros ?

— C'est ça. Mais je ne sais rien de sa taille. Je ne l'ai jamais vu.

— Je ne savais même pas son nom à celui-là.

— Un imbécile ! J'ai dit à mon oncle d'aller le rencontrer, de lui donner le sac de voyage et de le suivre pour voir ce qu'il en ferait. Tonton Niko a vu Pichon forcer le coffre d'une grosse Jeep noire, y mettre le sac et s'en aller. J'ai suivi ça en direct avec lui sur son cellulaire. Il m'a demandé quoi faire. J'ai réfléchi à la situation et me suis dit : OK, le Pichon va envoyer une lettre anonyme à la police en lui suggérant de fouiller cette voiture. Mais bon, encore faut-il pour que ça marche, son truc, que le chauffeur de la Jeep ne voie pas la pièce à conviction qu'il transporte. S'il la voit et s'en débarrasse, c'est raté. Alors j'ai dit à Tonton Niko : « Tu dois t'assurer que le sac reste dans la Jeep noire jusqu'à ce que tu voies des flics se pointer pour la fouiller. Appelle-moi si quelque chose ne va pas. » Et c'est ce qu'il a fait.

Je suis accrochée à ses lèvres. Cette femme-gamine me fixe dans les yeux et me captive. Elle n'a plus rien pour l'heure d'une malade chronique. Le feu est dans son regard. Elle frappe de son petit poing sur la table. Son chat est revenu se rouler sur ses cuisses. Il ne peut se reposer comme il le souhaiterait tant elle bouge et lui aussi me regarde, l'air d'attendre que je cesse de provoquer sa maîtresse.

— Tonton Niko m'a appelée tout au long de la nuit en me racontant sa filature de l'homme monté dans le camion un peu avant deux heures le samedi matin, direction un club de danseuses à Laval où le type a ramassé une pute. Ils sont ensuite partis l'un derrière l'autre jusqu'à un bar de la rue Jean-Talon, puis, de là, à Montréal-Est. Vers cinq heures, Tonton Niko m'appelle d'une ruelle où l'homme qui conduit le Jeep noir vient de se stationner. Le temps que lui se gare dans une rue voisine, le chauffeur a disparu et s'en est allé avec la femme de Laval. Sauf que rien ne va plus, mon oncle est aux cent coups, car il vient de découvrir le sac de Kahn dans une poubelle à côté de l'auto. Le plan de Pichon tombe à l'eau. Mon pas trop futé de grand-tonton panique et me demande quoi faire. Doit-il essayer de remettre le sac dans l'auto ? qu'il me demande. Ben non, que je lui réponds, on va passer au plan B, mon oncle. Vérifie si les portes de l'auto sont verrouillées. Elles le sont, me confirme-t-il au bout d'un moment. Bon, que je lui dis, on va s'arranger autrement. Va chercher du ruban adhésif dans ton camion… Et n'oublie pas de mettre des gants, hein ! Tu sais bien, les empreintes… Je te le dis tout le temps… Tu vas accrocher le portefeuille de Kahn sous la calandre de la Jeep. Si les flics la fouillent, ils le trouveront bien.

— Mais ce n'est pas ce qu'il a fait.

— Si, enfin, non, hélas… Le reste est juste du malheur, de la malchance. Si ce couillon d'Italien avait tiré son coup en y mettant plus de façons avec la dame, eh bien, il ne serait pas mort cette nuit-là. Quand mon oncle est revenu avec le portefeuille et le ruban adhésif, ce type, Rocco, hein,

que les journaux ont dit qu'il s'appelait, retournait lui aussi à son auto. Les deux se sont croisés, puis fait face et le ton a monté. « Tasse-toi, pépère ! » *que lui a ordonné le mauvais. Tonton Niko n'a pas bougé. Le type a enfilé un poing américain. Mon oncle a sorti son surin…*

— *Pardon ?*

— *Son couteau à cran d'arrêt.*

— *Et il l'a tué…*

— *Je pourrais vous dire que oui… mais ce n'est pas tout à fait ainsi que les choses se sont passées, madame Aglaé. Tonton Niko, c'était un spécialiste de la bagarre au couteau, un vrai de vrai. Quand l'autre a voulu le frapper, il lui a planté sa lame dans le plexus et l'y a laissée. Le coup, ça te l'a arrêté tout net, le gros salopard. Bouger avec la lame dans la plaie à cet endroit-là, ce serait comme impossible. Et figurez-vous que mon oncle, cette godiche, m'a alors appelée. La blessure, qu'il m'a expliquée, n'était pas mortelle. Grave mais pas mortelle. Le gros bagarreur était à terre, à genoux, il ne pouvait pas bouger, et mon andouille de grand-oncle devant lui ne savait plus quoi faire. J'ai réfléchi à toute vitesse et n'ai pas trouvé d'autres solutions. C'est moi qui lui ai dit : « Tue-le, Tonton, puis mets-le dans son camion, le portefeuille de Kahn dans sa poche et direction Laval, là où il a trouvé sa pute ! Tu fais au plus vite en évitant qu'on te voie et tu n'ôtes jamais tes gants, hein ! Tu retournes ensuite chercher ton camion à toi et tu rappliques ici fissa. Je t'attends avec le café. »*

— *Et c'est ce qu'il a fait ?*

— *Et ce que j'ai fait moi aussi. On a bu notre café un peu passé sept heures et j'ai exigé qu'il dorme jusqu'à dix heures, avant de reprendre la route pour le lac Zohra.*

— Il vous a reparlé depuis.

— Oui, hier, dans sa fourgonnette, alors qu'il était en route pour Montréal. Vous veniez de lui présenter votre brillante démonstration que vous aviez tout compris... ou presque. Là, on n'en revenait pas tous les deux. Comment aviez-vous réussi à démêler ce sac de nœuds ? Incompréhensible. Ma parole, madame Aglaé, vous êtes meilleure qu'Hubert Bonisseur de La Bath...

— Qui ?

— OSS 117, si vous préférez.

J'ai spontanément embrassé le feu follet sur les deux joues en m'en allant ce soir-là. Je sentais le besoin de réconforter la jeune malade, moins persuadée qu'elle, cela dit, que son grand-oncle était mort, mais tout de même très inquiète. Une interrogation en tête : que faire avec cette gamine ? Son intervention n'était pas anodine dans le meurtre de Favatta... Comment la traiter dans l'enquête ? Je décidai ce soir-là d'y réfléchir. La nuit me porterait conseil.

Et voilà. Pour un peu j'arrêterais ma narration ici, monsieur Plamondon. Vous savez déjà l'essentiel du reste, non ? C'est du domaine public. Enfin, après tout, non... pas tout. C'est d'accord. Je suspends pour ce soir et termine mon histoire demain.

7

Faire confiance aux hommes, c'est déjà se faire tuer un peu.

Louis-Ferdinand Céline
Voyage au bout de la nuit

J'achève, monsieur l'inspecteur. Ce qu'il me reste à vous narrer maintenant me révolte encore tellement aujourd'hui ou, pour utiliser des mots plus justes, me met dans un tel état d'écœurement et de consternation!... N'en doutez surtout pas, vous conter les aléas de cette enquête ne m'engagera pas à remettre en cause la décision que j'ai prise de quitter la police. Je dirais même volontiers: au contraire. Vous voilà prévenu.

Nous sommes donc le dimanche 12 octobre. La journée s'annonce intéressante: après-midi au spectacle, souper ensuite au restaurant, les deux fois avec Pavel Khalil. Le reste de la soirée et la nuit à venir? Ma foi, nous verrons bien. Seule ombre au tableau, la disparition de Nikola Goubovski.

J'entre vers dix heures au bureau – après tout c'est congé – avec l'idée d'émettre un avis de recherche. Je dois aussi rédiger quelques notes pour mon collègue Guy Mayotte afin de l'informer de ce que je sais de son affaire Favatta. Surprise! À mon arrivée au bureau, c'est plutôt Guy qui m'a laissé un message. J'en prends connaissance avec intérêt... et soulagement. Il règle un point, le seul je pense, qui restait en suspens dans mon enquête. Je vous le joins, votre document n° 10.

DOCUMENT N° 10

Salut, beauté inaccessible !

J'espère que ton enquête va bien. Il faudrait que l'on finisse par se voir pour que tu me dises où tu en es dans cet imbroglio. Je suis passé à ton bureau te voir vendredi dans la soirée, mais sans succès. Par contre, j'ai croisé Claire Roberge, qui m'a fait part de tes idées quant à la présence des empreintes de Kahn à l'arrière du Jeep de Rocco. Pas con, sais-tu.

Eh bien, la belle, heureux de te dire que tu avais raison sur toute la ligne. J'ai interrogé Duilio Calliero, qui m'a confirmé que c'est bien Rocco Favatta qui a ramené le professeur à son hôtel vers minuit, le dimanche de l'émission de Radio-Can. Rocco a accepté de donner un lift au Français à la demande expresse de la femme de son boss. Même que le Duilio s'est vanté d'avoir dit à son chauffeur : « Tâche de t'y prendre avec classe. C'est pas n'importe qui ce monsieur-là ! »

Et voilà expliqué le mystère des empreintes de Kahn dans le Grand Cherokee.

On se reparle.

Guy

Un petit velours pour mon *ego* de policière. En fait, le tout dernier, inspecteur Plamondon. J'ai à peine fini de lire le mot de Mayotte que j'entends le fax voisin sonner puis ronronner et qu'un premier feuillet en sort avec des allures de danseuse de flamenco. La communication m'est destinée. Elle vient du poste de la Sûreté de Papineauville.

Et là, tout va basculer. Je vous joins la copie du message, monsieur l'inspecteur, votre document n° 11. C'est un rapport de constable signé de ce même patrouilleur, Jérémie Fortin, qui avait enregistré la déposition du témoin Francine Faillon lors de la découverte d'une première voiture brûlée sur le chemin du Crique-à-la-Roche onze jours plus tôt.

Document n° 11

Rapport du constable Jérémie Fortin

Ce dimanche 12 octobre à sept heures trente, j'ai été appelé à me rendre sur le chemin du Crique-à-la-Roche de la municipalité de Montpellier pour enregistrer la déposition du témoin Francine Faillon. On notera que madame Faillon est le même témoin qui, le mercredi 1er octobre dernier, avait rapporté la présence aux abords de sa propriété d'un véhicule volé dans la municipalité de Ripon et incendié dans un sentier voisin. Rappelons également que les restes d'un corps humain avaient été retrouvés dans ce véhicule.

Cette fois, madame Faillon déclare avoir aperçu depuis le chemin du Crique-à-la-Roche, où elle promenait son chien, un autre véhicule partiellement brûlé à l'endroit exact où la précédente voiture volée et incendiée avait été signalée. Elle n'y est pas allée voir de près. Le témoin signale que le véhicule n'était pas là le vendredi matin, à son dernier passage sur ce chemin. Elle ne peut se prononcer quant à la journée du samedi puisque la veille elle couchait chez une amie à Pierrefonds. Elle mentionne que monsieur Faillon est actuellement parti pour une dizaine de jours en Gaspésie pour son voyage annuel de chasse à l'orignal.

Je me suis rendu dans la clairière où le véhicule a été signalé par le témoin. Il s'agit d'un camion

Dodge Ram, bleu foncé. La version van. Il a été partiellement incendié et je ne peux en lire l'immatriculation. Les fortes pluies de la nuit passée ont certainement ralenti la combustion. Un corps est visible, couché sur le plancher de la fourgonnette, derrière les deux sièges avant. Il s'agit d'un homme âgé d'assez grande taille, brun, moustachu, portant un bandeau de cuir sur l'œil droit. Une blessure par arme à feu est visible sur le front. Le bas du corps est en partie calciné.

Je n'ai procédé qu'à cette brève inspection visuelle et suis revenu au chemin du Crique-à-la-Roche d'où j'envoie ce premier rapport. Je sécurise l'accès au camion Dodge et attends des instructions.

Jérémie Fortin

Je téléphone à Montebello, où je rejoins le lieutenant qui vient de me faxer le rapport. Des voitures de patrouille ont rejoint celle du constable Fortin, m'informe-t-il. Une équipe de techniciens en scènes de crime est également en route vers le Crique-à-la-Roche. Je commande que rien ne soit changé de la scène avant ma venue sur les lieux. Oui, les techniciens peuvent commencer leurs travaux à proximité du véhicule, mais j'entends que le camion ne soit pas ouvert avant que je puisse me faire ma propre idée des circonstances du meurtre. Je connais l'identité de la victime, dis-je à mon interlocuteur, très certainement le témoin principal de mon enquête sur la mort de René Kahn, le premier mort du Crique-à-la-Roche. Je tiens cette fois à voir les lieux, ce que je n'ai pas eu l'occasion de faire onze jours plus tôt. Je veux essayer de comprendre le lien entre les deux rituels macabres.

Dans mon véhicule de service, j'appelle Pavel en quittant Montréal et annule notre gentil programme. Je ne lui annonce pas la mort du vieux protecteur de sa mère. J'évoque juste « quelque chose de très grave », m'excuse de ne pouvoir lui en dire plus et coupe court en raccrochant sur la promesse de le rappeler bientôt.

Comment, monsieur Plamondon, comment vous exprimer mes sentiments en reprenant la route vers l'ouest ? Tout va trop vite dans cette histoire. La mort de Nikola Goubovski me heurte comme un véritable coup de bélier et j'accuse le choc. C'est pour réagir que j'ai décidé d'instinct qu'il me fallait aller au Crique-à-la-Roche essayer de sentir quelque chose, établir des liens, secouer la torpeur que je sens proche de m'envahir. Des gens meurent et je n'arrive pas à éviter l'enchaînement tragique. On a voulu se servir de moi, on m'a manipulée comme un pion sur un échiquier, mais j'ai réussi à deviner, à comprendre à peu près la partie qui se jouait. Mais à quoi bon ? Un grand bout de ce qui se tramait a dû m'échapper. Je me découvre impuissante à réellement influer sur le cours des choses. Le vieux Nikola, pour qui j'éprouve si naturellement une espèce de respect, est mort et je me sens fautive. Cet homme, comme le décrivent sa nièce et les Khalil, avait beau être resté d'une force physique étonnante, il vivait en pleine déroute mentale des événements qui le dépassaient. Il avait besoin d'aide. Deux jours plus tôt, il était devant moi, me parlait, m'écoutait et voilà qu'il m'échappe une ultime fois, sans rémission, sans possibilité de rattrapage... Je suis en route pour mon dernier rendez-vous avec l'ex-légionnaire et je me sens désarmée, en retard sur le jeu, hors du coup.

Il pleut sur la dernière partie de mon trajet. Le temps est gris et froid : un dimanche foutu ! Adieu théâtre, adieu souper d'amoureux, adieu espoir de nuit torride. L'avais-je vraiment souhaitée ? Je serais en peine de le dire. Qu'est-ce que j'attends, au fond, de ma relation toute neuve avec Pavel ? Je ne sais pas... Un constat m'apparaît bien simple, évident : rien ne pourra se construire désormais entre cet homme et moi tant que je ne pourrai lui expliquer

– en fait, m'expliquer – ce qui vient de se passer. Le borgne est désormais entre nous comme le chaperon d'un autre siècle entre la jeune fille et son galant. Et j'oublie Pavel Khalil.

Ce matin-là, je n'ai plus qu'un visage en tête en roulant vers le nouveau cadavre du Crique-à-la-Roche, celui de Nikola Goubovski. Pourquoi le vieil homme est-il mort ? Pourquoi ses assassins ont-ils pris la peine de ramener son corps là où l'ex-légionnaire s'était lui-même débarrassé de celui de Kahn ? Bien sûr, la logique voudrait que le crime du meurtrier de Rocco soit dû aux amis mafieux de l'Italien… mais alors pourquoi cette répétition du cérémonial macabre de Montpellier ?

J'arrive dans la région un peu passé midi et, merci Miss GPS, je rejoins sans problème le cordon de police des patrouilleurs de Papineauville sur le chemin du Crique-à-la-Roche, une petite route de colline, tantôt en gravelle, tantôt, dans les côtes, en asphalte, au fin fond de la forêt. Terrain boueux. Je chausse des bottes trouvées dans le coffre de l'Impala et pars en compagnie d'un constable vers le camion à la peinture bleue noircie que j'aperçois à peut-être un demi-kilomètre devant moi, au bout d'un sentier de bois.

Image familière, une presque vingtaine de collègues sont là, dont un bon tiers, en civils, mains dans les poches de leur imperméable, semblent ne rien faire. Je m'identifie. Les conversations cessent. On m'attendait. C'est le moment que la pluie choisit pour reprendre de plus belle.

Je m'approche de la double portière latérale du Dodge en piteux état. Un technicien m'ouvre la porte au pied de biche. La cabine de la fourgonnette, fierté du vieux chasseur, n'est plus qu'une ruine. Elle me rappelle ces intérieurs de maisons éventrées par une bombe ou un tremblement de terre que l'on voit parfois aux informations à la télé. Tout le bois des armoires, des étagères et de la banquette a brûlé, les coffres de plastique aussi. Ne restent çà et là que des éléments d'armatures métalliques, des fils électriques dénudés, des fusils de chasse tombés de leur support, des moulinets déglingués, un manche d'épuisette et son cerceau, des cuillères de pêche toutes noircies. Le cadavre est couché de tout son long sur le dos, ce qu'il reste des jambes vers le fond du véhicule, la tête à la hauteur de la porte latérale. L'arrière de la tête reposant sur l'acier de la coque, le visage a été à peu près épargné par les flammes. Un trou noir apparaît au-dessus du nez, entre le cordon du bandeau œil de pirate et la longue cicatrice verticale du front du vieux légionnaire. Des menottes entravent les poignets du mort. Je me recule, le cœur au bord des lèvres. Pourquoi ai-je voulu venir et voir ?

Un lieutenant en uniforme de la SQ se présente comme le responsable des équipes sur place. J'atteste l'identité de la victime et l'avise des coordonnées de ses proches, Sylvy Brisefer et les Khalil. Nous nous entendons : c'est lui qui veillera à ce qu'ils soient informés. Je n'ai ni le courage ni l'envie de le faire. A-t-on vérifié si la caméra de Faillon a pu photographier la scène ? La réponse est oui. Le mouchard a été désinstallé. Pas de photos pour nous aider à comprendre cette fois. Je vais retourner à mon auto, lui dis-je, mais j'aimerais que l'on me fournisse un rapport succinct des premières observations que les techniciens feront sur la scène. Je suis à la recherche d'un signe, d'un message, d'une signature du ou des tueurs. J'attendrai, lui dis-je, le temps qu'il faudra sur le chemin du Crique-à-la-Roche. Je les laisse et, passant, comme à ma venue, sur les bas-côtés du sentier pour éviter d'y brouiller les pistes, je retourne là où j'ai laissé mon véhicule.

Des voitures de journalistes sont arrivées. Je demande aux constables d'assurer ma tranquillité. La pluie ne cesse pas et les aide en dissuadant les plus hardis des reporters, qui retournent assez vite dans leur auto. J'ai froid. Je laisse tourner le moteur et mets le chauffage. Bientôt, les fenêtres s'embuent et je suis doublement dans ma bulle. Je réfléchis, me perds dans mes pensées, n'aboutis à rien et finis par m'endormir. Des cauchemars me réveillent aussitôt et l'idée me vient soudain que je suis au bord de la dépression. J'essaie de me ressaisir. J'allume la radio, prends en marche un opéra qui n'améliore nullement mon début de déprime. Je n'arrive pas à fixer mes pensées. Je me sens à plat, les batteries à terre et je m'ennuie.

Il est presque seize heures quand j'entends frapper à la vitre côté passager. Le lieutenant entre, s'installe à mes côtés et me fait son rapport. Le travail des experts en scènes de crime est à peu près terminé dans la clairière. Selon les traces de pas, trois hommes ont participé à l'opération. Ils sont venus probablement durant la nuit de vendredi à samedi, ont dû laisser une voiture sur le chemin du Crique-à-la-Roche et s'engager dans le sentier vers la clairière avec le seul camion de la victime. Tout laisse penser que le borgne était déjà mort et couché à l'endroit où on l'a trouvé dans la fourgonnette quand les assassins sont arrivés dans le cul-de-sac. Aucun signe, message ou lettre laissé pour justifier ou revendiquer le meurtre. L'exécution a tout du travail de professionnels. Les menottes ont attiré l'attention des techniciens. Elles ne sont pas d'un modèle policier en usage au Québec. On m'enverra dans les jours suivants les résultats de toutes les analyses de laboratoire.

Ma pêche est bien mince. J'aurais pu m'éviter le voyage. Quand même, j'aurai au moins salué la dépouille de l'ancien légionnaire. J'ai cette curieuse impression d'être l'une des proches du vieil homme assassiné quand je ne l'ai que croisé, lui ai à peine parlé. Et je me sens triste et inutile…

On s'entend, le lieutenant et moi. C'est lui qui informera la presse. Et je reviens sans me hâter vers Montréal, le cœur près du mort et la tête curieusement détachée de mon enquête. On m'a eue. On m'a doublée. On a tué l'homme que je souhaitais protéger. Je n'ai rien vu venir. Je me sens nulle. Je quitte l'autoroute 50 un peu avant d'arriver à la 15 et m'arrête pour souper. Il faut bien manger, ce que je fais sans enthousiasme. Je ne consommerai que la moitié de l'assiette aux frites trop grasses.

À dix-neuf heures trente, je rends mon auto banalisée au stationnement de la rue Fullum. J'hésite à monter au bureau et décide plutôt de rentrer à pied chez moi. Trois kilomètres et demi dans des quartiers que je connais parfaitement. J'en varie toujours l'itinéraire. Là, je ne suis pas pressée, je prends un de mes circuits les plus longs, passant par le Village gai, Sainte-Catherine, le Quartier chinois, crochet par la Place des Arts… Je suis sans allant, sans but. Je n'ai qu'une envie, souffler, me changer les idées, essayer d'oublier les deux ombres qui m'accompagnent : le volubile professeur féru de Céline qui ressemblait à Philippe Noiret et le vieux soldat malchanceux trop suspicieux, trop sévère… deux morts violentes pour rien, des erreurs.

Je rentre chez moi par la porte de la rue de La Gauchetière. Je remarque une femme avec un grand chapeau et des lunettes foncées au volant d'une grosse voiture noire de luxe, stationnée phares éteints juste à l'angle de mon immeuble, au coin de Saint-Alexandre. En fait, c'est le geste qu'elle fait pour allumer ou éteindre sa radio de bord quand je passe à sa hauteur qui attire mon attention. Je ne sais trop où se dirige son regard tandis que je compose le code déverrouillant la porte de mon immeuble, mais j'ai la drôle d'impression qu'il est planté dans mon dos. Quand j'entre, je jette un œil par-dessus mon épaule et vois qu'elle téléphone. Peut-être aucun rapport. Je reste un moment dans le vestibule en feignant de consulter des circulaires publicitaires et constate que la voiture s'en va doucement vers l'ouest. La conductrice est de profil, ne me prête aucunement attention. C'est une très belle femme.

Je ne suis pas dans mon appartement depuis dix minutes que mon téléphone sonne. « Appel privé », dit mon afficheur. Pas de nom ni de numéro sous la mention. Je n'attends aucun appel et décide de ne pas répondre. Trois fois de suite aux cinq minutes mon appareil sonnera. Mais c'est dit, je ne veux plus rien savoir ce soir et je continue de faire celle qui n'entend pas. Qu'on me laisse un message. Un peu plus tard, en sortant de ma douche, je vérifie: pas de message. Mon correspondant n'insiste pas. Le combiné ne sonnera plus de la soirée. J'ai envie d'appeler Pavel et puis, là encore, je renonce. Comment discuter avec cet homme sans lui parler de la mort de Nikola Goubovski, qu'il doit maintenant connaître? Comment réapparaître devant lui et ses parents avec ce fardeau sur la conscience, cette impression d'avoir trahi leur vieil ami à tous? Là encore, le gâchis est total.

Je décide de commencer ma journée du lendemain en allant voir Sylvy. Je me sens obligée de lui raconter ce que je sais de la disparition de son grand-oncle pour compléter ce qu'elle a dû apprendre la veille et lui offrir mon soutien. Et puis, je veux parler avec elle de la façon dont je vais officialiser son témoignage. J'y vais sans entrain, mais je sens qu'il le faut. Je sonne à la porte de l'immeuble de la rue Milton, attends, sonne encore... Elle n'est pas là. Rien ne s'arrange comme je le souhaiterais. Je suis là, désemparée devant cette sonnette qui ne réveille personne dans le bâtiment silencieux. J'hésite à m'en aller, me sens inefficace, déboussolée, sans ressort et je m'interroge. Suis-je victime d'un début de dépression nerveuse? C'est comme si quelque chose s'était cassé en moi hier à l'annonce de l'assassinat du vieux Nikola, et le malaise s'est aggravé sous la pluie, devant le camion brûlé et le corps. Je suis policière. J'ai déjà été en contact avec la mort, la violence. Mais ce cadavre-là m'interpelle personnellement. Il me revient des bribes des cauchemars que j'ai faits cette nuit: Sylvy-avec-un-y, ses cheveux roux balayant son visage d'anorexique, ses yeux injectés de sang, éclate d'un rire satanique et encourage son oncle. Lui, une machette à la main, le regard hagard du soldat noir que j'ai vu sur Internet, le zigouilleur, égorge méthodiquement des soldats sans résistance dans une tranchée. La grande lame de la machette taille d'une oreille à l'autre, des flots de sang jaillissent… Puis un grand feu dans un camion qui brûle les deux, l'oncle et la nièce…

Je réalise que je divague. J'ai froid tout d'un coup. Il faut que je réagisse. Je me secoue et resserre mon anorak sur ma poitrine. Une drôle d'impression me saisit, comme si j'oubliais quelque chose. C'est alors que j'avise le salon de coiffure, juste à côté de la porte d'entrée de l'immeuble de la minuscule étudiante française. C'est une boutique de plain-pied dont les grandes baies vitrées donnent sur la rue. Pour l'heure, le salon est vide de clients. Ce que j'imagine être un coiffeur de genre mâle est là affalé dans un fauteuil à lire son journal. Derrière un mini-comptoir installé juste à la porte, une réceptionniste aussi décolorée que décolletée se manucure les ongles. Une idée me passe en coup de vent et j'entre sans plus réfléchir. *Bonjour. Je suis policière. Étiez-vous ouvert vendredi, vers dix-huit heures ? Auriez-vous vu un homme avec un cache-œil se présenter à la porte voisine ?* Et, je n'en reviens pas, ça va marcher. Le coiffeur fait non en remuant de tête mais la fille semble sauter sur l'occasion de pouvoir parler un peu. *Oui*, dit-elle, *j'ai vu un homme avec un bandeau sur l'œil traverser la rue Milton juste devant la boutique et des collègues à vous l'ont arrêté. L'heure ? Je ne me souviens plus bien, mais c'était vendredi soir, ça oui, affirmatif, je suis sûre.*

— *Des collègues ?*

— *Je crois bien, oui.*

— *Des policiers en civils ?*

— Trois, des pros, des rapides. J'en ai vu un montrer sa carte à votre Bonhomme Pirate et les deux autres l'ont embarqué vite fait.

— Embarqué ?

— Oui, dans une grosse auto noire de luxe, genre BM ou Audi, ou Lexus, je vous donne le choix. Une grosse, je vous le dis, moi ! Une femme était au volant.

— Le type au bandeau a-t-il essayé de résister à son arrestation ?

— Ben, il n'aurait pas pu, je crois. Il avait deux gros sacs de victuailles, un dans chaque bras. Vous savez, ça s'est passé très vite. Pas grand-monde pour s'en rendre compte. Moi, j'ai compris la situation parce que c'était là que ça arrivait, juste sous mes yeux.

Je prends un taxi pour le bureau. Je suis perplexe. Il me semble que je sais tout dorénavant de cette histoire ou, plus exactement, je sens qu'en mettant bout à bout tout ce que j'en ai appris, je devrais comprendre. Mais comprendre quoi ? Qui a tué Niko ? Pourquoi ? Mais c'est comme si cela ne m'intéressait pas. Je me sens décidément nulle. Je revois la grosse voiture de luxe noire aperçue la veille au soir démarrant doucement devant chez moi avec cette femme au volant sous son grand chapeau à la Audrey Hepburn. Comment ne pas penser que c'est le même véhicule qui a emmené Nikola Goubovski vendredi soir ?

Je n'aurai pas le temps de pousser loin mes réflexions. Il est dix heures. À peine suis-je assise à mon bureau que mon téléphone sonne. « *Appel privé,* m'informe le réceptionniste de la Sûreté, *vous le prenez?* » Cette fois, oui, je réponds. Au bout du fil, une voix d'homme calme, presque douce, sans accent: *Bonjour, madame Boisjoli. Mon très cher ami français, le lieutenant-colonel de gendarmerie Pierre Mollon, vous a parlé de moi. Il vous a promis, je crois, mon appel. J'aimerais vous rencontrer. Je suis devant chez vous. Je veux dire devant votre appartement, dans le parc de la basilique Saint-Patrick. Je suis assis au pied de l'escalier menant à l'église et je suis seul. Pierre, notre ami commun, pense que je devrais vous expliquer certaines choses. J'y suis bien prêt. J'ai un manteau noir léger et je porte un chapeau melon. Vous me reconnaîtrez. Nous nous sommes du reste déjà rencontrés. Je vous attends.*

Effectivement, j'ai déjà entendu cette voix, mais je ne la replace pas sur le coup. Bizarre, je ne me sens pas curieuse de savoir qui est cet homme ni ce qu'il va me dire. On se méfie parfois de la vérité, n'est-ce pas, monsieur Plamondon? On ne veut pas trop comprendre pourquoi, mais c'est ainsi, comme si l'on redoutait de savoir: la violence, la laideur, la sordidité du fond des choses... C'est sans hâte que je réenfile mon anorak. Je descends dans la rue Parthenais et me fais cette fois conduire par une auto-patrouille qui me laisse au coin de Saint-Alexandre et de Viger. Je remonte à pied ma rue vers La Gauchetière.

Un homme est assis dans le parc quand j'arrive à l'arrière de la basilique irlandaise. Partant des grilles de la rue, une première volée de marches de ciment conduit au jardin, tandis qu'une autre, des planches de bois sur une structure métallique, plus large, plus haute, lui succède une dizaine de mètres plus loin, menant à l'église elle-même. Au pied du second escalier, d'énormes blocs cubiques de pierre taillée retiennent le remblai en offrant des sièges naturels en l'absence de bancs de parc. L'homme assis, la tête baissée, les bras le long du corps, figé comme un personnage de Jean-Paul Lemieux, paraît incrusté dans le paysage. Son chapeau d'un autre âge descend sur son front, dissimulant son regard. Je ne vois pas ses traits. Il est comme assoupi dans le col relevé de son manteau sombre. Je m'assois sur le bloc rocheux voisin. Il feint de ne pas remarquer ma présence. Je me tais, m'engonce moi aussi dans le col de mon anorak. Il fait frais. Tout cela me semble un peu irréel.

Une femme se présente à la grille du jardin en retenant difficilement en laisse un braque allemand fringant, tout nu, ras de poil, poitrine musculeuse dessinée comme celle d'un guépard. Un écureuil gris juge bon de dégager sitôt la place en grimpant de trois coups de reins dans un arbre. Le chien l'a vu, charge dans les marches du premier escalier. *Moins fort, Mik!* crie sa maîtresse, ce qui semble réveiller mon voisin qui se redresse au passage affolé du duo devant notre banc de fortune. L'homme, sans tourner la tête vers moi, soulève un instant son melon et me salue. Je reconnais sans véritable surprise Jean Berger-Maheux, le professeur de Polytechnique rencontré une semaine jour pour jour plus tôt. Il sourit d'un air avenant et je me souviens que je ne l'ai vu que souriant lors de notre premier contact au bureau de mon patron. Il sourira pendant l'essentiel de notre rencontre. Je n'ai de ma vie jamais conversé avec un homme aussi affable… et souriant.

— *J'aime beaucoup cet endroit*, me dit-il en regardant distraitement le braque tirer maintenant sa maîtresse au sommet du second escalier, vers le chevet de la basilique irlandaise. *C'est un bon choix que d'habiter en plein centre-ville, près d'un jardin aussi ravissant. Je vous envie. Je vous ai attendue un peu hier soir ici même et le temps ne m'a pas pesé.*

— *Ah, c'est vous qui m'appeliez ?... J'étais très lasse hier. Je n'avais qu'une envie, oublier ma journée et dormir quand le téléphone a sonné.*

— *Je vous comprends fort bien...*

Il semble se perdre dans la contemplation du minuscule parc où nous sommes. Il hoche la tête en promenant son regard sur le décor devant lui, sans bouger d'un pouce son corps monolithique sous le manteau. Il ne me regarde pas et j'ai la curieuse impression d'être assise auprès d'un aveugle.

Que d'histoire en ces lieux! Laisse-t-il finalement tomber, comme si c'était là la réflexion la plus importante de sa journée. *J'ai lu qu'autrefois, le saviez-vous, ce jardin aujourd'hui si petit s'étendait beaucoup plus loin vers l'ouest. Ce devait être superbe, ce centre-ville, quand Montréal n'était qu'une grosse bourgade verdoyante sur les bords du Saint-Laurent.*

Il parle tout seul avec une certaine préciosité. Je n'ai envie ni de l'interrompre ni de le relancer, pas plus de lui répondre. Il doit *m'expliquer certaines choses,* m'a-t-il dit, et je le répète, je ne me sens pas plus que cela avide d'entendre ce qu'il veut me conter. Je n'ai pas su voir venir et éviter le meurtre de Nikola Goubovski. Dès lors, ce que va me révéler cet homme n'a plus rien pour moi de vital, d'essentiel, d'urgent. Tout est désormais trop tard. Je me sens lasse. J'ai de la difficulté à me concentrer. Il me revient l'idée que je vis peut-être ce que l'on appelait autrefois, dans mes cours à l'université, un « épisode dépressif ». Mineur ou majeur? Ma foi, me faudrait y réfléchir. Mon voisin, profil lisse, traits impénétrables, continue de soliloquer d'une voix à peine audible. Je l'entends bientôt me raconter qu'Émile Nelligan a été baptisé il y a quelque cent quarante ans dans la basilique dont nous squattons le jardinet.

— *Nelligan, un de vos grands poètes. Il est né, le saviez-vous, à deux pas d'ici, rue de La Gauchetière, au 602. Vous n'ignorez pas, n'est-ce pas, qu'il était notoirement antisémite ?*

Non, je ne le savais pas et le lui manifeste d'un haussement d'épaules. Et je l'entends, incrédule, lever un peu le ton en déclamant sans perdre un pied des alexandrins :

Ils étaient là les Juifs, les tueurs de prophètes,
Quand le sanglant Messie expirait sur la croix ;
Ils étaient là, railleurs et bourreaux à la fois ;
Et Sion à son crime entremêlait des fêtes.

— *Un peu pompeux, n'est-ce pas. Ce ne sont pas, notez-le bien, les meilleurs vers de votre Émile, mais enfin ça produit son effet, non ?*

Et le professeur de génie électrique de l'Université de Montréal de sourire, extatique, les deux mains gantées de cuir fin noir croisées sur le ventre. Chahut dans les feuilles mortes voisines, l'écureuil gris jugeant bon, tout danger canin écarté, de vaquer à je ne sais quelle besogne d'écureuil. Je ne réponds pas et mon voisin poursuit son monologue.

— *Vous savez, Nelligan ne faisait que refléter l'opinion ultra-catholique du Québec de son temps.*

C'était une chose naturelle, tout au long des quelques siècles d'existence de la très catholique Belle Province, que de croquer du Juif à toutes les sauces, une manie tout aussi populaire, d'ailleurs, dans l'Irlande du père de Nelligan, comme un peu partout dans le monde. Tout cela est de l'histoire.

Et mon curieux interlocuteur de se taire un moment, comme s'il méditait l'opinion qu'il vient d'émettre. Drôle de méditation, plutôt sereine… Un sourire toujours aussi large revient sur son visage. Je me demande si je dois lancer la conversation sur notre ami commun, Mollon, et comment m'y prendre. Que m'avait dit l'officier de gendarmerie sur l'homme du Mossad, déjà ? Qu'il avait à Montréal *un excellent ami avec qui il avait vécu de drôles de trucs dans le passé*. Qu'il ignorait son degré d'activité actuel dans les services secrets israéliens. On ne peut pas dire qu'il a été bien explicite, mon grand ami français. Mais le choix de ses mots est éloquent, il estime l'homme qui me parle ce matin et, pour moi, les évaluations que le gros Pierre fait de ses contemporains c'est de l'or coulé. Cela dit, je continue de n'avoir aucune envie de questionner Berger-Maheux, je préfère lâchement le voir venir. Et c'est lui qui reprend bientôt son soliloque comme s'il donnait un cours magistral dans un amphithéâtre bondé d'étudiants, sans se soucier qu'on l'écoute ou non.

— *On parle moins d'antisémitisme aujourd'hui. Ce n'est généralement pas bien vu en Occident d'avouer fort en public que l'on n'aime pas les Juifs. Mais on évoque la « judéophobie » de certains, un terme politiquement plus correct, à ce qu'il semble. On serait justifié en quelque sorte d'être « judéo-*

phobe » en désapprouvant, par exemple, la politique de colonisation de l'actuel gouvernement d'Israël. Louis-Ferdinand Céline, lui, ne s'embarrassait pas de telles nuances. Cet aimable philanthrope avait le mérite d'être parfaitement clair quand il s'exprimait: Les Juifs sont des monstres, des hybrides, des loupés tiraillés qui doivent disparaître... Ils sont, *écrivait-il encore*: bâtards, gangréneux, ravageurs, pourrisseurs... *Cet écrivain réputé comme l'un des plus grands de son temps ne manquait pas de vocabulaire, qu'en dites-vous?... Personnellement, je n'aime pas beaucoup Céline, vous ne vous en surprendrez pas. Curieux, n'est-ce pas, que le plus grand des biographes de ce délirant antisémite ait été juif? Le professeur René Kahn était un universitaire d'une classe et d'un talent exceptionnels. Sa mort est une grande perte pour notre civilisation. Il est infiniment regrettable qu'elle ait eu lieu au Québec dans les circonstances misérables que vous nous avez révélées, madame Boisjoli.*

Et pour la première fois de notre conversation à sens unique, le professeur Berger-Maheux au terme d'une une lente rotation du buste, me regarde longuement, son sourire permanent toujours accroché aux lèvres avec, en plus, une petite nuance admirative. Je ne sais que lui répondre, mais ne me sens toujours pas dans l'obligation de le faire. Quelques hochements de têtes approbateurs et ce monsieur me remontre son profil en poursuivant sa péroraison sur le même ton étouffé. Et je comprends que nous arrivons au cœur de ce qu'il veut me dire.

— Oui, il est dommage – et le mot est tellement faible – qu'un homme aussi brillant que René Kahn meure alors qu'il cherche à rendre service aux siens.

Vous avez manifesté, madame Boisjoli, une sagacité lumineuse en découvrant, seule, que cet homme se dévouait pour une autre cause en pénétrant dans le domaine d'Antoine Khalil. Vous êtes parvenue au terme de votre propre analyse solitaire des faits à ce constat et je ne peux que vous en féliciter. Il faut que je vous précise, comme l'a fait je crois mon collègue français Jean-Claude Joby, que je n'approuvais pas le choix de votre supérieur hiérarchique de ne pas vous informer de ce que nous savions déjà de cette histoire. Il est des hommes qui ne devraient pas en diriger d'autres. La politique, l'histoire, toutes les armées de cette terre en regorgent d'exemples, hélas…

Il se tait, l'œil toujours fixe devant lui. Il s'accommode de mon silence et, puisque cela semble lui convenir, je choisis la voie la plus facile en continuant de l'écouter sans répliquer.

— *Votre supérieur, le commandant Gérard Perreault, a pensé que vous seriez tout aussi efficace dans la conduite de votre enquête, que vous soyez avisée ou non des intentions réelles qui motivaient le professeur Kahn en entrant dans la propriété du lac Zohra. Force est de constater, au vu de votre réussite à expliquer cette affaire, que votre patron n'avait pas tout à fait tort. Mais jamais je n'agirais ainsi avec l'un de mes adjoints. Cela dit, soyons pragmatiques. À la guerre, seul le résultat compte, et le résultat pour nous est que vous nous avez été d'une aide remarquable.*

Il sourit toujours sans me regarder et je sens de la surprise mêlée d'irritation s'installer en moi. Quelque chose m'agresse qui secoue ma lassitude. Je me redresse de tout le buste et lui fais face. Il ignore mon mouvement, un instant silencieux, le regard fixe devant lui. Et je fulmine intérieurement, désarmée, impuissante. Je ne suis pas « à la guerre », moi. Je ne l'ai jamais été dans cette maudite histoire. Cet homme aussi se joue de moi, sur un ton certes plus malin, plus prévenant que celui de mon minable de *boss*, mais lui aussi m'a utilisée... et en plus, il s'en vante. J'entrevois comment ce sphinx s'est servi de moi pour une misérable vengeance. Je frémis. Sent-il venir les protestations ? Je le vois, le visage toujours inexpressif, ôter lentement son chapeau comme un automate, le poser un moment sur ses genoux, puis le remettre. Un instant plus tard, la grosse voiture noire luxueuse que je connais avance doucement dans la rue de La Gauchetière et entreprend de se stationner à côté du parc, une vingtaine de mètres devant nous. Cette fois, je n'ai pu voir son chauffeur. Je comprends que nous approchons de la fin de notre entretien. Jean Berger-Maheux toussote légèrement pour se racler la gorge et poursuit.

— Il me reste à vous remercier, madame Boisjoli, pour nous avoir expliqué la façon dont René Kahn est mort.

Là je me recule vivement. Je ne lui ai jamais rien expliqué. Il ne peut pas ne pas percevoir ma réaction de stupeur mais, s'il la constate, il l'ignore et poursuit :

— Grâce à vous, nous avons compris comment notre ami s'est fait prendre au piège et comment il a choisi de mourir pour ne pas nuire à la cause qu'il défendait. Une abnégation admirable. Grâce à votre perspicacité, nous avons eu connaissance de l'identité du responsable de cet invraisemblable gâchis à l'issue duquel l'un des meilleurs des nôtres a perdu la vie.

Cet étranger a donc eu accès à mon rapport d'enquête préliminaire. La révélation me prend entièrement par surprise. Vous pourrez me juger bien candide et naïve, monsieur Plamondon, mais jamais je n'avais envisagé qu'une telle chose ait pu se produire. Je savais, bien sûr, que les autorités françaises avaient eu la communication du nom de Goubovski, mais je croyais, comme le commandant Perreault me l'avait dit, que c'était à la suite d'une demande formelle d'information sur l'individu de la part de la Sûreté du Québec, et non parce que l'on avait coulé mes conclusions sur le rôle de l'ex-légionnaire dans la mort de Kahn. Cette fois, je réplique d'un ton vif.

— *Et grâce à moi, comme vous dites, vous avez pu tuer le vieil homme ?*

— *Nous avons fait justice, oui,* dit-il en se tournant de nouveau vers moi, le sourire presque estompé pour une rare fois depuis le début de nos rencontres.

— *« Votre » justice.*

— *Notre justice, oui, si vous voulez.*

— *Et vous avez brûlé le corps de Nikola Goubovski là où il avait brûlé celui de René Kahn. Un message que vous passiez…*

— *En quelque sorte. Une espèce de code pour initiés, en tout cas. Celui qui tue par le feu périra par le feu…*

— *Mais vous rendez-vous compte que vous avez éliminé un pauvre type qui n'a jamais rien compris à vos manigances ? N'avez-vous pas réalisé que toute cette histoire n'était qu'une succession de malentendus ? René Kahn est pris pour un voleur. Il se suicide parce qu'il pense qu'on va le torturer alors que le vieil homme ne veut que le relâcher… Et vous,*

vous prenez ce pauvre Goubovski pour un tueur, un antisémite, un terroriste, est-ce que je sais ? Vous le jugez et vous le condamnez, comme une bête pestiférée qu'il faut sacrifier avant qu'elle contamine le troupeau, alors que ce n'est qu'un vieillard complètement dépassé par ce qui lui arrive…

— Je crois comprendre en partie votre courroux, madame, et ce qui peut le motiver. Voyez-vous, certaines causes nous dépassent et justifient parfois l'injustifiable…

Le ton reste doux, persuasif, monocorde, sans agressivité aucune. L'homme au visage de bébé parle comme un prêtre au confessionnal. Sa voix est celle de la raison, même si ce qu'il dit me semble irréel, déplacé, abominable. Je l'écoute tenter de me convaincre : *La mort de ce monsieur Goubovski n'est rien en elle-même, ou disons pas grand-chose. C'est l'arbre qui vous cache la forêt, chère amie. Ce qui compte, c'est qu'aujourd'hui, à la différence de l'époque de Nelligan ou de Céline, on ne peut plus s'en prendre aux Juifs sans risque. Comprenez, nous avons trop courbé l'échine, trop espéré d'autrui, trop pardonné à ceux qui nous voulaient du mal, trop accepté de ceux qui nous en ont causé. Le monde a changé. Il convient que l'on sache que nul de nos jours ne peut s'en prendre à un sayan sans en payer le prix.*

— Un sayan ?

— Sayanim, au pluriel. C'est le nom hébreu donné à nos agents dormants ou passifs, les gens comme René Kahn, ces Juifs de la diaspora qui acceptent d'aider ponctuellement leurs frères d'Israël. Je vous le dis ce matin : « Toute personne qui menace la

la liste noire du Kidon[8] *et devient un mort en sursis.* » *Voilà, madame, je ne suis essentiellement qu'un messager...*

Il se tait. Le silence dure cette fois entre nous. D'abord étouffée par la consternation qui monte en moi, je sens peu à peu une colère libératrice me gagner. Si je me laisse aller, je vais crier. Comment m'adresser à cet homme en retenant le flot d'interrogations et d'invectives qui me vient bientôt à la bouche ? Est-il conscient de cette espèce d'ahurissement furieux qui m'envahit ? Sa voix finit par reprendre, apaisante, pédagogique, inspirée... plus vraie aussi peut-être : *Vous savez, notre devoir nous amène parfois aux limites de ce que nous sommes comme individus, là où la réflexion et le doute n'ont plus de place. Seule alors l'action compte. C'est ensuite que l'on se questionne et que l'on hésite...* a posteriori, *en quelque sorte. Mais il est trop tard. Alors, on s'en va et on oublie... ou l'on essaie. On se sent comme ce soldat d'un peloton d'exécution qui peut toujours croire que son fusil à lui était chargé d'une balle à blanc. Il y en a toujours un, dit-on. Quoi qu'il en fût, la justice est passée et l'on se convainc que l'on n'a fait que la servir.*

Il se lève. Je reste assise sans le regarder. Il enchaîne, solennel : *Je vous réitère, madame Boisjoli, les remerciements de mes mandants. Et je vous assure*

---

[8] Kidon (baïonnette, en hébreu) : « Service action » des services secrets israéliens (Mossad). Créé au début des années 70, il a pour mission de tuer les ennemis d'Israël. Il s'occupe également des opérations de sabotage et des enlèvements. (Source : Wikipedia)
NDLA : De fait, cette phrase se retrouve maintes fois reproduite sur Internet dans des fichiers concernant le Mossad. On la retrouve dans des articles favorables ou défavorables aux services secrets israéliens. Elle figure également dans des textes simplement descriptifs du Mossad. Je n'ai pu trouver avec certitude l'origine de ces deux lignes.

de ma très grande estime personnelle. Ce très cher Pierre Mollon ne se trompait pas en me parlant élogieusement de vous. Je vous suis à la trace depuis une dizaine de jours. Vous êtes une personne brillante, chère madame, quelqu'un que l'on aimerait connaître davantage, quelqu'un à qui je ne souhaite que du bien... quelqu'un, croyez-le, à qui j'aurais aimé ne pas avoir à déplaire...

Je me lève à mon tour et cette fois lui fais face. Et nous nous trouvons gênés, incongrus l'un devant l'autre. Enfin, je parle surtout pour moi, qui parviens à taire la rage froide qui m'envahit. Me trompé-je, il me semble sentir un certain embarras dans l'attitude de l'énigmatique personnage qui paraît hésiter avant de s'en aller. Va-t-il enfin parler vrai ? Cessera-il de jouer sa comédie ? Pendant un moment fugace, il semble moins sûr de lui, me fixe avec gentillesse et, dans le regard, comme un regret, un début de remords peut-être, enfin j'aime aujourd'hui à le penser. M'a-t-il durant quelques secondes montré son âme ? Tout cela est très bref et le voilà qui sourit à nouveau et ce maudit rictus lui sert de bouclier. Il me salue en soulevant son chapeau melon d'un geste théâtral, s'incline d'un mouvement de tout le buste et tourne les talons. L'instant magique est passé. Je me sens inutile, flouée et je continue de me taire, en contenant les mots grossiers qui me viennent aux lèvres à peine m'a-t-il montré le dos. À mi-chemin de la porte du parc, il s'arrête et, sans se retourner, me lance d'une voix juste assez forte pour que je l'entende : *Ne cherchez pas à me revoir, madame, ni vous ni vos collègues, ce serait perdre votre temps. Hélas ! j'aimais beaucoup Montréal et soyez sûre que mes étudiants me manqueront.*

Je le regarde s'engouffrer dans le gros véhicule noir, bien certaine que je ne le reverrai plus de ma vie. Aucune envie de bouger, de continuer, d'affronter… Je me rassois lourdement sur la pierre froide, comme un automate. Je frémis d'inconfort. Une machine à tuer a broyé un pauvre type qui se trouvait à la mauvaise place au mauvais moment. Au nom de je ne sais trop quelle logique vengeresse, on a éliminé à jamais le vieux légionnaire que je me surprenais à comprendre et que je voulais protéger. Et je ne peux m'habituer à cette idée que c'est moi qui ai montré le chemin aux bourreaux, moi qui leur ai livré la proie à éliminer, moi qui ai trahi. Je suis le guide aveugle du destin, Judas l'Iscariote désespéré avant sa pendaison. Mais moi, c'est moins alors le remords que l'incompréhension et la colère qui me gagnent alors.

Essayez de me suivre, monsieur Plamondon. Je vous ai exposé l'espèce de naïve fierté qui m'animait au long de mon parcours solitaire dans le décodage de l'affaire. Je n'ignorais pas que l'on me manœuvrait, que l'on m'utilisait. Je n'étais pas dupe, du moins je croyais ne pas l'être. Savoir que l'on me cachait des informations me stimulait, en fait. J'avais trouvé seule ce que l'on me dissimulait. À cet égard, je me sentais meilleure, plus perspicace que la clique de conspirateurs qui pensaient me manipuler. Je croyais même jouer plus fort qu'eux en sympathisant d'une certaine manière avec le camp adverse. Mais je me leurrais. Ce sont bien ces hommes qui dirigeaient la partie. Ce sont eux qui avaient décidé de son issue, sans se soucier une seule seconde de ma présence dans le scénario. Et le vieux Nikola est mort. Un pion que l'on éjecte de l'échiquier, sans véritable raison, sans humeur, sans émotion...

Je suis là dans ce parc à méditer le constat de cet autre fiasco. On m'a possédée, utilisée comme un furet dans un trou de lapins. Non, ces gens-là, les Berger-Maheux et Joby, ne se moquent pas de ma personne en tant qu'individu. À preuve, leurs bons mots à mon endroit et leur volonté de me faire partager, les deux, leur mépris de l'attitude envers moi de Perreault, mon *boss*. Je ne suis pour eux qu'une gentille amatrice dans leur monde de professionnels de la mort. Reste qu'ils se sont servis de moi sans aucune gêne, comme on pilote un drone pour trouver et tuer l'ennemi qui se croit en sécurité.

Et je me sens déçue et trahie, autant par eux... que par moi. Comment ne les ai-je pas vus venir? Pourquoi ne les ai-je pas craints? Je leur ai débusqué l'homme à abattre. Eux, *Merci, madame. Vous êtes bien talentueuse. Vous pouvez retourner à vos petites affaires, nous nous occupons du reste. L'histoire s'écrira désormais sans vous*. Moi: « Mais si je ne vous avais pas montré la voie, jamais vous n'auriez compris le rôle de Nikola Goubovski dans la mort de Kahn. » Et je reste là, parfaitement dépassée, consciente de mon incapacité et de mon impuissance. Qu'ai-je fait de contraire à ma façon d'être, à mon éthique, pour ainsi me retrouver bernée, roulée dans la farine, doutant de mon intelligence et de mon jugement? Je n'ai que donné le nom d'un témoin de mon enquête à mon supérieur hiérarchique et expliqué le rôle de l'ancien légionnaire dans la disparition de René Kahn. Cherchez l'erreur! Comprenez-moi, monsieur Plamondon, je n'avais jamais connu pour patrons que des hommes justes ayant à cœur de respecter les droits des suspects dans une traque policière. Comment aurais-je pu imaginer que Perreault coulerait ces informations confidentielles à des assassins ? des collègues policiers, me corrigez-vous ? Mais non, des assassins, je le maintiens. Je savais que ces hommes de l'ombre me mentaient, jamais je n'aurais pensé qu'ils tueraient. Même aujourd'hui, des mois après les faits, je reste estomaquée, incrédule devant ce qui s'est passé. Certains flics sont des tueurs, monsieur Plamondon ! Est-ce que je vous l'apprends ? Suis-je à ce point naïve que je serais la seule à m'indigner de cette situation ? Nos sociétés tolèrent que l'on exécute sans jugement pour des intérêts jugés supérieurs par certaines de leurs élites. À moi de l'admettre et de rentrer à ma place de fourmi dans la fourmilière ? Pauvre petite femme qui se croyait rusée !

Mais, non, je ne rentrerai pas dans les rangs de cette police-là. Je n'y ai pas ma place.

Je me lève. J'étouffe à présent de colère et j'affirme que c'est bien cette colère qui m'a sauvée de la dépression ce jour-là. Je ne cesse de revoir le sourire de Jean Berger-Maheux. Jamais je ne parviendrai à haïr l'ami de Pierre Mollon dont j'ai cru sentir un court instant l'humanité, mais je voudrais lui jeter de l'acide au visage, détruire de mes doigts, de mes ongles, de mes talons l'harmonie tranquille de sa face pouponne de juge et d'assassin.

Et je repars à pied, la tête en plein brasier, vers mon bureau. C'est en traversant la rue Bleury que je repense à la petite Sylvy. La pauvre jeune femme sait dorénavant de façon certaine la mort de son grand-oncle et protecteur. Je m'imagine la mini-rousse apprenant la nouvelle dans la journée d'hier de la voix d'un constable de service et voyant le camion de son oncle incendié aux nouvelles de fin de soirée. Comment aura-t-elle réagi ? Tellement dommage que je n'aie pu la voir ce matin... Bientôt, je ralentis le pas, hésite à continuer vers Parthenais. Un voyant rouge « danger » clignote dans ma tête. Je me revois sur le pas de la porte de la jeune femme ce matin, avec cette impression de malaise, ce sentiment de passer à côté de quelque chose brièvement ressenti avant d'entrer dans le salon de coiffure. Que m'avait-elle dit, déjà, la petite étudiante française ?... Et d'un coup ça me revient : *qu'elle ne sortait jamais de chez elle le matin*. Je saute dans un taxi.

Dix minutes plus tard, j'entre avec l'aide du concierge de l'immeuble dans son appartement. Elle n'est pas à son bureau. Je la découvre entre la toilette et la baignoire, toute petite, osseuse et cassée. On ne voit pas sa tête sous la masse de ses cheveux, mais du sang et des vomissures agrandissent la tache rousse sur le dallage blanc. La femme enfant est en chemise de nuit, blanche, rigide, désarticulée, ses jambes nues, filiformes, recroquevillées sous elle. A-t-elle souffert ?

J'envoie le concierge appeler le 911 et m'assois sur le bord de la baignoire au pied du minuscule cadavre. Je ne sais pas prier. Je voudrais pour au moins faire quelque chose, intervenir dans cet implacable enchaînement. Une quatrième mort inutile : le gâchis est total. Jean Berger-Maheux, avec ses façons impeccables de vieux gentleman, peut-il avoir commandé le meurtre aussi abject de la petite malade? Le chaton miaule à la porte de la salle de bain et me regarde, hostile, comme s'il m'en voulait. Je me lève, arpente l'appartement, passe la main sur les livres de la bibliothèque, regarde les photos sur les étagères. La table pour deux est toujours dressée, mais la flopée de médicaments n'y est plus. Une lettre sur l'ordinateur, dans une enveloppe cachetée. Je la prends d'un geste d'automate et ne m'étonne même pas qu'elle me soit adressée.

La copie de cette lettre est l'avant-dernier document de votre dossier, monsieur Plamondon, le n° 12. Je vous laisse en prendre connaissance.

DOCUMENT N° 12

Adieu madame Aglaé,

Je vous informe que le Québec Bardamu's band *cesse officiellement ses activités.*

J'ai quelque peu modifié le cocktail de médicaments qui me tenait en vie. Ce n'est pas bien important. Je devance seulement de quelques mois ou années mon départ afin de profiter du train de mon grand-oncle.

Je ne me résous pas à le laisser partir seul, mon vieux marabout de légionnaire. Ce qu'il a fait et qui a provoqué son meurtre, c'est le résultat de notre action à tous les deux. J'étais la tête, souvenez-vous. So-so-solidarité. Je ne peux l'abandonner, mon vieux Tonton Niko. À vous, Aglaé, je peux le dire, je me sens pas mal responsable de ce qui lui est arrivé.

Ce que je ne comprends pas, c'est l'erreur que j'ai bien pu commettre et qui a mis la Mafia à ses trousses. Je croyais vraiment avoir fait un sans-faute, qu'en pensez-vous ?

Voilà, et puis voyez-vous, madame Aglaé que j'ai bien aimé rencontrer et qui m'a drôlement épatée, il y a aussi que survivre sans mon Grand Tonton à moi, je ne m'en sens pas capable. Notre histoire à tous deux s'achève aujourd'hui.

Ça ne devrait pas me faire trop de mal. J'ai tellement l'habitude de la douleur, mais j'ai un peu peur quand même.

Allez, faut y aller, je vous embrasse.

Sylvy

J'ai quitté l'appartement au moment même où les collègues y entraient. Et je suis partie vers mon bureau, avec en tête la réponse à la petite morte. *Oui, tu avais fait un sans-faute, malheureuse et vaillante petite Sylvy avec un y. La seule à s'être trompée lamentablement dans cette histoire, c'est moi, en lâchant le nom de ton grand-oncle aux chacals.*

Une question me taraude à me faire crier : *Et si je n'avais pas cru reconnaître mon incendiaire du Crique-à-la-Roche dans le chauffeur de la Cadillac accidentée quatre décennies plus tôt sur le boulevard Gouin ?*

Butée, résolue, bouillante de colère, j'ai marché comme dans un mauvais rêve jusqu'à Parthenais.

J'ai laissé un message au bureau de Guy Mayotte en lui demandant de m'appeler chez moi afin que je lui communique tout ce que je sais du meurtre de Rocco Favatta.

Et puis, monsieur Plamondon, je suis allée au bureau de mon patron. Par chance, enfin peut-être, il n'y était pas. J'ai demandé une feuille blanche à sa secrétaire et j'ai écrit ce mot de démission que vous connaissez déjà, je le sais, monsieur l'inspecteur, mais que je vous resitue dans son contexte avec cette copie que je vous joins (document n° 13).

Document n° 13

Je vous estime personnellement responsable du meurtre de Nikola Goubovski et du suicide de sa nièce, Sylvy Brisefer. Incapable de travailler sous les ordres d'un imbécile doublé d'un criminel, je vous informe de ma démission immédiate et sans appel.

Aglaé Boisjoli

Je suis repassée par mon bureau, j'y ai pris quelques affaires personnelles, ai laissé mon arme de service en évidence sur mes dossiers et suis revenue chez moi à pied.

FIN DU RAPPORT

Remerciements

Un jour, dans une bouquinerie, je suis tombé sur un livre d'Auguste le Breton publié en 1973 chez Robert Laffont / Plon. Son titre, *Les Pégriots* ; son propos, l'histoire romancée d'un célèbre gangster français, Georges Hainneaux, actif à Londres puis au Québec dans la première moitié du XXe siècle. C'est dans ce bouquin que j'ai découvert Joe le Tatoué, le redoutable colosse venu s'établir de Londres à Montréal dans les années vingt. Un tout premier merci posthume à ce monsieur le Breton que j'ai beaucoup lu, n'ai pas connu et ne connaîtrai pas puisqu'il quitta ce monde en 1999. Merci encore aux éditeurs français du Breton.

Je lisais et relisais du Céline à l'époque, particulièrement les deux tomes de *Guignol's band* dont l'action se déroule pour l'essentiel dans les bas-fonds londoniens au moment même ou Louis Ferdinand Destouches, le futur Céline, flirtait avec la pègre française qui y sévissait. De là à imaginer que l'écrivain ait pu rencontrer le malfrat « le Tatoué », pourquoi pas ? L'hypothèse pouvait tenir debout. En fait, elle s'y tient, selon l'expert célinien québécois de référence, Pierre Lalanne. Un premier merci, Pierre.

Céline vient deux fois au Québec et ses passages outre Atlantique sont documentés sur la toile. À chaque passage, des énigmes : on le perd de vue une journée en 1925 à Montréal où il raconte vivre une nuit torride avec une inconnue ; il s'intéresse à une « mystérieuse rouquine » en 1938. Enfin, on sait de façon toute récente et grâce aux recherches de l'historien Jean-François Nadeau qu'il participe cette année-là à une authentique réunion fasciste sous la croix gammée, entouré de militants en uniforme. Un premier merci pour ce remarquable apport historique qui m'a directement inspiré dans la conception de cette histoire, monsieur Nadeau.

Le reste était du tricot. Ne s'agissait plus que de tirer des mailles entre les pièces de la courtepointe et d'inventer le liant de la macédoine.

Mes remerciements à tous ceux qui m'ont aidé à le faire. Au premier chef, et tant pis si je me répète, l'érudit poly-talentueux Jean-François Nadeau qui m'a, entre autres, mieux fait comprendre le fascisme québécois ; Pierre Lalanne, peut-être le seul véritable spécialiste québécois de Céline, en tout cas le plus affable, qui m'a fort aimablement guidé dans mes interprétations de l'œuvre du maître. Merci encore au « radio-canadien » Ollivier Mercier Gouin, brillant homme de mémoire et de plume qui m'a gentiment laissé évoquer l'histoire de sa mère, Yvette Ollivier, qui sut tenir la dragée haute un soir d'avant-guerre à Montréal au redoutable Céline.

Je m'en voudrais de ne pas mentionner encore l'aide de Gregory Gomez del Prado, officier des Communications à la Sûreté du Québec qui aura su, cette fois encore, faire en sorte qu'Aglaé Boisjoli ressemble à un véritable capitaine démissionnaire de la SQ. (On peut écrire tant de niaiseries quand on parle trop librement de ce métier de policier aux règles et aux us en fait si étroitement encadrés.)

Et puis merci bien sûr à mon éditeur et à sa brillante équipe de production pour l'aimable et efficace accueil et soutien tout au long de l'accouchement final.

Jean Louis Fleury

Notes supplémentaires

p. 42 : Tous les détails concernant Jean Lecluer, le truand français devenu Québécois, sont exacts dans la mesure où est exacte l'histoire de *« L'Équipe de fer »* telle que contée par Auguste le Breton dans son livre *Les Pégriots*. On la trouve évoquée aussi sur Internet – cherchez *« Deux des plus terribles bandes du Paris et de Marseille de la Belle Époque »*. Louis-Ferdinand Céline a effectivement habité Londres entre mai 1915 et mai 1916. René Lambert y résidera de 1912 à 1916. Une grande partie des deux tomes de *Guignol's band* est la narration de scènes de cabaret, de bars et de lieux de débauche où plusieurs des personnages dépeints par Céline sont des proxénètes, des prostituées et des truands. On peut avec une certaine crédibilité présumer que certains d'entre eux ont été inspirés par Lambert et ses acolytes.

p. 124 : Tous les détails mentionnés sont rigoureusement exacts, tirés de la narration faite par Victor Barbeau de ses souvenirs du passage de Céline au Québec et publiés dans *Aspects de la France*, 17 janvier 1963, repris dans *Le Bulletin célinien* n° 198.

p. 125 : Tout est exact ici également, les Céliniens qui liront ce roman le savent. À leur intention, je signale que la proximité entre Paul Valéry et madame Ollivier m'a été rapportée par le fils de cette dernière, avec qui j'ai eu le plaisir et l'avantage de discuter du fameux souper du 6 mai 1938.

JEAN LOUIS FLEURY...

... est d'origine française. Envoyé au Québec en 1971 comme coopérant civil, il choisit d'y rester à la fin de ses obligations militaires et fait carrière au sein d'Hydro-Québec, où il occupe les postes de directeur des Communications et des Relations institutionnelles. Il termine sa carrière professionnelle dans le monde de l'électricité comme directeur exécutif du E7 (regroupement des sept plus grandes compagnies d'électricité mondiales). Durant sa carrière active, il a collaboré à la revue culturelle *Forces*, écrit pour de nombreuses maisons d'édition québécoises et rédigé des textes mis en ondes par la Société Radio-Canada, dont il gagne trois fois le concours annuel d'œuvres dramatiques. Aujourd'hui retraité, Jean Louis Fleury a publié trois livres sur l'histoire de l'électrification du Québec, un recueil de nouvelles et cinq romans policiers.

EXTRAIT DU CATALOGUE

Collection « Essais »

003	*Le XIXe siècle fantastique en Amérique française*	Claude Janelle *et al.*
004	*Le Roman policier en Amérique française*	Norbert Spehner
005	*La Décennie charnière*	Claude Janelle
006	*Scènes de crimes*	Norbert Spehner
007	*Le Roman policier en Amérique française -2*	Norbert Spehner
008	*Le DALIAF (Dictionnaire des Auteurs des Littératures de l'Imaginaire de l'Amérique Française)*	Claude Janelle
009	*Comment écrire des histoires*	Élisabeth Vonarburg

Collection « GF »

001	*Sur le seuil*	Patrick Senécal
002	*La Peau blanche*	Joël Champetier
003	*Le Vide*	Patrick Senécal
004	*Hell.com*	Patrick Senécal
005	*5150, rue des Ormes*	Patrick Senécal
006	*Les Sept Jours du talion*	Patrick Senécal
007	*La Chair disparue* (Les Gestionnaires de l'apocalypse -1)	Jean-Jacques Pelletier
008	*Le Deuxième gant*	Natasha Beaulieu
009	*Un choc soudain* (Jane Yeats -1)	Liz Brady
010	*Dans le quartier des agités* (Les Cahiers noirs de l'aliéniste -1)	Jacques Côté
011	*L'Argent du monde* (Les Gestionnaires de l'apocalypse -2)	Jean-Jacques Pelletier
012	*Le Bien des autres* (Les Gestionnaires de l'apocalypse -3)	Jean-Jacques Pelletier
013	*Le Sang des prairies* (Les Cahiers noirs de l'aliéniste -2)	Jacques Côté
014	*Mauvaise Rencontre* (Jane Yeats -2)	Liz Brady
015	*La Faim de la Terre* (Les Gestionnaires de l'apocalypse -4)	Jean-Jacques Pelletier
016	*Le Cas des casiers carnassiers* (Malphas -1)	Patrick Senécal
017	*La Course de Jane* (Jane Yeats -3)	Liz Brady
018	*Torture, luxure et lecture* (Malphas -2)	Patrick Senécal
019	*La Dérive des anges* (Reed & Sydowski -1)	Rick Mofina
020	*Sous le ciel*	Guy Gavriel Kay
021	*Regarde-moi*	Natasha Beaulieu
022	*Les Visages de l'humanité*	Jean-Jacques Pelletier
023	*La Peur au corps* (Reed & Sydowski -2)	Rick Mofina
024	*Ce qui se passe dans la cave reste dans la cave* (Malphas -3)	Patrick Senécal
025	*Le Sang des autres* (Reed & Sydowski -3)	Rick Mofina
026	*Brouillard d'automne*	Lionel Noël
027	*Et à l'heure de votre mort* (Les Cahiers noirs de l'aliéniste -3)	Jacques Côté
028	*Derniers Pas vers l'enfer*	Maxime Houde
029	*Sans retour* (Reed & Sydowski -4)	Rick Mofina
030	*Repentir(s)*	Richard Ste-Marie
031	*Grande Liquidation* (Malphas -4)	Patrick Senécal
032	*Tu seras mienne* (Reed & Sydowski -5)	Rick Mofina
033	*Le Secret du 16 V*	Natasha Beaulieu
034	*Le Fleuve des étoiles*	Guy Gavriel Kay
035	*Les Marches de la Lune morte*	Yves Meynard
036	*La Vieille Fille et la mort*	Catherine Sylvestre

037	*La Misère des laissés-pour-compte*	Maxime Houde
038	*Cartel*	Camille Bouchard
039	*Ysabel*	Guy Gavriel Kay
040	*La Noirceur*	François Lévesque
041	*L'Affaire Céline*	Jean Louis Fleury
042	*Le Jeu du Démiurge*	Philippe-Aubert Côté
043	*La Grande Mort de mononc' Morbide*	Éric Gauthier
044	*Faims*	Patrick Senécal

Collection « Romans » / « Nouvelles »

082	*Terre des Autres*	Sylvie Bérard
083	*Une mort en Angleterre*	Eric Wright
084	*Le Prix du mensonge*	Maxime Houde
085	*Reine de Mémoire 1. La Maison d'Oubli*	Élisabeth Vonarburg
086	*Le Dernier Rayon du soleil*	Guy Gavriel Kay
087	*Les Archipels du temps* (La Suite du temps -2)	Daniel Sernine
088	*Mort d'une femme seule*	Eric Wright
089	*Les Enfants du solstice* (Les Chroniques de l'Hudres -2)	Héloïse Côté
090	*Reine de Mémoire 2. Le Dragon de Feu*	Élisabeth Vonarburg
091	*La Nébuleuse iNSIEME*	Michel Jobin
092	*La Rive noire*	Jacques Côté
093	*Morts sur l'Île-du-Prince-Édouard*	Eric Wright
094	*La Balade des épavistes*	Luc Baranger
095	*Reine de Mémoire 3. Le Dragon fou*	Élisabeth Vonarburg
096	*L'Ombre pourpre* (Les Cités intérieures -3)	Natasha Beaulieu
097	*L'Ourse et le Boucher* (Les Chroniques de l'Hudres -3)	Héloïse Côté
098	*Une affaire explosive*	Eric Wright
099	*Même les pierres…*	Marie Jakober
100	*Reine de Mémoire 4. La Princesse de Vengeance*	Élisabeth Vonarburg
101	*Reine de Mémoire 5. La Maison d'Équité*	Élisabeth Vonarburg
102	*La Rivière des morts*	Esther Rochon
103	*Le Voleur des steppes*	Joël Champetier
104	*Badal*	Jacques Bissonnette
105	*Une affaire délicate*	Eric Wright
106	*L'Agence Kavongo*	Camille Bouchard
107	*Si l'oiseau meurt*	Francine Pelletier
108	*Ysabel*	Guy Gavriel Kay
109	*Le Vide -1. Vivre au Max*	Patrick Senécal
110	*Le Vide -2. Flambeaux*	Patrick Senécal
111	*Mort au générique*	Eric Wright
112	*Le Poids des illusions*	Maxime Houde
113	*Le Chemin des brumes*	Jacques Côté
114	*Lame* (Les Chroniques infernales)	Esther Rochon
115	*Les Écueils du temps* (La Suite du temps -3)	Daniel Sernine
116	*Les Exilés*	Héloïse Côté
117	*Une fêlure au flanc du monde*	Éric Gauthier
118	*La Belle au gant noir*	Robert Malacci
119	*Les Filles du juge*	Robert Malacci
120	*Mort à l'italienne*	Eric Wright
121	*Une mort collégiale*	Eric Wright
122	*Un automne écarlate* (Les Carnets de Francis -1)	François Lévesque
123	*La Dragonne de l'aurore*	Esther Rochon
124	*Les Voyageurs malgré eux*	Élisabeth Vonarburg
125	*Un tour en Arkadie*	Francine Pelletier
126	(N) *L'Enfant des Mondes Assoupis*	Yves Meynard

127 (N) *Les Leçons de la cruauté* Laurent McAllister
128 (N) *Sang de pierre* Élisabeth Vonarburg
129 *Le Mystère des Sylvaneaux* Joël Champetier
130 *La Faim de la Terre -1* (Les Gestionnaires de l'apocalypse -4) Jean-Jacques Pelletier
131 *La Faim de la Terre -2* (Les Gestionnaires de l'apocalypse -4) Jean-Jacques Pelletier
132 *La Dernière Main* Eric Wright
133 *Les Visages de la vengeance* (Les Carnets de Francis -2) François Lévesque
134 *La Tueuse de dragons* Héloïse Côté
135 (N) *Les Prix Arthur-Ellis -2* Peter Sellers (dir.)
136 *Hell.com* Patrick Senécal
137 *L'Esprit de la meute* François Lévesque
138 *L'Assassiné de l'intérieur* Jean-Jacques Pelletier
139 *RESET – Le Voile de lumière* Joël Champetier
140 (N) *Odyssées chimériques* Claude Lalumière
141 *L'Infortune des bien nantis* Maxime Houde
142 *La Saga d'Illyge* Sylvie Bérard
143 *Montréel* Éric Gauthier
144 *Le Deuxième Gant* Natasha Beaulieu
145 *Une mort comme rivière* (Les Carnets de Francis -3) François Lévesque
146 *L'Inaveu* Richard Ste-Marie
147 *Un choc soudain* (Jane Yeats -1) Liz Brady
148 *Un ménage rouge* Richard Ste-Marie
149 *Mauvaise Rencontre* (Jane Yeats -2) Liz Brady
150 *L'Ensorceleuse de Pointe-Lévy* (Le Crépuscule des arcanes -1) Sébastien Chartrand
151 *Projet Sao Tomé* Michel Jobin
152 *La Course de Jane* (Jane Yeats -3) Liz Brady
153 *Une maison de fumée* François Lévesque
154 *Le Frère de Lumière* (Les Voyageurs -1) Héloïse Côté
155 (N) *La Musique du soleil* Élisabeth Vonarburg
156 *Le Garçon qui savait lire* (Les Voyageurs -2) Héloïse Côté
157 *Hôtel Olympia* Élisabeth Vonarburg
158 *Dans le quartier des agités* (Les Cahiers noirs de l'aliéniste -1) Jacques Côté
159 *Les Visages de l'humanité* Jean-Jacques Pelletier
160 *Regarde-moi* Natasha Beaulieu
161 *Sous le ciel* Guy Gavriel Kay
162 *La Voix de la Lumière* (Les Voyageurs -3) Héloïse Côté
163 *La Voyante des Trois-Rivières* (Le Crépuscule des arcanes -2) Sébastien Chartrand
164 *Le Sang des prairies* (Les Cahiers noirs de l'aliéniste -2) Jacques Côté
165 *Et à l'heure de votre mort* (Les Cahiers noirs de l'aliéniste -3) Jacques Côté
166 *Derniers Pas vers l'enfer* Maxime Houde
167 *L'Oiseau de feu -1. Les Années d'apprentissage* Jacques Brossard
168 *L'Oiseau de feu -2A. Le Recyclage d'Adakhan* Jacques Brossard
169 *L'Oiseau de feu -2B. Le Grand Projet* Jacques Brossard
170 *L'Oiseau de feu -2C. Le Sauve-qui-peut* Jacques Brossard
171 *L'Oiseau de feu -3. Les Années d'errance* Jacques Brossard
172 *Le Sorcier de l'île d'Orléans* (Le Crépuscule des arcanes -3) Sébastien Chartrand

L'AFFAIRE CÉLINE
est le quarante et unième volume de la collection « GF »
et le deux cent vingt-septième titre publié
par Les Éditions Alire inc.

Il a été achevé d'imprimer
en août 2015 sur les presses de

Imprimé au Canada

Imprimé sur Rolland Enviro100, contenant
100% de fibres recyclées postconsommation,
certifié Éco-Logo, Procédé sans chlore, FSC
Recyclé et fabriqué à partir d'énergie biogaz.